AF424274

LA PARÁBOLA DE GORSKI

DACIO R. MEDRANO

Medrano Arreaza, Dacio René

La parábola de Gorski / Dacio René Medrano Arreaza. - 1a ed . - Ciudad Autónoma de Buenos Aires : Dacio René Medrano Arreaza, 2016.

376 p. ; 21 x 15 cm.

ISBN 978-987-42-2480-4

1. Crónicas. 2. Novelas de Ciencia Ficción. I. Título.

CDD A863

Diseño de Portada: Karly Salama
Fotografía del Autor: José J. Araujo

Producción editorial
www.semillacreativa.com.ar

Esta novela es un trabajo de ficción. Todos los personajes, incidentes y diálogos, excepto por algunas referencias incidentales a figuras públicas y hechos históricos, son imaginarios.

A mi madre,
por su amor infinito

"Todos estos momentos se perderán en el tiempo,
como lágrimas en la lluvia."

Roy Batty

NOTA DEL EDITOR

La historia que condujo a la edición de este libro es improbable pero sencilla. El manuscrito llegó a mis manos en el año 1996, a través del escritor colombiano Doménico Mancuso. Fue hallado de manera fortuita entre los bienes de una propiedad ubicada en la Ciudad de México. Desde entonces, hemos intentado recabar información acerca del autor y de las escasas referencias puntuales que se encuentran en el texto. Nuestros esfuerzos, sin embargo, han sido infructuosos.

No contamos con detalles sobre Elio Gorski más que aquellos ofrecidos por él mismo. De igual manera, no ha sido posible determinar con exactitud su lugar de origen. Si bien el lenguaje indica que posiblemente haya nacido o vivido en algún país sudamericano, no podemos asegurarlo con absoluta certeza. Las escasas referencias sobre personas y lugares, la mayoría de las cuales no han podido comprobarse, exigen prudencia y una investigación exhaustiva. Distintas hipótesis, unas más razonables que otras, se han planteado desde el hallazgo del manuscrito. Consideramos que aún no se ha hallado evidencia concluyente para confirmar o descartar alguna. Incluso aquellas que apuntan a una posible traducción del inglés o del francés se sostienen sobre argumentos plausibles, aunque poco probables.

Sin embargo, no son estas incógnitas las que nos ocupan. El mal llamado misterio del diario Gorski ha tenido poco o nada que ver con la publicación de este texto. No cabe duda de que ciertos aspectos acerca de sus orígenes resultan fascinantes y son bien conocidos por la opinión pública, pero nuestra decisión ha sido motivada por razones que consideramos más relevantes. La crisis del hombre moderno, profundizada por el colapso de los valores morales, ha expuesto en toda su magnitud la complejidad de la naturaleza humana y la incertidumbre que se cierne sobre su futuro.

Aunque con claridad anticipamos que el lector reconocerá las limitaciones de este narrador tan cercano y a la vez desconocido, consideramos que algunas de las ideas expresadas por el autor nos permiten remontarnos a los orígenes de la escisión.

El espíritu de los tiempos ha desplazado el eje hacia el centro del individuo, asediado constantemente por mecanismos que actúan para persuadirlo y controlarlo. La reflexión que deseamos rescatar de estos diarios tiene que ver con la sospecha de uno mismo, con el examen permanente en busca de fundamentos y distorsiones, de un espacio en el que sea posible un reencuentro con la realidad y que la verdad, al menos sutilmente, pueda volver a mostrarse.

Uno de los mayores dramas del presente es que nos encontramos ante una verdad débil, que en gran medida ha perdido su poder de convencimiento. La fuerza de persuasión del mejor argumento ya no es suficiente para iluminar nuestras conciencias. La luz de la razón es tan tenue que su búsqueda nos ha llevado a una etapa previa: la de construir las condiciones en las cuales sea posible. Estos esfuerzos, que requieren de un enorme proyecto común, deben tener como fin último el reconocimiento del otro. Parafraseando a Gorski, nuestro mayor fracaso ha sido la incapacidad de dotar de un propósito a nuestras vidas sobre el cual podamos fundar un consenso duradero. La voluntad de poder, a nivel individual y colectivo, parece ser el gran conductor de la historia. Si esto es un hecho, nuestra única posibilidad pasa por cambiarlo.

Desconocemos si el autor habría publicado el manuscrito en las condiciones en las cuales fue encontrado. Decidimos que no se realizaran alteraciones en la estructura más que las requeridas por el formato. Sólo han sido corregidas las faltas ortográficas y gramaticales más evidentes para respetar los estándares mínimos de publicación. Nuestra intención es presentarlo al público por el único medio capaz de respetar su carácter íntimo y reflexivo, con la esperanza de contribuir en alguna medida a enriquecer el debate cultural, tan necesario en estos días extraños en la víspera del nuevo milenio. Aun en los actos condenables que se encuentran en la narración, los cuales rechazamos sin reservas, hallamos elementos reveladores de la trágica y misteriosa existencia humana.

Horacio Sáenz Peña

Madrid, 1999

DIARIOS
1980 – 1984*

***Nota del Editor:** la fecha en la cual se desarrollaron los últimos eventos registrados no ha sido determinada con exactitud. De acuerdo a cálculos aproximados se estima que al menos transcurrieron cuatro años desde la primera entrada.

Benigno Riera me contó la historia de Mike, el pollo sin cabeza, cuando tenía siete años. Según el artículo de prensa que Benigno olvidó llevar aquella tarde, un granjero de Colorado llamado Lloyd Olsen había decapitado a un pollo que vivió durante dieciocho meses hasta su muerte accidental; era exhibido junto a otros animales extraños por un costo de veinticinco centavos y en la cúspide de su fama fue fotografiado por la revista Time. Todo sucedió entre abril de 1945 y marzo de 1947.

La memoria a veces inventa lo que no recuerda, pero la imagen de Benigno con los ojos demasiado abiertos, la voz exaltada relatando los sucesos casi a gritos y la eterna sonrisa de dientes grises y un poco separados, permanece como un registro histórico que certifica el origen de mi identidad.

Mi padre era el encargado de una tienda de electrodomésticos. Benigno era el dueño, en realidad era el hijo del dueño, nadie tenía muy claro qué hacía para ganarse la vida. Nos visitaba al menos dos veces por semana y se quedaba a cenar. Llegaba con alguna revista o periódico, generalmente americano, y nos contaba historias increíbles. Primero hacía una narración y después leía la crónica a modo de evidencia. Papá lo respetaba porque sabía inglés. Yo no podía esperar para escucharlo, sus historias eran la mejor parte del día.

Nota: al inicio del mismo período, en el mes de agosto de 1945, mientras Mike recorría ferias y pueblos recolectando hasta cuatro mil quinientos dólares mensuales, Estados Unidos lanzó dos bombas atómicas sobre las ciudades japonesas de Hiroshima y Nagasaki con un saldo total aproximado de doscientos mil muertos.

7 de marzo – 10:56 pm

La familia Riera viajaba con frecuencia, Benigno siempre traía cosas nuevas. Decía que era un coleccionista de lo asombroso y que la clave era entender que no existían las coincidencias. Afiches, folletos, recortes, fotos, cartas, documentos. Todo escondía una historia, pero no le interesaba lo ordinario. "Lo increíble es posible – decía – y sucede todo el tiempo".

8 de marzo, 1:15 am

Hoy encontré una revista que hacía referencia a una historia publicada en la revista Time en 1938. Decía que un año antes, en Detroit, un barrendero llamado Jason Van Tiggelen limpiaba un callejón cuando un bebé le cayó encima desde una ventana. Sufrió golpes en la cabeza y los hombros, pero salvó la vida del niño. Lo increíble es que meses después, en otro callejón, Anthony Carlston, de dos años de edad, cayó desde un cuarto piso y fue amortiguado por el cuerpo de Jason Van Tiggel, quien se encontraba barriendo el piso.

Nota: averiguar más, la revista no parecía muy seria. Buscar la fuente original.

9 de marzo – 11:23 pm

Mi padre comenzó a traerme periódicos, revistas y recortes de noticias; Benigno también me regalaba cosas: encartes, suplementos, fotografías viejas, medallas de guerra. Nadie lo escuchaba como yo, ni siquiera mi padre. Nadie quería ser como él, yo no quería ser otra cosa.

Mi colección empezó con un artículo sobre Mike, el pollo sin cabeza, pero no podía leerlo porque estaba en inglés. Todos los días al llegar de la escuela abría el álbum de recortes y miraba la foto en blanco y negro del pollo degollado, posando para la cámara como si pudiera verla. Una tarde, mamá me recibió con un libro envuelto en papel de regalo. Era un diccionario de bolsillo inglés-español. "Un buen investigador necesita herramientas", dijo sonriendo. Me besó y se fue. No hablábamos mucho, no tuvimos suficiente tiempo, pero siempre podía sentirla, su presencia llenaba todos los espacios. Ella era el hogar de nuestra casa, Dora Gorski.

El artículo era sencillo y en el diccionario pude encontrar todas las palabras. Redacté una traducción en tres noches.

Trabajaba hasta que me mandaban a acostarme. No me gustaba dormir, era una pérdida de tiempo. Me atormentaba estar en la cama mientras bebés caían de las ventanas y eran salvados por héroes accidentales en algún callejón que yo nunca había visto. Lo mejor de ser Dios, pensaba entonces, era no perderse ninguna de estas cosas. Él tenía que ser un espía, el mayor coleccionista, por eso nunca se aburría.

Al día siguiente les conté a todos mi descubrimiento. No me creyeron, me llamaron mentiroso. Cuando llegué a casa, mi madre me preguntó qué pasaba y me puse a llorar. Después de suplicarle, me permitió llevar el álbum al colegio, sólo por esa vez y estrictamente como evidencia. Decidí darle un nombre, a Benigno se le ocurrió: "Historias asombrosas: crónicas de lo increíble". Me pareció fantástico (ahora lo encuentro redundante). Recorté las letras de un periódico y las pegué en la portada. Era oficial, indiscutible. Desde entonces, comenzaron a recibirme con nuevos sucesos que casi siempre resultaban ser falsos. Creo que desde ese momento comenzó a irritarme la ficción (¡qué invención tan innecesaria!). De vez en cuando algún compañero aportaba material valioso. Gracias a Luis Manuel Gámez descubrí que existía una publicación llamada Reader's Digest. La primera edición en español apareció en diciembre de 1940 con el nombre de Selecciones.

12 de marzo, 1980

Al principio la gente creyó que la historia de Mike era un fraude. La verdad es que sobrevivió porque al ser degollado la mayor parte de su tallo cerebral permaneció intacto junto a un resto del oído izquierdo. Además, el hacha no tocó la vena yugular y un coágulo en la herida impidió que se desangrara. Fue valorado en diez mil dólares y asegurado por esa cantidad. Sus dueños le daban de comer y beber utilizando un gotero. Llegó a pesar 8 libras, 3,63 kilogramos. Una noche, mientras estaba de gira, murió asfixiado en un motel de Phoenix. Los Olsen habían olvidado el gotero y los utensilios de limpieza en la exhibición y no pudieron salvarlo. Intentaron sustituir a Mike con otros pollos, pero ninguno sobrevivió más de dos días.

Nota: ¿cómo escribe un periodista? Hay que investigar y leer reportajes, ése es el estilo que hay que dominar. El proceso es lento, paciencia. Intenta escribir lo mejor posible, corrige después.

13 de marzo – 2:05 am

Papá y mamá fueron hijos de inmigrantes. La familia de mi madre era o es de Polonia, no estoy seguro de dónde era la familia de mi padre. Al parecer mis abuelos emigraron solos y murieron siendo muy jóvenes, cuando papá y mamá eran niños. Nunca hablaban de ellos. Recuerdo que un día comencé a hacer preguntas y mi padre me dijo que nuestra familia era de tres. "Hay cosas de las que es mejor no hablar", decía. Mamá bajaba la cabeza, su rostro no tenía expresión. A veces la encontraba así, sentada en silencio mirando a ninguna parte o a un lugar que no estaba allí realmente. Yo me acercaba sin decirle nada y tomaba su mano. Entonces se me ocurría preguntarle si estaba pensando en la guerra, pero no contestaba.

Un día me dijo: "Los niños no tienen que conocer esas cosas, ya habrá tiempo después. Ahora ve a tu cuarto". Me iba a leer historias y a organizar los recortes. Algunas veces pensaba en mi familia, en tíos y primos imaginarios que bailaban y cantaban en fiestas familiares. Sus rostros eran los de las fotografías antiguas que coleccionaba, los imaginaba en blanco y negro. Luego me distraía y lo olvidaba. No sé en dónde están ni si saben que existo. Ahora mi familia es de uno.

16 de marzo – 10:23 pm

Mi padre hablaba poco. No sé si era una disposición de su carácter o algo que sucedió con el tiempo. Ahora entiendo que me escondía cosas, especialmente las suyas. La vida era distinta. Todas las generaciones dicen lo mismo, pero es cierto. No quiero decir que el pasado fuera mejor o peor, pero en la década de los años cuarenta y cincuenta la juventud no existía. Se era niño o adulto. Un mocoso que todavía no era una persona en el sentido estricto de la palabra o un hombre de traje y sombrero. Me atrevería a decir lo mismo de las primeras décadas del siglo. Entonces era normal casarse a los veinte años y mantener una familia con hijos, más de uno preferiblemente. Se esperaba de un hombre que supiera elegir una carrera prometedora y abrirse camino con una trayectoria respetable en alguna compañía importante. Producir, ingresar al sistema acompañado por una esposa fiel y dedicada que siempre estuviera a su lado. Una familia de valores, digna representante del progreso. Algo tenía que pasar, ¿quién sabe lo que quiere a los veinte años? ¿Cuántos a esa edad han encontrado aquello para lo que han nacido? Mi padre perteneció a una de esas generaciones en las que hablar de sueños era hablar de debilidades. Los verdaderos hombres trabajaban y hacían lo que fuera necesario.

No creo que fuese su carácter, aprendió a ocultar lo que era e intentó convertirse en lo que debía ser. Esos silencios, las miradas al plato, a los restos de comida, a los manteles, a los fondos de los vasos, se me escaparon muchas veces. Pero de vez en cuando sus ojos me descubrían observándolo y era como si intentaran decirme algo. Cuando era pequeño me gustaba jugar a imaginar sus planes. ¿Con qué soñaba? ¿Qué le causaba risa? Con el tiempo me di cuenta de cuan triste era mi juego y lo que implicaba; lo poco que conocía a mis padres y lo que ellos tenían que ocultar para protegerme, que no podía entenderlos porque una parte de ellos era inaccesible, aunque me fueran queridos y cercanos. Padre y madre son palabras que definen la relación que los une, sobre todo con su hijo. Por eso nunca pude llamarlos por sus nombres. Mi padre se llamaba Karol, Karol Gorski.

20 de marzo – 12:19 am

En un comercial que salió por primera vez al aire en 1949, Tommy Roy le anunció a la teleaudiencia estadounidense el resultado de una encuesta realizada a más de cien mil doctores de todas las ramas de la medicina, a lo largo y ancho del país. La pregunta fue la siguiente:

¿Qué cigarrillo fuma usted, doctor?

Una abrumadora mayoría contestó Camel. Los doctores fuman Camel más que ningún otro cigarrillo.

3:08 am

Un día le pregunté a mi papá si él era polaco. Acabábamos de almorzar y normalmente permanecíamos sentados en la mesa por un rato. Me observó unos segundos y dijo: "¿De dónde sacas tantas preguntas?" No le contesté, no me atreví a decirle nada. Yo quería una respuesta porque quería saber de dónde era yo. Tomó un poco de agua y luego de apoyar el vaso sobre la mesa agregó: "Tu tierra es donde está tu familia. Lo demás es costumbre". Se volvió hacia mí y me miró a los ojos, yo continuaba en silencio, escuchándolo. "Estas calles, la sensación que tienes al cruzarlas, es costumbre. Las has visto muchas veces, sabes cómo huelen." Tomó el vaso y terminó de vaciarlo. "Con suficiente tiempo puedes sentir eso en cualquier parte, te acostumbras".

En el colegio disfrutaba contar mis historias, llevar recortes en los bolsillos o el retrato de algún soldado muerto en la guerra. Siempre encontraba a alguien interesado en escucharme. Cuando el relato era realmente bueno, se pasaban papeles durante la clase. Escribían comentarios o hacían dibujos, pero eso era todo. A mí me costaba hablar de otras cosas, nunca sabía qué decir. ¿Qué podía compartir con ellos? No salía a jugar cuando estaba en casa, no tenía vecinos de mi edad, vivía en un edificio sin niños. Pasaba las tardes recortando, leyendo o mirando televisión. En el colegio los miraba jugar y me sentía diferente. ¿De dónde era yo?

Tenía un soldado de juguete, cuando me quedaba solo lo mandaba a combatir en guerras imaginarias.

23 de marzo - 9:23 pm

Hoy fue un mal día en el estudio. Estoy cansado. No puedo dormir.

24 de marzo, 1980 – 10:33 pm

La crónica del primer choque registrado en la ciudad de Caracas, Venezuela, fue publicada en el diario El Universal el 12 de julio de 1913, en un editorial titulado 'Un problema que necesita solución'. En dicho artículo, el accidente es valorado como una consecuencia terrible e inevitable de permitir que esos "flamígeros aparatos de hierro" circulen por las calles.

Se acusa al "millonario de la gran nación del norte (...) Enrique Ford" por querer lucrarse vendiendo automóviles, e incluso se pone en duda que los seres humanos sean capaces de transportarse en semejantes coches mecánicos: "Que hablen los otros. Que hable la ciencia. Que hable el doctor Luis Razetti y diga si un organismo puede aguantar el desplazarse a veinte kilómetros por hora. Que hable el doctor Delgado Palacios, nuestro más eminente químico, y explique si con el ingrediente tan peligroso que llaman gasolina no puede inflamarse y producir una reacción en cadena que acabe con la ciudad. Que hablen los jóvenes doctores Pepe Izquierdo y Enrique Tejera. Que hablen todos, que no se callen, que la ciudad y la patria están en peligro".

Nota: la cultura y la opinión pública, la costumbre y el tiempo... ¿Nos veremos nosotros así en cien años? Me pregunto cuántas veces se ha tomado la decisión equivocada y nos hemos acostumbrado al error. ¿Quién decide? ¿Cómo surge por primera vez una idea y se convierte en lo habitual? ¿Quién crea por primera vez los pasos de un baile conocido en el mundo entero?

25 de marzo – 1:44 am

Desde un principio sabían que no me darían un nombre polaco. Aún no tengo muy claras las razones. Pero sé que ambos creían en el poder de los nombres, en que esa combinación de letras tendría un efecto decisivo sobre mi personalidad y mi destino. Como un conjuro consumado en el sonido, en la pronunciación de las sílabas, capaz de invocar la mejor o la peor versión de mí. Alexander estaba destinado a la grandeza; Vincent, a la tragedia.

En muchos sentidos mi padre no correspondía al ideal clásico del hombre europeo. Era un gran admirador de los Estados Unidos, decía que el mayor regalo que se le puede otorgar a un hombre es la libertad para alcanzar su propia felicidad, y que Estados Unidos era una nación que había sido construida sobre ese ideal. Sobre la esperanza de que, en un nuevo lugar, los hombres estarían a la altura de las circunstancias. Me explicó que nunca sería así a pesar de las buenas intenciones, porque el mal es parte de nuestra naturaleza y existirá para siempre, pero que un país cimentado sobre los valores más nobles del ser humano ofrece las mejores condiciones para tener una vida digna.

Conocía un par de historias sobre los colonos y los padres fundadores, pero a quien realmente admiraba era a Eliot Ness. Siempre pensó que el alcohol era el catalizador de la degeneración de la sociedad, que la virtud y la degradación espiritual de una ciudad podía medirse por su consumo de alcohol. Detestaba la mafia y todo lo que representaba, especialmente a Al Capone.

El Secretario del Tesoro, Andrew Mellon, quien fue encargado por el recién electo Presidente Hoover de encerrar a Capone, escogió a Eliot Ness para dirigir las operaciones contra las destilerías ilegales y las rutas de contrabando del gánster. Ness revisó y estudió los expedientes de todos los agentes de prohibición para crear un equipo incorruptible y confiable. La primera versión estaba constituida por cincuenta agentes. Más tarde, el grupo se redujo a quince y finalmente a los once que posteriormente serían conocidos como 'Los Intocables'.

La caída de Al Capone fue consumada por los múltiples cargos de evasión de impuestos con los que Ness tuvo poco o nada que ver, pero los esfuerzos de 'Los Intocables' representaron un duro golpe para las operaciones del mafioso. En 1934, fue nombrado investigador principal de la Oficina de Prohibición para Chicago y Ohio.

Para mi padre, Eliot Ness representaba al hombre que luchaba contra la corrupción y la desmoralización de los ciudadanos, protegiendo los valores de una gran nación en construcción. Era un héroe, uno que cumplía con su deber y hacía bien su trabajo. Por eso decidió llamarme Elio, un nombre que en cuatro letras expresaba sus expectativas como padre. Conocer su historia era conocer lo que esperaba de mí como hijo. Lo que papá nunca contó, quizás porque no lo sabía, fue que el gran Eliot tuvo una carrera de altos y bajos con dos matrimonios fallidos, problemas de alcoholismo y muchas deudas. Fue empleado de una librería, mayorista de piezas electrónicas y vendedor de carne congelada de hamburguesas para restaurantes. Cuentan que su tiempo libre solía pasarlo en bares contando historias exageradas sobre sus días de gloria como agente del gobierno. Eliot Ness, ¿a qué estoy destinado?

27 de marzo – 11:41 pm

Luis Manuel Gámez se convirtió en mi colaborador ocasional. Me regalaba números de Selecciones que tiraban en su casa. Su madre coleccionaba las ediciones especiales, pero después de un tiempo solía deshacerse de los números regulares. Un día, Luis Manuel me invitó a dormir en su casa para revisar la colección de ediciones especiales y registrar algunas historias para mi álbum. Tuve que pedir permiso, era la primera vez que me invitaban a quedarme en otra casa. Mis padres hicieron preguntas sobre Luis y su familia, pero yo no sabía gran cosa. Les conté que el papá de Luis tenía un negocio de venta de repuestos para autos y que su mamá coleccionaba Selecciones. Al parecer fue suficiente, se miraron el uno al otro y dijeron que podía quedarme.

Luis se iba en transporte; al salir de clases tuvimos que esperar porque el autobús aún no llegaba. Llegó media hora después. Tenía hambre y hacía mucho calor, recuerdo que en ese momento me arrepentí de haber ido. Las ventanas sólo bajaban hasta la mitad, el sol de la tarde calentaba el plástico azul con el que forraban los asientos, estaba húmedo y olía a sudor. Unos niños gritaban, yo tenía la cabeza apoyada sobre el vidrio caliente lleno de marcas de dedos. Las sorpresas que nos esperan fuera de la rutina no suelen ser agradables. Es mejor estar en casa, la espontaneidad está sobrevalorada. En el camino no nos dijimos nada. Dos niñas se pelearon, ya no recuerdo por qué.

La casa de Luis Manuel era vieja y blanca. No tenía jardín al frente pero sí un gran patio trasero lleno de hojas y bolsas negras arrimadas en los rincones. El olor dentro de la casa era extraño, era una mezcla de algo parecido a comida con ropa guardada, no he podido olvidarlo. Tampoco parecía muy limpia y eso no me gustó, al entrar ya quería irme.

Su mamá estaba en la cocina. Cuando nos escuchó, salió a recibirnos muy contenta con dos vasos de agua, que también olía y sabía raro. No me la tomé. Después de preguntarnos

cómo nos había ido, nos invitó a la mesa para almorzar. Yo
seguí a Luis y esperé que él se sentara. Estaba fatigado, el
estómago me sonaba de hambre. La señora Gisela no paraba
de hablar, preguntaba cosas y se respondía ella sola a partir
de nuestros gestos. La comida no estaba mal pero no tenía
mucho sabor. Era pollo guisado, en mi casa nunca
preparaban pollo guisado. También me preguntó qué hacían
Karol y Dora (así se refirió a ellos) y después dijo algo sobre
Europa, la guerra y ese tipo de cosas. Luis Manuel y yo nos
miramos mientras comíamos en silencio. Luego fuimos a su
cuarto a descansar. No tenía muchos juguetes y no estaba
decorado. Parecía más la habitación de un adulto que la de un
niño, eso me gustó. Luego le pedí que comenzáramos a leer
las revistas, pero me contestó que debíamos esperar que
llegara su papá. Las ediciones especiales estaban guardadas en
una gaveta bajo llave. "¿Por qué?", le pregunté. Me dijo que
una vez había sacado las revistas sin permiso y sin querer
había derramado un vaso de jugo sobre ellas. Pasaron dos
días secándose colgadas en el tendedero. Desde entonces, se
guardaban en la gaveta bajo llave, que por supuesto él no
tenía.

Nota: la terrible sensación de completar recuerdos con
momentos imaginarios.

28 de marzo – 1:56 am

No me gusta el fútbol, me aburre el béisbol, no soporto el
básquet. El automovilismo es uno de los peores inventos de
la humanidad. El tenis es despreciable. La competencia

deportiva es la institucionalización de la violencia. Un frágil barniz socialmente aceptado en el que se nos permite odiarnos en nombre de un color o de un equipo. Los fanáticos se odian entre sí, se insultan y se escupen, celebrando la segregación y la venganza, las diferencias que cada bando quiere ver resueltas a su favor. Hay un perdedor que es humillado y un ganador que lo toma todo. Los dueños de los equipos se enriquecen honesta o deshonestamente, es un negocio. Se hacen estudios de mercado que determinan las compras y las ventas, quién es la próxima estrella y quién vende más camisetas. Los estadios están repletos de comida y entretenimiento para familias que se reúnen a odiar juntas, que participan en la catarsis de un instinto ancestral, de un impulso primitivo que nos convierte en salvajes de coliseo ansiosos por ver rodar una cabeza, por escuchar el choque de las espadas y los gritos de la guerra. Los afectos se diluyen en la masa, pero los colores y los himnos nos identifican. Pertenecer a algo de lo que no son parte otros. La exclusión, la política. Olimpiadas y banderas, desfiles de naciones enemigas, atentados y secuestros. Silbidos, euforia y llantos. Multiplicado por millones, las masas enardecidas desde sus oficinas y sus casas, desde colegios y restaurantes. En las calles: grandes y pequeños, abuelos y nietos. Desmayos, infartos. Besos y abrazos. Álbumes, barajitas. Jugadores, héroes y villanos. Tuvimos que inventarlos para no matarnos, pero debemos admitir que la terapia ha fracasado. La violencia es inagotable para siempre. El eterno retorno del mal y de lo mismo. Hoy todo me resulta insoportable, qué grotesco desperdicio de espacio y tiempo.

Recuerdo que al escuchar el sonido de las llaves en la cerradura, Luis Manuel salió corriendo para recibir a su papá. El señor Luis tenía más de cuarenta años, era gordo y calvo de un modo peculiar: a lo ancho y largo del cráneo brillante había pequeñas manchas de pelo disperso, cuatro o cinco cabellos rebeldes y frágiles que crecían juntos de manera desigual, despeinados y como a punto de caerse. Era muy extraño, no podía dejar de mirarlo.

Llegó a la casa de mal humor, se quejó de la humedad y de los clientes. Su voz era nasal y un poco ronca, hablaba rápido, atropellando las palabras. Luis se acercó a él pero no lo saludó, sólo le dijo: "Papá, vamos a sacar las revistas". Pero no lo escuchó; de nuevo: "Papá, déjame sacar las revistas". El señor Luis le contaba sus problemas a la señora Gisela como si estuviera peleando con ella, como si de algún modo ella también fuera culpable. Luis Manuel insistió, esta vez lo tomó de la muñeca: "Papá, ¿podemos sacar las revistas? Papá, Elio y yo queremos sacar las revistas. Te estábamos esperando". El señor Luis se volteó bruscamente, como si una alarma o un ruido desagradable hubiesen estallado a su lado. Con la cara encogida movió la cabeza buscando el origen del bullicio y se detuvo en el rostro de Luis. El movimiento no tomó más de un segundo. La explosión que lo siguió tampoco: "¡Pero no ves que estoy hablando! ¡Cállate! ¡Esperen en el cuarto hasta que yo diga!"

Luis Manuel iba a llorar pero no se movió, no había soltado el brazo de su padre: "Pero papá...". Lágrimas, llanto. "¡Al cuarto, ya te dije!" Cerramos la puerta. Yo me senté en el piso y Luis Manuel se acostó en su cama a llorar. No dije nada, quería irme.

7 de abril – 1:20 am

El 25 de junio de 1968 se disputó en la ciudad de Buenos Aires un partido de fútbol entre River Plate y Boca Juniors, los dos equipos más importantes del campeonato argentino. El partido fue aburrido, terminó con un gris empate sin goles. Hacía frío, ese día la temperatura máxima fue de 12 grados centígrados. La gente quería irse a casa.

"El clima era peligroso. Algunos hinchas habían quemado banderas de River. Otros arrojaban cohetes, monedas y vasos con orina a los que estaban en la parte baja de la tribuna. No faltaban trompadas ni pequeñas avalanchas". (Pablo Antonacci, testigo.)

La puerta 12, ubicada en el sector ocupado por la fanaticada visitante (Boca Juniors), tiene en el último tramo ochenta escalones mal iluminados sin barandas ni pasamanos. El piso estaba resbaloso. La gente intentaba salir pero algo obstruía la puerta.

"En un principio era una avalancha normal, pero después se acrecentó. Iba por el aire, sin tocar el piso. Algo empezó a salir mal, la avalancha se detuvo. Cada vez estaba más apretado, había gritos de pánico, de mucho miedo. La gente que estaba abajo quería subir. Estábamos uno arriba de otro bajo una terrible presión que no dejaba

31

respirar. Me caí y después me desmayé". (Javier Sorín, sobreviviente.)

La mayoría de las 71 personas que fallecieron en la puerta 12 producto de la asfixia y de los golpes eran menores de edad. Por eso el caso quedó a cargo del ciudadano Oscar Hermelo, juez de menores. Al día siguiente todavía se encontraban zapatos, peines, hebillas de cinturón y manchas de sangre sobre las escaleras. Nunca se determinaron las causas y no se hallaron culpables, aún se manejan varias hipótesis.

La Asociación de Fútbol Argentino (AFA) y los clubes asumieron de manera conjunta la indemnización de las víctimas creando un fondo que contaba con aproximadamente cien mil dólares. A cambio del pago, se le exigía a los involucrados renunciar a cualquier tipo de procedimiento judicial. A cada víctima le correspondía un poco más de mil dólares.

Testigos afirman que Julián Kent, presidente de River Plate en 1968, recorrió hospitales repartiendo condolencias y estrechando manos para rogarle a los sobrevivientes que no emprendieran acciones legales en contra del club. Solo Nélida Oneto de Gianolli y Diógenes Zúgaro iniciaron juicio contra River Plate. El fallo fue a su favor y cada uno recibió una compensación de cincuenta mil dólares.

De vez en cuando, se lee una pancarta en el estadio Monumental que dice: "Puerta 12, un grato recuerdo".

Pasó más de una hora antes de que la señora Gisela nos llamara para comer. Durante ese tiempo no hicimos nada. Luis me preguntó sobre la última historia que había archivado en el álbum. Por fin me animé y empecé a contarle. El artículo lo había encontrado en una revista de Benigno, hablaba sobre Anne Parrish, una novelista americana nacida en Colorado. En 1920, ella y su esposo habían realizado un viaje a París, y una tarde decidieron salir a recorrer librerías. Mientras revisaba una selección de libros usados, consiguió un ejemplar de 'Jack Frost and other stories'. Emocionada, se lo enseñó a su esposo y le comentó que era uno de los libros más queridos y recordados de su infancia. Él lo tomó entre sus manos para examinarlo, lo abrió y leyó la inscripción de la contraportada: "Anne Parrish, 209. N, Weber Street, Colorado Springs". Más de veinte años después, Anne había encontrado su libro en otro continente.

Cuando salimos, el señor Luis estaba sentado en la mesa leyendo la sección de deportes mientras esperaba la cena. La señora Gisela estaba en la cocina, vigilando el horno de vez en cuando; poco después se colocó unos guantes, lo abrió y sacó una cazuela grande. Antes de traerla, le colocó una tapa de vidrio.

- ¿Quieres jugo? - preguntó.

- Ujum - contestó el señor Luis sin dejar de leer.

- Papá… - empezó a decir Luis Manuel. El periódico fue doblado y lanzado hacia un sofá a unos metros de la mesa.

Dos ojos cansados y hostiles se posaron por segundos sobre él antes de detenerse en la cazuela. La oración quedó congelada.

- ¿Papas, Gisela...? ¡Papas! - ni siquiera levantó la tapa. Ella disimuló y pretendió no darse cuenta. Nosotros observábamos.

- Hoy no pude salir - comentó de modo anecdótico -. El día fue imposible. Además, a Luis Manuel le gustan, ¿verdad? - nos miró y luego dijo -, ¿quieres, Elio?

Tardé un segundo en contestar, pero antes de que dijera nada el papá de Luis agarró la cazuela con rabia y se la llevó a la cocina. Sacó una bolsa y tiró las papas gritando:

- ¡Aquí es donde va esta mierda! ¡En la basura!

- Váyanse al cuarto - dijo la señora Gisela. Tardamos un momento en reaccionar porque estábamos mirando al señor Luis botando las papas -. ¡Luis Manuel!

Nos levantamos. Antes de cerrar la puerta del cuarto, los primeros gritos comenzaron.

La discusión duró aproximadamente quince minutos. Luis Manuel volvió a llorar, ambos permanecimos en silencio. De repente, se volvió hacia mí y suavemente me dijo que hoy no íbamos a poder ver las revistas, yo le contesté que ya lo sabía. De nuevo se calló, los dos mirábamos al techo. Yo imaginaba que estaba en mi casa, no sé en qué pensaba él. Entonces preguntó: "¿Quieres dormir?" Asentí con la cabeza.

Aquel sábado me levanté a las siete de la mañana, la casa estaba en silencio, nadie había despertado todavía. Fui al baño, me cepillé los dientes y me lavé la cara. De regreso, tomé el teléfono de la sala y llamé a mi casa. Sonó cuatro veces. Al principio papá se preocupó:

- Hijo, ¿qué pasa?

- Nada – contesté - ¿puedes venir a buscarme?

10 de abril – 10:11 pm

Hoy le tomé unas fotos a un señor de ochenta y tres años, se llama Eugenio Rafael Aranda González. Llevaba un traje azul, camisa blanca y un corbatín de lazo rojo. Las prendas parecían haber estado guardadas por más de veinte años. Olía a madera húmeda con alcanfor o naftalina. Su mirada era nostálgica, pero no estaba triste, no me dio esa impresión. Tal vez un poco solo, pero todos los viejos lo están. Sentí curiosidad porque miraba hacia la cámara como si estuviera posando para alguien o pensando en alguien. Buscando conversación le pregunté para qué necesitaba las fotografías y me dijo que para nada en particular. Cada cierto tiempo acostumbraba tomarse una serie estilo pasaporte para llevarlas en la billetera. "Uno no sabe cuándo las vaya a necesitar". Luego de pagar me pidió amablemente un bolígrafo, apartó una foto y escribió en la parte de atrás la fecha junto a su nombre completo, su edad y su teléfono. Al terminar me preguntó si llevábamos un registro fotográfico de nuestros clientes, conocía un par de estudios que archivaban los retratos y quería colaborar con el nuestro. Le dije que no, pero que quizás con él podríamos comenzarlo. Sonrió y me dio las gracias después de entregarme la foto con sus datos. Me estrechó la mano y al marcharse miró hacia los lados como buscando una salida.

No he dejado de pensar a dónde iría. Mañana hablaré con el señor Carpio para iniciar el registro. Gracias, don Eugenio, ¡qué buena idea!

17 de abril – 12:28 am

La memoria es multisensorial… Era de tarde, las tres o tal vez las cinco. Las cortinas estaban cerradas, la habitación teñida de amarillo. Tenue y pálida, diluida en el pasar de las horas más solas y tristes. El vestido rojo que solía utilizar los martes, con sus pequeñas flores cien veces lavadas. En silencio, apenas podía verla respirar, sus hombros oscilaban suavemente. Parecía cansada. Al caminar rocé la cama y, aunque no cambió nada en su perfil, descubrí que me había visto. Yo creí que dormía, pero observaba la pared. Me detuve frente a ella, su expresión no se alteró. Lento, y muy débil, el tiempo apenas se notaba, como una sensación de que todo era el residuo de una verdad simulada: nada está pasando realmente. Me acosté junto a ella en silencio y tomé sus manos acercándolas a mi rostro. Cerré los ojos, solo existían el olor y la textura de su piel en mis manos. Las besé y comencé a reírme. Abrí los ojos y encontré los suyos, mirándome. - ¿Qué te pasa, mamá?

- Nada -, dijo -, sólo estoy descansando.

No fue suficiente, pero algo me impedía preguntar. Me quedé con ella sin pronunciar una palabra. Después de un rato, me aburrí y la dejé en la cama, en la misma posición, de lado con las rodillas flexionadas.

Muchas tardes transcurrían en medio del silencio, con un recuerdo ocasional de la gente y la vida de la calle que trepaba las ventanas. Ya había merendado y hecho la tarea, entonces deambulaba por el apartamento que empezaba a oscurecer en soledad, sin pensar ni sentir nada. Visitaba los cuartos, me sentaba en la mesa, abría los clósets buscando algo que acaso hubiera olvidado. Sacaba los juguetes sin tener realmente ganas de hacerlo. Iba a tomar agua y volvía a jugar pensando en otras cosas, en Benigno, en sus viajes y en las historias que se escribían en algún lugar insospechado, muy lejos de mí o en la esquina del barrio, pero no aquí, nunca en mi casa. Me acostaba y dormitaba buscando figuras y rostros en las imperfecciones de la pintura, recorriendo la pared con mis dedos. Entonces papá o mamá me llamaban o decían algo y todo volvía a tener sentido. Yo salía y conversábamos o nos acompañábamos sin hablar.

21 de abril

El 8 de marzo de 1971 un hombre no pudo reunirse con sus amigos. Habían visto juntos las treinta y un peleas de Muhammad Ali, ahora tras varios meses de angustiosa espera, había llegado el día de 'la pelea del siglo' entre el campeón Joe Frazier y el retador Ali, ambos invictos. El hombre había salido la noche anterior a cerrar varias apuestas, visitó tres bares y alrededor de las cuatro de la madrugada se sentó a comer un pastel de carne frío que había estado guardado por seis días en la nevera. Él creía que sólo eran tres. Al terminar, decidió acostarse, pero en la oscuridad comenzó a sentir náuseas y a sudar frío. Le ardían los intestinos, se sintió débil y mareado, sin duda algo estaba mal. Vomitó dos veces, a las siete de la mañana seguía despierto. Sospechó de los vasos, los ceniceros y las manos de la gente. Entonces recordó el olor del pastel y le pareció que estaba un poco ácido. Tomó una aspirina con agua e intentó dormirse, pero fue imposible. Pasó casi una hora sentado en el retrete. Más tarde se sintió mejor y soñó con la pelea: Ali noqueaba a Frazier en el sexto round y obtenía el título mundial. Luego despertaba y le costaba comprender que lo había soñado. Entonces contaba el dinero ganado en las apuestas y pensaba en lo que debía comprase. Le sudaban las piernas y volvía a despertarse. Un traje nuevo, un auto, era imposible, no alcanzaba para tanto. A las cinco de la tarde comprendió que no podría levantarse y que no vería la pelea. Le molestó (o le dolió tal vez) que nadie hubiese llamado para socorrerlo. Descolgó el teléfono y comprobó que tenía tono. Pensó en sus amigos, echó en falta sus risas e imaginó sus comentarios. Habría sacrificado peleas anteriores para ver esta. Era 'la pelea del siglo', tal vez la más importante en la historia del boxeo. Sinatra ya estaría en camino hacia el Madison Square Garden. "El pastel estaba rancio", dijo en voz alta, volvió a contar los días y esta vez fueron seis.

Ali dominó los tres primeros rounds haciendo daño con su *jab* e intercambiando combinaciones con Frazier, pero pronto comenzó a mostrar señales de cansancio. Había dejado de bailar. Frazier, mucho más agresivo, lograba acercarse y conectaba terribles golpes al cuerpo de Ali.

Los boletos se habían agotado. Para entrar, Frank Sinatra tuvo que disfrazarse de periodista y tomar fotos para la revista Life. Woody Allen y Burt Lancaster también estaban allí.

Con cada round, el cansancio de Ali era más evidente, pero Frazier no conseguía derribarlo, la puntuación se mantenía pareja. En el round once, Frazier conectó un gancho de izquierda que arrinconó a Ali contra las cuerdas, parecía que todo iba a terminar pronto. El retador resistió, pero el campeón empezaba a ganar en las tarjetas de los jueces. Ali vestía de rojo y blanco; Frazier, de verde y amarillo. Cada uno recibiría veinticinco millones de dólares. La multitud gritaba cada golpe, la tensión era insoportable. En la primera mitad del round quince, Frazier conectó un gancho izquierdo devastador que mandó a Ali a la lona por tercera vez en su carrera. El retador se levantó rápidamente y, a pesar de la embestida, sobrevivió hasta el final del asalto. La decisión fue unánime: el campeón había retenido el título. Se convirtió en la primera y sin duda la más dolorosa derrota profesional de Muhammad Ali. 'La pelea del siglo' dio origen a una de las rivalidades más reconocidas en la historia del deporte.

Al enterarse del resultado, el hombre volvió sobre cada una de las decisiones y movimientos del día anterior. Los bares, las conversaciones, las apuestas y las horas de llegada; por supuesto, también pensó en el pastel. ¿Y si se lo hubiese comido cinco días antes? o ¿si hubiera cenado en el bar como estuvo a punto de hacer? Consideró mil quinientos 'hubiera' y todos conducían a la misma idea: si hubiese visto la pelea con sus amigos, ¿Ali habría perdido? Tenía la terrible sensación de que el resultado correspondía solamente a la realidad en la que él se había intoxicado con un pastel de carne podrido. Otra verdad, otra versión de la vida habría sido posible si él hubiese estado donde debía estar. El resultado era un error, un salto en el sistema, una prueba de la teoría del caos. Las alteraciones en la sincronización de la coreografía global desencadenan catástrofes. Todos tenemos un destino y un lugar en el universo, pero no podemos ocuparlo. Si la mejor versión de la realidad depende de la sincronía total, entonces estamos atrapados en una copia defectuosa. El mundo nunca será lo que podría ser, el futuro ha sido trastocado fatalmente. Aquella noche no pudo dormir y decidió no ir a trabajar la mañana siguiente. Su nombre era Clemente Duschamp.

27 de abril – 12:12 am

Siempre quise un perro. Algunos sábados salía con mi padre y mi madre a hacer compras. Comida, ropa y productos que faltaran en casa, ese tipo de cosas. Yo iba con la esperanza de que me compraran un perro. Si existía un día en que fuese posible, sería un sábado. A papá no le gustaban los animales, mamá decía que yo era demasiado pequeño y que no podía hacerme cargo de una mascota. "Despúes, cuando seas más grande". Yo me contenía, hacía un esfuerzo enorme por no mencionar el tema del perro hasta que recorriéramos las primeras tiendas. Recuerdo una época en la que sufría toda la semana de ansiedad esperando que llegara el sábado. Aunque siempre dijeran que no, eso no importaba. Entonces discutíamos, yo lloraba y la tarde volvía a repetirse con pequeñas diferencias, tan sutiles que no nos dábamos cuenta. Luego aparecía la compensación, un sustituto capaz de callarme y liberarlos a ellos de mi tormento. Por lo general eran juguetes: carros, aviones, pelotas, pero en una ocasión me compraron una armónica. Venía en un estuche duro de color rojo con letras brillantes e incomprensibles. "Son caracteres chinos", dijo mi padre. La armónica era larga y de metal pulido reluciente, tanto que podía verme reflejado en ella. Comenzaba en la nota Mi designada con la letra E. "Sopla - me dijeron – sóplala". La acerqué a mi boca mientras tomaba una bocanada de aire, el metal estaba frío. Por el sabor descubrí que el interior estaba hecho de madera, era amarga y húmeda. "¡Sopla, Elio! ¡Sopla!" Entonces apareció el sonido, la resonancia hizo vibrar mi paladar y mis dientes, era grandiosa. Ese día soplé tantas veces que amenazaron con castigarme. "Es para hacer música, no ruido", me explicaron. En aquellos días, al igual que ahora, no tenía muy clara la diferencia. "La música - dijo mi mamá - te muestra lo que la gente siente. Tú también puedes hacerlo, pero tienes que aprender a tocarla".

Poco después mi padre llegó del trabajo con un libro que se llamaba '¿Quieres aprender a tocar la armónica? Método teórico y práctico de Armando Latorre'. Hice algunos ejercicios, pero nunca aprendí a tocarla. Me parecía aburrido. Prefería acostarme en mi cama, mirar el techo y hacerla sonar sin pensar en nada, raras veces se parecía a lo que sentía. Pronto volví a insistir con el perro.

16 de mayo – 7:03 pm

El señor Carpio es una persona difícil. Cada día estoy más convencido de que todos lo somos a nuestra manera, pero a él le cuesta mucho adaptarse. Es del tipo de hombres que ya no comprenden el mundo que habitan. Le irrita la cantidad de clientes, que siempre son más de los que puede manejar. Se queja de los proveedores, porque se han vuelto irresponsables, y de los productos, porque ya no tienen la misma calidad. La gente joven le parece irrespetuosa y frívola. "Muchachos estúpidos – dice - que escuchan música todo el día y quieren vestirse como artistas. Entran en la tienda y no saben lo que quieren, preguntan por cosas que no van a comprar, salen mal en las fotografías, porque no saben sentarse, y sus padres no les reprochan nada. A veces les gritan, pero a ellos no les importa, les dan la espalda o voltean los ojos. Las cosas no eran así antes".

- El jueves pasado - me dijo -, lo recuerdo por la impresión que me causó, leí en el diario que una chica quería demandar a su novio porque había intentado matarla. ¿Tú me entiendes? Le había dado una paliza porque estaba embarazada y él quería que abortara. Se salvó porque gritó y alguien se acercó a ver qué pasaba. El novio la tenía encerrada en su auto. Se asustó y comenzó a gritarle que se bajara, arrancó y la dejó ahí en la calle. Diecinueve años. ¿Qué te parece?

- ¿Y qué pasó con el novio? ¿Lo agarraron? - contesté eso porque aún no estaba seguro de lo que pensaba al respecto.

- Yo no sé, Elio, decía que estaba escondido. La familia lo protege, una barbaridad.

Bendito señor Carpio, revestido de civismo y dignidad, representante del hombre ilustrado, domado y conquistado, libre de pasiones e instintos, pero preso de todo lo demás. Hijo de la jornada laboral y de la fábrica, educado con las ruinas de la etiqueta burguesa. ¡Cómo se asombra del caos y de la violencia! No entiendo por qué le escandalizan la barbarie y la apatía si nunca hemos sido diferentes, si este barniz de paz y comprensión se está cayendo a pedazos, si hemos celebrado la guerra, la mafia y la traición en coliseos, cines y teatros. En la ópera y en el arte. Todo está manchado: la música, la poesía, la literatura, la fotografía y la arquitectura, todo lo que crean sus expresiones del dolor, de vísceras y entrañas, de heridas de bala y descomposición de cuerpos. ¡Qué viejo más ingenuo y qué ignorancia tan grosera! Ningún error se paga más caro que el desconocimiento de la condición humana. En hombres como estos volvería a repetirse el Holocausto. Mañana voy a enseñarle el reportaje sobre los perros anti tanques que utilizaron los rusos en la Segunda Guerra Mundial.

Creo que Carpio debería vender el negocio y retirarse. Aquí ya no hay lugar para los viejos, el mundo que imagina está desapareciendo más rápido de lo que puede darse cuenta.

Nota: revisar. Esto no sirve para nada. Menos historia y ensayos, más de la gente y lo increíble. La lectura está teniendo consecuencias… cuidado.

18 de mayo – 4:25 am

No puedo escribir. No puedo dejar de pensar. El señor Carpio se horrorizó con la historia de los perros. ¡Hay que registrarla!

24 de mayo – 2:08 am

Estuve pensando en algunas de las cosas que había escrito y se me olvidó contar que desde aquel episodio infame con Luis Manuel Gámez y su familia, no volví a dormir en casa de nadie más.

Estoy cansado. Ha llovido mucho en los últimos días.

26 de mayo, 1980

Anoche no podía dormir. Apagué la luz y me acosté, pero dejé la televisión encendida. A veces es más sencillo dormir con esa sensación de compañía. No había nada que ver, estuve cambiando los canales por un rato y no sé en qué momento me quedé dormido. No estaba soñando, era una de esas veces en las que crees que estás despierto, en el mismo lugar, conservando una imagen de tu propio cuerpo acostado en la cama con el control remoto en la mano. Alguien habló. A solo centímetros de mi cuello escuché: "¡Elio! ¡Elio!". Dos veces. Como cuando entramos en una casa vacía y preguntamos por alguien conocido esperando encontrarlo y nos sorprende su ausencia. Dijo: "¡Elio! ¡Elio!", buscándome. Estaba en el cuarto, a mi lado. No estaba soñando, estoy seguro. De igual modo no es lo que importa, la pregunta es qué hace nuestro cerebro mientras estamos dormidos, qué sucede con nuestra mente en esos estados intermedios. La conciencia queda como atrapada en un limbo entre la vigilia y el sueño y ya no podemos distinguirlos. Lo real es lo que se percibe a través de los sentidos, la realidad es lo que permanece cuando no pensamos en ella, es una experiencia compartida de algo independiente que está allá afuera y que se sostiene sin nosotros. Pero, ¿cómo puedo estar seguro si lo que siento desaparece y sólo queda el recuerdo de lo vivido? ¿Cómo puedo confiar en sensaciones provocadas por percepciones cuestionables? El insomnio es un estado alterado de conciencia.

29 de mayo – 8:11 pm

La familia de Benigno, sus tíos y sus padres específicamente, tenían una serie de negocios además de SúperDescuentos, la tienda que administraba mi padre. En poco más de diez años, abrieron tintorerías, tiendas de ropa y de calzado. Todas en el área comercial, vendiendo artículos que la gente siempre necesita. Estaban bien conectados, conocían personas importantes. Una vez al mes organizaban fiestas enormes en casa del papá de Benigno o de alguno de sus hermanos. Servían principalmente para hacer negocios, pero las familias también eran invitadas como señal de respeto y de buena fe. A mi padre no le gustaban mucho y sólo íbamos de vez en cuando. Decía que no era nuestro ambiente y que el resto de los hermanos Riera no eran como el señor Armando, el padre de Benigno. Por eso cuando las fiestas eran en su casa no faltábamos.

Los hombres se reunían aparte y nunca se ocupaban de la comida ni de los niños. Reían, hablaban, fumaban y tomaban, en distintos órdenes y a veces al mismo tiempo. Algunas mujeres se encargaban de preparar y servir la comida mientras otras conversaban sentadas en la sala. Pocas veces nos molestaban. Nosotros salíamos a jugar al jardín, que era muy grande y estaba sembrado de pasto, podíamos hacer lo que quisiéramos. Algunos niños éramos conocidos de reuniones anteriores pero casi siempre había nuevos. Eso no me gustaba. Aquella tarde uno de ellos, un niño que llamaban Chico, propuso que jugáramos a la lucha libre. Yo no quería, pero los demás aceptaron. Siempre fui débil y me intimidaban los juegos físicos. Las niñas se fueron a jugar a otra parte. Chico quería que la competencia fuera justa y nos organizó por orden de tamaño. Era impositivo, pero simpático y parecía fuerte. Nos explicó que el objetivo era tumbar al otro utilizando la fuerza del cuerpo, sin golpearlo. Si uno caía al suelo, estaba eliminado; si caían los dos al mismo tiempo, ambos debían levantarse y volver a intentarlo. Chico se lo tomaba en serio, se enrolló las mangas de la camisa y dijo que él iría de primero para demostrar cómo se hacía, pero ninguno quiso enfrentarlo. Por el orden de tamaño llamó a un niño muy flaco y alto que se llamaba Germán. El pánico en su cara insinuaba que no había peleado jamás. Chico se paró frente a él y nos pidió que cerráramos un círculo alrededor de ellos.

- A la cuenta de tres: ¡Uno!

(Chico asumió su posición de lucha.)

- ¡Dos!

(Germán intentó imitarlo pero no le salió muy bien.)

- ¡Tres!

Chico se lanzó sobre el cuello de Germán y lo rodeó con su brazo. Todos gritábamos para animarlos. Germán intentaba soltarse, pero no lo conseguía. Comenzaron a dar vueltas. Chico respiraba cada vez más rápido y profundo.

- ¡Dale! ¡Dale! ¡Túmbalo Chico! ¡Dale Germán!

Chico se puso rojo, dio un grito y tiró a Germán con fuerza contra el pasto. Algunos aplaudieron, yo no.

Luego otro niño caminó hacia el centro del círculo y dijo que quería luchar, pero nadie se atrevió a retarlo. De nuevo Chico apeló al orden de tamaño y me eligió a mí. No reaccioné, no hice nada. Sentí manos en la espalda empujándome hacia adentro.

Durante mi infancia tenía un sueño recurrente: era perseguido por miembros de una secta que conocían mi secreto. Me buscaban en casas viejas, en bibliotecas con pasadizos ocultos, en jardines y bosques y en las azoteas de los edificios. No descansaban, sabían dónde encontrarme y siempre estaba en desventaja. Se acercaban, me acorralaban, pero en el último segundo, cuando estaban a un paso de alcanzarme, yo corría desesperado y saltaba intentando despegar con todas mis fuerzas, aterrado y con los ojos cerrados. Entonces, volaba hacía un balcón, hacia el edificio más alto envuelto en la oscuridad de la noche. Podía sentirlos, todavía no había terminado. En el aire, suspendido en las alturas, como en cámara lenta, sentía un terrible vacío en la boca del estómago, como la raíz de toda mi emoción y mi miedo. Las luces y las calles eran una interminable caída anunciada por el vértigo. Entonces despertaba con las manos y las piernas sudadas, cansado y con el corazón a punto de estallar. Aquella vez, de pie en medio del círculo, parado frente a ese niño, sentí exactamente lo mismo.

Cuando empecé a seguir la cuenta ya habían dicho: "¡Tres!". El niño caminaba hacia mí como intentando abrazarme, en ese instante pensé en Chico y me arrojé sobre su cuello. Lo escuchaba respirar y podía oler su sudor ácido, su piel estaba roja. Giramos y sentí que debía tirarlo, no pude gritar pero lo lancé con todas mis fuerzas. Oí un golpe seco y luego un quejido, los demás se callaron. La cara del niño había pegado contra el suelo y tenía sangre en la nariz. Chico intentó calmarlo, pero sólo consiguió hacerlo llorar. Me miró y dijo cosas que no entendí. Se dio vuelta y caminó hacia la casa, el muy idiota iba a acusarme. Pensé en mi padre, en el castigo y en inventar una mentira. Nada servía, nada podía salvarme.

No nos dio tiempo de movernos o de volver a jugar. El niño apareció con un muchacho de dieciséis o diecisiete años que lo tomaba del brazo, ya no estaba llorando. Ambos caminaron en mi dirección, y como para eliminar cualquier duda me señaló diciendo: "Ése fue". El muchacho se acercó, puso una pierna detrás de la mía y me empujó golpeándome en el pecho muy fuerte. Yo caí tendido de espaldas. La caída y el vértigo eran peores que en mi pesadilla. "Le rompiste la nariz a mi hermano, ¿ah?" En ese momento no dije nada, veía cómo Chico hablaba intentado explicarle el juego, pero la suela de un zapato bloqueó mi visión. Después sólo recuerdo que olía a sangre, todo olía a sangre.

No me castigaron. No sé si por la fisura en la nariz o porque en algún momento Chico aclaró las condiciones del juego. Mi madre me dijo que estaba muy triste y eso fue peor que cualquier castigo. Al niño no volví a verlo. En ocasiones he pensado si recuerda aquel día como yo, si para él también fue importante. Lo más curioso es que nunca supe su nombre.

Nota: ¿quién descubrió la violencia y el poder de someter a otros? Los juegos infantiles son una iniciación en las dinámicas del dominio. Ganar, perder, y conocer la enorme diferencia.

5 de julio

Hubo una vez un escritor que nunca fue leído, pero no podía dejar de escribir.

14 de julio – 1:17 am

La gente tiende a asociar la soledad con lo físico, con una presencia convertida en ausencia; de uno mismo o de otros, de los que ya no están o nunca han estado. Pero estar solo es muchas cosas, es una condición compleja, y a veces es un modo de ser.

Cuando ninguna palabra expresa lo que sientes y las ideas deambulan sin sentido ni forma, estás solo. No ser comprendido es estar solo; tener que morir es estar profundamente solo. Las expectativas y los fracasos, los sueños que no se cumplen y la mirada ante el espejo; todo eso es estar solo. La mano que escribe y la vejez son estar solo. Pero sobre todo el tiempo, la soledad se parece al tiempo.

Ayer, después de cerrar el estudio, salí a dar una vuelta. No tenía planes pero necesitaba hablar con alguien. Después de caminar varias cuadras entré a un bar que había visitado un par de veces antes. Se llama El Templo. Durante los días de semana no suele haber mucha gente, algunos regulares y quizás un tipo que está de paso como yo. Me senté en la barra y pedí un vodka con jugo de arándano, pero el barman me dijo que no tenía. Acepté la sugerencia del jugo de naranja con granadina. Mientras lo servía se refirió al trago como un 'clásico', en mi opinión es más bien típico, cercano a lo ordinario. En la barra también estaba sentado un hombre de unos treinta años, no parecía uno de los regulares, que suelen ocupar las mesas del fondo. No sé si escuchó la conversación o se dio cuenta del descontento en mi cara, pero unos segundos después hizo un comentario sobre el trago.

- Pocos bares tienen jugo de arándano.

Lo dijo buscando mis ojos, intentando hacer conversación. No respondí nada, levanté mi vaso con una mueca de frustración en una especie de brindis resignado.

- No es un trago de bebedores. Los que vienen a tomar de verdad piden otras cosas. Al bar no le convienen los tragos casuales, ¿no es así, amigo? - preguntó dirigiéndose al barman.

Yo también lo miré, el cantinero contestó mientras ordenaba unos vasos sin levantar la cara:

- Todos los clientes son bienvenidos.

Fue lo único que dijo. Nosotros nos miramos y brindamos en silencio. Pasaron dos o tres minutos, sabía que volvería a hablar.

- ¿Mal día? - preguntó.

- No - le dije -, salí del trabajo y no quería irme a casa. Entré aquí por casualidad.

Él esperaba mis preguntas pero no hice ninguna, sabía que iba a hablar sin mi ayuda.

- Vives cerca… - dijo afirmando y preguntando al mismo tiempo, respondí que sí -. Yo también. No hago esto seguido, pero hoy tenía que salir.

Le pregunté por qué sabiendo lo que eso desencadenaría. Preferí escuchar, ya no quería hablar de mí ni empezar a contar historias. Últimamente me he sentido un poco frustrado con el tema del libro y el proyecto, creo que estoy estancado. Al menos esto me iba a servir para distraerme y no pensar en mí mismo.

Se presentó y me dijo que se llamaba Lucas. Me contó que había conocido a Renata hacía unos diez años a través de un amigo. Apenas se vieron un par de veces y no pudieron hablar demasiado, pero a él le atrajo de inmediato. No sabía por qué, decía que no era sólo físico, había algo en ella que no podía identificar. "Siempre fue así", dijo.

Por varios años perdieron todo tipo de contacto, salvo ocasiones puntuales en las que se habían saludado y poco más. No volvieron a verse pero pensaba en Renata con frecuencia. Él sentía que con una buena oportunidad podría haber sucedido algo, pero el momento no llegó. Esa idea estuvo orbitando en su cabeza por períodos más o menos esporádicos con distintos picos de intensidad.

También me contó que se sentía solo. Había vivido varios años fuera del país y no tenía contacto con sus amigos. Unos estaban casados con hijos, otros se habían mudado, uno había muerto. Sus padres estaban divorciados, pero tenían nuevas familias y ambos vivían en el exterior. Él era lo único que había quedado de un matrimonio que nunca debió haber sucedido, lo dijo con esas palabras. Era evidente que estaba deprimido.

Un año y cuatro meses atrás (repitió varias veces la fecha) había viajado de vacaciones a Argentina, estuvo dos semanas en Buenos Aires. Primero habló acerca del clima, la cultura, la comida y otras particularidades de los argentinos, nada que valga la pena mencionar. Al cuarto día se encontró a Renata caminando. Para Lucas, posteriormente, se convirtió en una especie de señal por la coincidencia con el año y los cuatros meses que había transcurrido desde el viaje. Le costaba creerlo, cuando habló del encuentro hacía énfasis en lo inesperado, en la asombrosa coincidencia y en las remotas posibilidades de que sucediera lo que finalmente había sucedido.

Renata había vivido varios años en Buenos Aires. Había ido a estudiar un postgrado y cuando lo terminó se dio cuenta de que no tenía ganas de regresar. Salieron a comer, visitaron parques y rosedales, fueron al teatro y conversaron recorriendo el viejo puerto de la Boca al atardecer. En diez días el uno conocía la vida del otro, compartieron recuerdos y secretos, intimidades familiares, vergüenzas de la infancia de las que ahora podían reírse, momentos señalados como decisivos, elegidos entre tantos otros para permanecer.

Cuando llegó la despedida, en medio de abrazos y promesas, decidieron verse de nuevo en Barcelona dentro de cuatro meses. Por supuesto para Lucas fue otra señal, la confirmación de un significado oculto y trascendental. Esto también lo repitió varias veces. Durante los primeros meses hablaban por teléfono una o dos veces por semana, con tanta o mayor intensidad que antes. Me dijo que, aunque en realidad apenas la conocía, por momentos sintió que era la mujer de su vida. Era una historia intermitente que había tardado más de diez años en consumarse, pero la oportunidad finalmente se había presentado, era su destino.

Cuando faltaban treinta días para el viaje a Barcelona, perdió contacto con Renata. No contestaba el teléfono en su apartamento y no volvió a llamarlo. Le escribió una carta preguntando si estaba bien, dándole además algunas indicaciones logísticas sobre el viaje que aún parecía posible en su mente. No recibió respuesta. Siguió llamando, pero no la encontró. En un punto consideró volver a Buenos Aires, pero algo lo detuvo. Cuando le pregunté qué había sido, me dijo que sintió miedo de encontrar algo peor de lo que había imaginado.

Durante los dos primeros meses de la desaparición, llamó a Renata casi todos los días y le envió una carta cada semana. Al tercer mes, llamó sobre todo los lunes y los viernes, y ya no enviaba cartas. Al cuarto, la llamó cuando la recordaba: a veces cuatro veces en un día, otras, pasaba más de una semana sin llamar. El quinto mes, hizo dos llamadas. Renata contestó la segunda. Era de tarde y le sorprendió que pareciera haber estado dormida. Me contó la conversación con detalles.

- ¿Hola?

- ¡Renata!

- Sí…

- ¡Renata, soy yo, Lucas!

- Hola, ¿cómo estás?

No era ella, repetía, era otra persona. Era su voz y hablaba como ella pero era otra persona. Renata actuó con absoluta normalidad, esperando que Lucas justificara el motivo de su llamada.

- ¿Estás bien? ¿Qué te paso? Estuve muy preocupado, te escribí y…

- Sí, pasé unos días enferma. Ya estoy bien…

- Te llamé muchas veces y nadie contestaba.

- Sí, hay días que no estoy en el apartamento.

- ¿Estabas en el hospital?

- No, no…

(Silencio)

- ¿Tú cómo estás? - preguntó ella.

Renata no fue a Barcelona, desapareció de su vida por cinco meses y nunca le dio mayores explicaciones. Sólo mencionó la supuesta enfermedad y dijo que había pasado momentos difíciles. Era como si el reencuentro en Buenos Aires y las conversaciones telefónicas jamás hubiesen sucedido. Lucas me dijo que por instantes llegó a dudar de la realidad y pensó que tal vez él había confundido las cosas.

En este punto interrumpió la historia para hablar de ella. Dijo que poseía una belleza extraña, no era particularmente hermosa en detalle, pero en su conjunto, en su manera de hablar y de moverse había algo magnético. Repitió que era inolvidable, pero no pudo explicar qué era exactamente.

Cuando era más joven y todavía iba al colegio, Renata había tenidos muchos problemas, especialmente con su familia. Ella no le dio muchos detalles, pero sabía que uno de sus hermanos se había suicidado; que sus padres no estaban divorciados, pero eran infelices. Renata era frágil y las situaciones inesperadas podían provocar crisis nerviosas. Lloraba con frecuencia y tendía a deprimirse. "Conmigo nunca fue así – dijo -, son solo cosas que me contaba". Lucas examinaba cada detalle con una devoción obsesiva intentando encontrar la lógica en una situación que parecía no tenerla.

Renata le dijo que las cosas habían cambiado cuando se mudó a Buenos Aires y comenzó a vivir sola. Lejos del ruido se sentía más estable y segura. Por primera vez se dedicó a hacer lo que quería, podía decir que era feliz y no tenía grandes problemas; su vida finalmente era aquello que solemos asociar con la normalidad. Por eso a Lucas le sorprendió tanto que en la llamada hablara de enfermedad. En su desesperación por encontrar una respuesta, asumió que se trataba de una manifestación de viejos demonios. Cuando atendió el teléfono, no estaba dormida, estaba deprimida. Decidió apoyarla y olvidar Barcelona, al menos hasta que las cosas volvieran a ser como antes. Empezaron a hablar una vez por semana. Renata siempre atendía, pero ella nunca lo llamó. No hablaron sobre Buenos Aires, la desaparición o el rencuentro fallido. Lucas decidió que era mejor no mencionarlo. Renata seguía un tanto extraña, Lucas insistía en que no se había recuperado por completo.

Al cabo de unos meses, sintió que las llamadas no eran suficientes. Tenía una necesidad muy grande de verla y ayudarla, de lograr que cambiara de ambiente y que esta vez todo fuera diferente. Le ofreció el pasaje y la invitó a que viniera. Después de varias fechas postergadas, ambos acordaron que el 8 de julio era el día definitivo. Hace seis días no sabe nada de ella. Renata no llegó en el avión y no contesta en su apartamento.

No sentí lástima por él. Apegarse a las personas siempre trae dolor y decepción, fue lo único que le dije. No estoy seguro de que me haya entendido. Antes de irme le pagué un trago, después no pude dormir pensando en lo peligroso que pueden ser los teléfonos.

19 de julio – 9:23 pm

Las tres peores cosas que no he hecho: no haber viajado con mis padres; no haber viajado solo; no tener planes de viajar.

He estado pensando en Lucas y Renata. Lo más probable es que todavía no haya aparecido, cuando lo haga, él va a estar dispuesto a repetirlo todo otra vez. Es la ilusión, la esperanza de poder construir tu propia vida y tener el control. Nos gusta pensar que el Universo tiende hacia un fin, y que si cumplo con mi parte voy a estar bien.

Como la madre ejemplar que le entrega la vida a sus hijos: los alimenta, los protege y los educa. Los hace hombres y mujeres 'de bien' formándolos de acuerdo a valores de dignidad, integridad y respeto. Es buena vecina y esposa abnegada. Va a misa y respeta las leyes de tránsito, no fuma y reza por sus difuntos. Es una mujer de fe, sensible al dolor ajeno.

En algún lugar de su mente, o de su alma diría ella, en los mismos cimientos de la identidad de su ser, sostenidos por más de mil años de pensamiento mesiánico, ella cree, convencida hasta los tuétanos, que nada malo debería sucederle. Lo que ha hecho con su vida, tantos sacrificios y favores que ni siquiera ha contado, pagan la cuota exigida por Dios para recompensarnos. Su familia está protegida porque 'el Señor es misericordioso con los puros de corazón'.

Una tarde, mientras guarda unos platos en la cocina, siente un dolor en los ganglios de la axila izquierda. El primer diagnóstico es cáncer. En la siguiente semana, el oncólogo confirma la noticia: es agresivo y el pronóstico no es esperanzador. Se llamaba Tatiana Cavalli y luchó por cuatrocientos setenta y dos días. Partió en paz, entregada al misterio, pero en los momentos más difíciles pregunto por qué. Su esposo y sus dos hijos también preguntaron por qué: "¿Por qué Dios mío?" "¿Por qué mi mamá?" "¿Por qué mi mujer?" En estos casos la respuesta más obvia se torna inaceptable y esa capacidad, deseo incluso, de transgredir la lógica, de trascenderla, es una de las características fundamentales de la condición humana. Necesitamos un proyecto dotado de sentido que prometa alguna forma de eternidad o al menos creer en su posibilidad.

Lucas cree que puede salvar a Renata, que llegará el día de las explicaciones y de la reconciliación definitiva, que el esfuerzo y la resistencia darán resultados, que la soledad no es su destino porque él no lo ha escogido. Cree en el valor de la dificultad y la paciencia. Serán las horas, las gotas golpeando la ventana, el rumor de los vecinos en las calles, la televisión encendida por la noche, el teléfono que no suena, los extraños de un bar, la mujer atándole los zapatos al niño, las aceras repletas, los bancos y las parejas, las familias en el parque, el boleto de lotería perdido, el ascensor que no llega, la espera y los semáforos, el vuelo de los pájaros, el espejo de un baño, la mirada de un perro, la agilidad de los gatos, una sonrisa y una boca, un recuerdo, diez días en Buenos Aires y varios momentos que ya no existen, que ya se han ido; y como el muro de una callejuela olvidada, lleno de grietas, con la pintura abombada por la humedad y el descuido, por la indiferencia de los caminantes que ya no pasan, con pedazos de piedra que han caído sobre las aceras también rotas y manchadas, así, en medio de las horas que transcurren, que

destiñen y erosionan los colores, lo encontrará la sospecha de
que la vida es lo que es y no lo que uno quiere.

29 de julio, 1980

Había olvidado escribir la historia de los perros antitanque
o perros mina, como también son conocidos. El diario tiene
que ser una expansión y un respaldo de los archivos. Muchas
crónicas necesitan ser comentadas, hay que cuidar eso.

Insomnio.

2 de agosto de 1980 – 8:32 pm

Los perros mina fueron utilizados por el ejército ruso
entre 1941 y 1942 contra tanques alemanes en la Segunda
Guerra Mundial. El entrenamiento era sencillo: mantenían
hambrientos a los perros y luego colocaban comida bajo los
tanques. En un inicio, la carga explosiva que llevaban sobre
sus cuerpos estaba diseñada para que fuese liberada con los
dientes por medio de un cinturón autoajustable. Sin embargo,
ninguno de los perros logró completar la tarea con éxito en
repetidas ocasiones, se confundían por el ruido y la cantidad
de objetivos. Muchas veces regresaban a sus entrenadores
con los explosivos intactos. La estrategia debía simplificarse.
El nuevo diseño empleaba cargas no removibles detonadas
por una palanca que sobresalía aproximadamente 20
centímetros sobre el lomo de los animales, de modo que
cuando se introducían debajo de los tanques explotaban
inmediatamente.

La efectividad de los perros mina sigue siendo discutida hasta el día de hoy. Voceros del ejército rojo afirman que la operación fue un éxito y que consiguieron dañar hasta trescientos tanques alemanes. Después de la guerra, varios historiadores han señalado que tales cifras no son más que propaganda publicada para justificar la matanza de los animales y que los reportes verificados arrojan un número mucho más modesto, entre veinte y treinta tanques dañados. En cualquier caso, los alemanes tomaron precauciones colocando ametralladoras y lanzallamas en la parte superior de los tanques sin mucho éxito debido al tamaño y la velocidad de los perros, en su mayoría pastores alemanes. Finalmente, los soldados nazis recibieron la orden de abrir fuego contra todos los perros que divisaran en el campo de batalla. Su crueldad y ensañamiento fueron recordados por los habitantes de algunos pueblos que reportaron el exterminio de sus perros, incluso aquellos identificados como mascotas. Hasta la fecha se desconoce cuántos murieron.

Otros datos relevantes sobre los perros mina. Verano de 1941. Primer grupo de perros antitanque llega al frente de batalla; consta de 30 perros y 40 entrenadores.

Del primer grupo, sólo seis perros logran detonar sus cargas debajo de los tanques alemanes causando daños desconocidos. Ocho explotan regresando a las trincheras, hiriendo y matando soldados rusos. Nueve recibieron disparos y/o fueron capturados por los alemanes a pesar de intentos desesperados por parte de los soviéticos para evitarlo.

Distintos informes reportan los siguientes errores en la operación:

1. Los perros fueron entrenados con tanques rusos que utilizaban diésel como combustible en lugar de gasolina, utilizada por los tanques alemanes. Por este motivo, algunos canes, en medio de la confusión del campo de batalla, corrieron hacia los tanques rusos orientados por el olor familiar.

2. Durante el entrenamiento, los tanques no accionaban sus armas y tampoco había soldados disparando. Al ser liberados en combate, muchos perros huyeron atemorizados por el ruido, las explosiones y los disparos.

20 de agosto – 12:04 am

Hoy no me provocó almorzar gran cosa, no tenía hambre. Comí papas hervidas con mantequilla y una manzana. En los minutos que tenía para descansar me puse a revisar algunos periódicos viejos que estaban pendientes. El señor Carpio me vio y se acercó. Nunca había preguntado nada sobre las lecturas y los recortes.

- ¿Qué tienes ahí? - dijo.

- Nada, periódicos viejos. Estoy buscando noticias raras.

- ¿Qué vas a hacer con eso? - preguntó.

No supe contestarle, sólo le dije que las coleccionaba porque me parecía interesante. Era evidente que a él no, hizo un gesto de 'eso es asunto tuyo', se dio vuelta y se marchó al depósito. Entonces me di cuenta de que el corazón me latía más rápido y me sentí estúpido. Me había hecho una pregunta sencilla, no dije casi nada y lo dije con torpeza, como si no creyera en mis propias palabras. Pude haberle explicado que tenía un proyecto, hablarle del libro, de las coincidencias increíbles y las historias que vive la gente como nosotros. Pude haberle pedido algunas revistas y periódicos que tuviera guardados, pero sólo dije: "Porque me parece interesante". Yo también habría pensado en la forma que desperdiciaba el tiempo, cuidándome de no volver a preguntar nada.

¿Por qué no pude explicarme? Me habría gustado hacerlo. Alguna vez leí que "todo hombre sabe más de lo que puede decir." Nunca me sentí tan identificado. Para mí es evidente por qué; lo vivo y lo respiro todos los días, es lo que hago, lo que realmente hago. La maravilla y el misterio de los patrones, de los perfiles del azar que nos regala la intuición, la percepción de algo parecido a una forma, a una red, a un sistema de relaciones y conexiones sobre las que se asoma un sentido. Un propósito que apenas podemos divisar, el anuncio de un Fin, como los rostros que aparecen en las imperfecciones de las paredes y los animales en las nubes.

La vida de uno solo, cada una de nuestras historias, son el principio de una sílaba o el fragmento de una letra. No dicen nada y no significan cosa alguna por sí mismos; la parte de un símbolo incompleto que debe juntarse para empezar a tener sentido. En la totalidad, en los siglos y los millones, comenzarán a revelarse los caracteres y las palabras que constituyen la respuesta. Si hay un propósito, si hay un Gran Fin hacia lo que todo tiende, tiene que estar ahí: en lo que no podemos explicar, en lo que se nos escapa, en los límites de lo natural y de lo humano, en ese 'entre' que se nos resiste y permanece invisible. Es un mapa, el Gran Mapa...

Era imposible decirle todo esto. El proyecto es mi respuesta, el libro tendrá que poder explicarse a sí mismo, trascendiendo el lenguaje en el que está escrito. No puedo dejar de pensar en mi falta de empatía, en la oportunidad que perdí para explicarme. Ese momento, esa conexión podría haber sido importante, quizás lo fue y algo se perdió... ¿cuántas cosas habrán sucedido por nuestra incapacidad para expresarnos? A veces la tragedia y lo increíble empiezan con una equivocación.

28 de agosto – 3:01 am

Benigno siempre llevaba un maletín marrón de cuero lleno de papeles, periódicos, recortes y cualquier cosa que sirviera para la colección. Creo que visitaba varios lugares buscando información y material. Hablaba con la gente, entraba en librerías y bibliotecas. Por eso venía a nuestra casa con tanta frecuencia, tenía tiempo, todo el tiempo del mundo porque no hacía nada más. Yo no me daba cuenta de que no trabajaba, a mí me parecía un genio porque sabía cosas de distintas partes y épocas del mundo. Se actualizaba, investigaba y hablaba con seguridad, era un profesional. Años después descubrí que vivía de una mesada quincenal y que desconocía casi todo sobre los negocios de su padre, ocasionalmente colaboraba en asuntos sin importancia.

La gente lo llamaba 'el loco Riera', a sus espaldas, pero estoy seguro de que él lo sabía. Por eso hacía un esfuerzo enorme por parecer un hombre culto, un coleccionista bilingüe y respetable ocupado en una labor importante. Pero nadie se lo tomaba en serio, decían que era un mantenido, que inventaba cosas y que jamás había tenido una mujer. Probablemente era cierto.

Un día le pregunté a mi padre qué había pasado con Benigno. Me examinó intentando descubrir si en realidad sabía lo que le estaba preguntando. Pensó un poco y me dijo que Benigno siempre había sido diferente. El señor Armando le había contado que de niño fue muy nervioso y solitario. Siempre tuvo problemas en el colegio, nunca pudo adaptarse y decidieron sacarlo. No terminó la escuela primaria. A veces desaparecía dentro de la casa, lo buscaban por horas y lo encontraban debajo de la cama o dentro de algún clóset. Pensaban que no era normal, pero no le dieron ningún tratamiento especial. Salía poco y únicamente tenía contacto con miembros de la familia.

Johnny, primo de Benigno por parte de su madre, a veces iba a visitarlo. Era tres años mayor que él. Era un coleccionista empedernido de monedas y billetes de otros países y llevaba los álbumes para mostrárselos. En una época comenzaron a pasar más tiempo juntos y eventualmente se hicieron amigos. Poco a poco, Benigno mostró señales de mejoría, se le veía más tranquilo y cada vez hablaba más.

Luego se interesó por los álbumes de Johnny y le pidió al señor Armando que lo ayudara a conseguir ejemplares para la colección. Parecía más seguro y comentaba lo que había aprendido sobre los países a través de sus monedas. Empezaron a salir juntos, iban al cine, comían afuera, visitaban compañeros de Johnny que también tenían colecciones. El señor Riera creyó que su hijo había encontrado un lugar en el mundo, tenía amigos y pertenecía a algo.

En ocasiones Benigno había notado que su primo parecía débil y un tanto cansado. Al principio ocurría en momentos esporádicos, pero poco tiempo después el agotamiento era más frecuente e intenso. Johnny había nacido con un defecto cardíaco congénito y Benigno no lo sabía. Luego de numerosos exámenes, el médico decidió hospitalizarlo, su corazón no estaba recibiendo suficiente sangre y era conveniente mantenerlo en un ambiente controlado.

Mientras Johnny permanecía internado, su padre tuvo que realizar un viaje de negocios. Pasó dos noches fuera de la ciudad. En el camino de regreso, tuvo un accidente de tránsito, él y su socio murieron en el acto. El padre fue enterrado mientras el hijo convalecía sin saber nada. Johnny comenzó a sospechar de la prolongada ausencia, pero insistían en que descansara para recuperarse. Finalmente, y en contra de las indicaciones de los médicos, la familia decidió darle la noticia. Johnny murió horas después de un infarto. Tenía quince años.

Benigno no reaccionó, al menos no de la manera que esperaban, y se olvidaron de él. Asumieron que después del duelo volvería a ser como antes. Meses después descubrieron que llevaba un álbum con recortes de diarios sobre accidentes y muertes improbables o extrañas. Benigno nunca cambió, fue lo único que hizo y lo único que ha hecho: coleccionar y registrar.

A mí no me importó lo del dinero ni que dijeran que era un mantenido y un fracasado. Había algo en él, algo inquietante en lo que hacía, como si intuyera la existencia de un elemento oculto capaz de cambiarlo todo, pero nunca pudo encontrarlo. Estaba ahí sin embargo, era su obra. Lo que le faltaba era 'eso'. En la historia de los anónimos, en la insistencia del azar, en la permanente presencia de lo misterioso y lo extraordinario está el secreto del mundo. Es una especie de intuición, es una idea, pero todavía no se le ha ocurrido a nadie.

6 de septiembre de 1980

He intentado concentrarme y trabajar en lo que tengo que hacer. Ocuparme de lo verdaderamente importante y no ceder, pero esta incomodidad, esta ansiedad que se mueve en mis entrañas destruye mi capacidad de atención. Tampoco puedo sentir lo que debería, la sintonía, la conexión con las historias y el proyecto. Ya no puedo verlas ni pensarlas y no sé cómo empezar. Es frustrante ser tan inestable y no tener control. Lo que más me molesta es tener que reconocer esta debilidad y aceptar el quiebre, el hecho de que algunas cosas te afectan más de lo que quisieras, que aunque la mayor parte del tiempo estás 'en control', hay aguas subterráneas que pueden amenazarte y paralizarte. Que la razón nada puede cuando las emociones quieren, aunque vayan en contra de tu esencia y de lo que te has prometido ser. No quiero decirlo, no quiero volver a repetirme y amanecer dando vueltas como tantas otras veces. No puedo ceder.

7 de septiembre

¿De qué sirve nada en ningún momento?

19 de septiembre – 1:19 am

Ayer o anteayer salí a almorzar cerca. Cuando quedo muy satisfecho, me gusta descansar un rato en la mesa y luego caminar un poco antes de regresar al estudio. El restaurant queda a dos cuadras, pero en el momento me provocó caminar una en sentido contrario para hacer el camino más largo. La nuestra es un área comercial y se suceden unos tras otros todo tipo de negocios, pero la mayoría son tiendas de ropa, calzado y electrodomésticos. A toda hora se ve gente recorriendo las aceras como un fluir infinito que simplemente está ahí. Uno no sabe de dónde vienen ni a dónde van. Me gusta observarlos. Me fijo en su ropa, en lo que eligieron para mostrarse en la calle, pero pronto me doy cuenta de que muchos de ellos no han tomado una decisión consciente. Detallo su forma de caminar y de moverse, cómo ocupan los espacios y se desplazan evitando tocarse, con mínimos gestos. Cómo se aproximan a las tiendas y se enfrentan a los vendedores, por qué entraron a comprar o preguntar por algo. Todo parece instintivo, como si esos códigos de comportamiento no hubiesen sido aprendidos, sino que correspondieran a la forma natural de hacer las cosas. No hay que pensar, no hay decisión real, es pura voluntad ciega y reflejos. Me pregunto si en todas partes sucede lo mismo, si las gentes que salen a las calles coleccionan las mismas manías y rituales, como si siguiéramos un manual de procedimientos y las conductas se unificaran convirtiéndonos en masa. Se me ocurre que cada lugar tiene sus detalles, pequeñas variaciones y diferencias de estilo que le otorgan esa noción de identidad, de algo genuino, y que así como los autos y las calles y los semáforos son ligeramente distintos, también las voces, los olores y las formas de andar cambian, en un grado sutil tal vez, pero sin duda perceptible.

Mientras daba la vuelta en la esquina y me acercaba más al estudio, pensaba que esto es lo que significa pertenecer a algo: somos una comunidad de manías y rituales compartidos. En ese momento no se me ocurrió, pero lo cierto es que no todos logran integrarse y asimilar los estándares de comportamiento. En los excluidos incluso pequeños detalles como el modo de hablar y de vestir revelan enormes diferencias. Cierta distancia extraña, una incapacidad para adaptarse al sistema, que con un examen detallado se parece más a la torpeza que a la resistencia. Caminan casi siempre solos, anónimos, excéntricos y segregados. Me pregunto si son capaces de reconocerlo, si han asumido su condición de exiliados o la sufren. Y ahora, al escribirlo, me parece que todo deja de tener sentido. Todos somos extraños, partícipes de un carnaval en el que cada quien imita y parece lo que no es. ¿De qué otro modo podría tener una relación con un hombre como el señor Carpio? La normalidad es repetición y estadística, en la intimidad cada quien es completamente otro... o tal vez no. En fin, tampoco era esto lo que quería contar.

De regreso al estudio vi al señor Eugenio caminando con dificultad. Llevaba el mismo traje con el que le tomé las fotografías. Mi primera reacción fue acercarme, pero desistí porque creí que no me recordaría y no valía la pena molestarlo. Disminuí el paso y decidí observarlo. Se encontraba a unos veinte metros de mí en la acera opuesta, veía su espalda y una parte del perfil de su cara. Caminaba muy cerca de los negocios, como si estuviese considerando entrar. Avanzó unos pasos y se le cayó algo de las manos. Desde la distancia era imposible adivinar qué. Se dio cuenta, se detuvo e intentó agacharse torpemente, pero un hombre que caminaba en sentido contrario recogió el objeto y se lo entregó en las manos. Parecía un papel o un carnet. El hombre inclinó su cabeza y sonrió. El señor Eugenio permaneció un instante de pie antes de llevarse la mano al bolsillo del saco. Guardó lo que tenía y siguió caminando. En la esquina había una agencia de lotería, me dio la impresión de que se dirigía hacia allí. No me equivoqué. Se colocó de último en una de las filas para ser atendido, en la taquilla número 5. La agencia estaba abarrotada. Asumí que iba a comprar un boleto y comencé a caminar para irme pero me detuve y seguí esperando. No puedo explicar por qué, pero fue lo que hice. La fila avanzaba con lentitud, su turno no llegaría hasta dentro de cinco o diez minutos. Miré el reloj, tenía tiempo y decidí esperar. El señor Eugenio permanecía en calma, mirando siempre en dirección a la taquilla, no volteó a los lados ni conversó con nadie. Cuando llegó su turno se acercó a hablar con el cajero, no pude ver sus gestos, pero el intercambio duró un par de minutos. Finalmente, el señor Eugenio asintió y llevó su mano al bolsillo de la chaqueta. Yo di unos pasos hacia mi derecha para poder ver al cajero. El señor Eugenio continuó explicándole algo mientras detrás de la taquilla el vendedor asentía sin mucho entusiasmo, lo toleraba porque era un hombre viejo. Luego de un gesto final, el señor Eugenio deslizó el papel o el carnet por la ranura y se lo entregó al cajero. Agradeció con las manos y se dio vuelta para salir. El vendedor examinó el objeto por un momento, lo dejó a un lado y escribió una nota. Luego la gente siguió comprando boletos y la taquilla 5 volvió a la normalidad. Yo quería seguirlo, pero tenía que irme. El señor Eugenio caminó hacia el semáforo para cruzar, yo doblé a la izquierda y lo perdí de vista.

Estrictamente no había sucedido nada, pero seguí pensando en él, tenía la sensación de que mientras yo regresaba al estudio, él se dirigía a realizar nuevas entregas.

26 de septiembre

Hoy un cliente vino a retirar un revelado, pero las fotos no estaban listas. Le dije que tenía que esperar y fui a preguntarle al señor Carpio en cuánto tiempo terminaría. "En quince minutos… y pide disculpas". Salí a hablar con el hombre y me dijo que no había problema, volvería más tarde. Cuando me acercaba al cuarto de revelado para avisarle al señor Carpio, vi junto a la puerta del depósito unos paquetes de periódicos. Estaban amarrados con cuerdas, había al menos quince números diferentes. Me acerqué para ver la fecha, el primero era del 8 de diciembre de 1977, el segundo de octubre del mismo año. Estaban organizados cronológicamente. Mientras revisaba las fechas de los otros paquetes escuché salir al señor Carpio.

- ¿Qué dijo el cliente? - preguntó.

Yo estaba agachado con uno de los periódicos en la mano.

- Que vuelve más tarde… señor Carpio, alguien dejó esto aquí para algo… - comenté.

- No. Los traje yo, úsalos si quieres.

Se fue a la caja a terminar unas facturas y no dijo nada más al respecto. Gracias, supongo.

28 de septiembre – 3:28 am

Benzodiacepina, Clordiazepoxido, Librium, Diazepam, Valium. Dormium not, non, niente.

"Siempre hay que estar ebrio. Eso es todo: tal es la única cuestión. Para no sentir el horrible paso del tiempo, que os quebranta los hombros y os doblega hacia el polvo, es menester que os embriaguéis sin tregua. ¿De qué? De vino, de poesía o de virtud, a vuestro antojo. Pero embriagaos".

Charles Baudelaire, explorador de paraísos artificiales.

31 de septiembre

"Germán Lima, de 46 años, paseaba todos los días alrededor de la cuadra a su bulldog de ocho años llamado Napo. Salían dos veces al día, en la mañana y en la noche. El paseo de la mañana comenzaba a las nueve en punto. En ocasiones, un poco más tarde, de acuerdo a las declaraciones del dueño, y el de la noche, a las ocho pm. Ambos paseos duraban alrededor de quince minutos.

Según los testimonios, desde hacía días el ascensor del conjunto residencial El Mirador se encontraba averiado. Por este motivo, Napo había salido a pasear sólo una vez durante la noche. Germán aseguró, y fue corroborado por los vecinos, que siempre sacaba al perro con correa. Nunca lo dejaba suelto, no porque fuese agresivo, sino para evitar problemas con los vecinos y poder controlarlo.

La noche del 19 de abril, Napo y Lima regresaban de su paseo habitual a las ocho pm. Germán abrió la puerta del edificio, y sin saber por qué, ya que nunca lo había hecho, le quitó la correa a Napo para que caminara dentro de las áreas comunes. El bulldog aceleró el paso. Al darse cuenta, el dueño le hizo un llamado de atención, pero el perro comenzó a correr por el pasillo principal hacia las escaleras. Lima intentó alcanzarlo pero no lo consiguió. Afirma que lo vio subir y que luego escuchó un golpe seco.

Esa misma tarde, dos técnicos de la compañía Inversiones 24 habían realizado trabajos de reparación en el ascensor. Con inexplicable imprudencia, los técnicos dejaron las puertas abiertas con refuerzos de cinta industrial para bloquear la entrada.

Guiado por el hábito y el instinto, Napo corrió hacia el ascensor para ir a casa pero no consiguió detenerse a tiempo y cayó dentro del hueco oscuro. Germán afirma que el animal no lloró y que probablemente murió de manera instantánea. El cuerpo fue recuperado horas después con ayuda de los bomberos. Lima ha amenazado con demandar, pero la compañía insiste en que ninguno de sus empleados ha tenido responsabilidad alguna en el accidente, por lo que no han considerado indemnizaciones hasta el momento. La junta de condominio, en representación de Germán Lima y algunos vecinos, presentó una carta formal de protesta".

Encontré esta crónica en uno de los cuadernos de Benigno. Si se hubiese caído un niño, las cosas habrían sido diferentes… ¿Cuántos días sin dormir? 3, tres, trois.

23 de septiembre

Estuve leyendo y revisando… no he podido escribir. La palabra 'diario' es terrible, pero es la que mejor describe lo que he hecho.

Cuando escribo, le hablo a alguien, pero ¿a quién? No es a mí mismo, eso es seguro. Entonces, ¿a quién?

6 de octubre – 4:26

Estaba en una cueva. No podía ver a nadie, tenía una noción de su presencia. Vivían conmigo pero habían salido a alguna parte. El suelo era de tierra y estaba húmedo, mis pies se hundían en el barro. Tenía que salir. Apenas podía distinguir la forma general de las cosas. No sabía si era de noche o de día. Pensé en orientarme con las paredes pero me dio miedo tocarlas. Hacía frío. Vi algo en el suelo, creo que eran envases o recipientes. Decidí no acercarme y comencé a caminar más rápido. Era mi hogar, había vivido allí en algún momento. Ahora era un lugar extraño, tenía la sensación de reconocerlo y descubrirlo por primera vez al mismo tiempo. No vi animales, aunque podía sentirlos. Estaba sudando, volteé dos veces hacia atrás y no me seguían. Entonces supe que me habían abandonado. Desde el principio se oía un zumbido, una frecuencia baja, tal vez la resonancia del viento en el interior de la cueva, pero hasta ese momento no lo había notado.

Apareció el primer rayo de luz y luego estaba en un bosque-selva. Corrí, corrí entre secoyas y acacias y árboles gigantes de treinta metros, ansioso pero sin propósito, no sabía a dónde iba ni qué quería. En el borde del precipicio no había manera de pasar, la pendiente era vertical. Había cientos de plantas y arbustos enmarañados, era imposible atravesarlos sin herramientas. Descubrí la entrada de una nueva caverna, era corta, podía ver la luz del otro lado. Pensé en volver, pero cuando me di cuenta, el camino era diferente, ya no era el mismo lugar. La humedad y la temperatura habían aumentado, sentía el aire como vapor caliente en mis pulmones, más pesados y densos, creí que estaba envenenándome. Sin otra opción, caminé hacia la cueva. Mientras me acercaba se hacía más oscura y ya no podía ver la salida, ahora era un túnel negro. Cerré los ojos. Cuando los abrí me encontraba adentro, lejos de la entrada que ya no era visible. Algo me obligó a bajar los párpados; sobre las sienes y la frente empezó un hormigueo provocado por una especie de energía térmica. Estaba ciego, mis párpados habían sido sellados. Desde la parte de atrás de los globos oculares se generó una vibración incontrolable, como si mi cráneo fuera atravesado por corrientes eléctricas.

Algo comenzó a moverse, sentía su presencia y su desplazamiento en el aire, como brazos que oscilan alrededor de tu cuerpo y lo recorren sin tocarlo. Eran muchos, nueve, diez, siete o cinco entidades. Sentí punzadas de energía en la frente, como agujas galvánicas. Los ojos se sacudían y vibraban dando vueltas. Gritaba, no eran palabras o llamados de auxilio, eran aullidos de desesperación. Sus cuerpos me rodeaban, iban y venían sin tocarme, me habían encerrado, ahora la caverna era un claustro. Aumentaron la humedad y el calor, también la oscuridad y la densidad del aire. No podía respirar, abría la boca pero no había oxígeno, el espacio estaba vacío. Sobre el abismo apareció una línea que trazaba un patrón. Era luz pura, rodeada por un aura incandescente que cauterizaba aquel agujero negro. Crecía con una velocidad inexplicable: azul, rojo, amarillo y verde. Lo llenó todo y se hizo cuerpo; era un hombre o simulaba serlo, su rostro no tenía rasgos. Yo permanecí inmóvil frente a la deidad térmica. Me atrajo hacia ella y me hizo escuchar sus pensamientos en medio de los otros espectros.

"Los ojos que quieren mirar/No podrán detenerse
En su oscuridad no habrá luz/Arriba, debajo del cielo
Más de los que pueden contarse/No recordarán su imagen
Y cantarán la locura/Hasta que llegue la muerte"

Risas y carcajadas se mezclaban con alaridos e insultos, palabras terribles, mentiras y secretos que sólo yo conocía. Comencé a caer temblando a través de un lodo inmundo, en medio del ruido y de las bocas de espectros transformados en payasos y demonios. Entonces el vértigo me obligó a abrir los ojos.

No quiero volver a dormir.

10 de octubre

Esta disposición a explicarse, a comunicar y exponer motivos, es una expresión atrofiada del deseo de posteridad.

Analizar, crear y trascender, sobrevivir de algún modo, convertir nuestro trabajo en un legado, en la posibilidad de ser recordados cuando haya pasado nuestro tiempo. Evocados en la mente de extraños que se convierten en un puente hacia la eternidad.

¿Acaso no es la muerte nuestro único problema? La imposición grotesca, la ofensa original. La vida quiere vivir para siempre. El mal es la nada, la impenetrable oscuridad de los que son olvidados. El vacío, infinitamente frío y solitario. El tiempo es la espera de la muerte.

Vivía con su madre, su abuela, dos tíos y su hermano mayor en un apartamento sin agua ni electricidad. Dormían juntos en un cuarto demasiado pequeño. Frente al espejo, la mirada triste se abraza a la resistencia sostenida por la esperanza. Acaricia con sus manos las paredes, convencido de que ése no es su destino.

¿Por qué? ¿Dónde encuentra el material para fabricar sus sueños?

El mundo lo oprime y parece cerrarse frente a él, pero insiste arrojado por la voluntad de la apuesta. Ya la ha hecho aunque no lo sabe. Ha elegido la esperanza en el sentido y la confianza en la recompensa. Desde sus entrañas está llamado a consumar aquello para lo que ha nacido. Es sólo un niño de Argel, delgado, de frente amplia y grandes ojos ámbar, como la resina que atrapa a los insectos, revelan un proyecto imposible al que no le alcanzará el tiempo.

"Albert, es tarde. Ya no hay tiempo para desayunar", dice su madre. Él apenas asiente con un vaso de leche entre sus manos. Recoge sus cosas y se prepara para salir, cada mañana camina diez minutos hasta la escuela. Le gusta bañarse en el mar cuando la tarde es roja, azul, violeta y naranja, y colorea el agua de metales fundidos, como el brillo del oro sobre un universo líquido.

Cierra los ojos; en su cuarto, acostado, en la mesa, mientras espera sentado, en el autobús, junto a la ventana, durante el receso, mientras los demás hablan. Primero llega el silencio y luego la suspensión de los otros, que lentamente se desvanecen en medio de parques y juegos. Entonces puede escuchar el viento y el rumor de la marea de puntillas sobre la arena del fondo. No se resiste a la atracción de la corriente, la orilla desaparece detrás de las olas, una y otra vez y cada vez más lejos, comienza a nadar y siente el agua fresca deslizarse sobre su cuerpo. Las gotas y la espuma rebosantes de luz como explosiones de estrellas. El sabor de la sal y las arrugas en los dedos. De noche abre los ojos y es aguijoneado por la duda, una duda que crece arraigada por el sedimento del tiempo, a profundidades desconocidas sobre las que no se atreve a pensar. Como una colonia abisal de algas y corales filosos mortalmente tóxicos.

Ahora es más flaco y se le ha amargado un poco la saliva. Los domingos sale a pasear por el boulevard y se sienta a tomar café con leche. La apuesta lo ha mantenido cerca de la gente, todavía siente el deseo de buscarlos.

- Mi padre murió en la Primera Guerra Mundial, en Charleroi. Era miembro del quinto ejército francés - dijo el hombre aspirando un cigarrillo mientras sostenía la tasa en la otra mano -, yo tenía nueve años, todavía me acuerdo de él... -, fumó un poco, Albert lo observaba -. Nada especial - continuó - un recuerdo tonto de esos. Me llevaba con él a comprar pan, leche y huevos. Yo no recuerdo el lugar, pero me veo caminando con él en la calle hacia a la bodega. Tenía un pantalón gris y llevaba chaqueta. Eso es todo...

- Mira ese perro -, dijo Albert señalando hacia adelante.

El perro, negro con manchas blancas, intentaba abrir una bolsa de basura con los dientes, la mordía y sacudía la cabeza de un lado a otro.

- Es un callejero ladrón - comentó el hombre.

Finalmente, el perro rasgó la bolsa y sacó un hueso de pollo. Se marchó acelerando el paso y se perdió entre la gente.

- Cuando mi padre no regresó, mi madre me dijo que las pérdidas habían sido muy grandes y que estábamos arruinados. 'Lo bueno es que no volverá a pasar', decía ella.

- Siempre sobreviven, hasta que alguien los mata... - dijo Albert mirando al perro alejarse en la distancia.

"Como una roca enorme que tritura tus hombros.

Hay sangre y heridas y el castigo del sol, los poros duelen abiertos: el sudor en tu frente, en tus ojos y en tu boca.

En tus brazos y en la piedra el peso insoportable, las rodillas quebradas, los pies destrozados llenos de polvo y tierra. La pendiente: larga, imposible. La pendiente larga e imposible. Tus músculos arden; la tensión vertebral y la piel desgarrada. El olor mineral de los montes desiertos. Cae la noche.

En nueve días llegarás y habrás de cargarla nuevamente, por primera vez y para siempre. Volver a comenzar para siempre.

Debes imaginarte feliz, y entonces serás un héroe".

Murió años después en un accidente absurdo, más cerca de la fe que de la duda que lo angustió toda su vida. Porque es imposible deambular en el azar sin sentido, porque ningún hombre es Sísifo.

Un boleto de tren en el bolsillo y una propuesta que hubiese sido mejor no aceptar.

11 de octubre – 11:26

Ficción histórica o porquería. Terrible cansancio.

14 de octubre – 1:23 am

Peor que no encontrar una voz es tener una artificial y excesivamente romántica, una que no narra ni cuenta, que ridiculiza y distorsiona. Lírica en el peor de los sentidos, empalagosa hasta lo fingido. Como la mala poesía, una colección de clichés y palabras manoseadas sin talento. Así es la mía, odio lo que escribo. Dame una razón para seguir con esta basura.

Cuando estás convencido de que naciste para hacer algo que le da sentido a tu vida, porque es lo único que puede darte una sensación parecida a la felicidad, inalcanzable en otros aspectos, y descubres que no es posible. Que no es el destino, la suerte o algún idiota quien se empeña en torcer tu camino sino tú, tu falta de talento y de perseverancia, tu debilidad y falta de confianza. Inseguro, convencido en lo más profundo de no merecerlo y de no ser suficientemente bueno, porque no eres lo que debiste haber sido, porque tendrías que ser alguien más. Es tu culpa, sólo tuya. Eres anónimo, eres estadística y nostalgia de grandeza. ¿Hay algo más patético que esto, más humano?

Es imposible dormir con esta cabeza. Día cuatro.

27 de octubre

El proyecto del diario va a necesitar mucho más trabajo del que había anticipado. Cada vez escribo peor. Cuando leo estas páginas no tengo idea de lo que estoy haciendo. Ya no son crónicas ni reportajes de los recortes. No sé cómo hacerlas, todo tiene ese estilo que detesto, incluso esta nota que sólo sirve porque va a recordarme el desastre cuando lo haya olvidado y vuelva a tener esperanza.

A veces siento que debería ser suficiente hacerlo por mí, pero no es lo que quiero. Maldita posteridad. Quiero contar simplemente, describir. No narrar como si intentara convencerlos de algo.

12 de noviembre

La insatisfacción con el presente me hace pensar constantemente en el pasado.

15 de noviembre – 8:46 pm

Tenía un escritorio blanco y una silla roja en mi cuarto. Allí me sentaba a 'trabajar'. Pasaba horas leyendo periódicos y revistas, la mayoría donados por Benigno. Primero subrayaba los titulares y las frases que más me gustaban, con ello establecía una jerarquía: los más subrayados eran recortados primero. Después, con todos los recortes del día, anotaba la fecha del registro y el titular en un cuaderno que servía de archivo. También les asignaba estrellas para clasificar el contenido: una sola para noticias relativamente normales, como las de los hombres en la India que pueden comer vidrio; dos estrellas para sucesos importantes, como las muertes de la Puerta 12 en el estadio Monumental; tres estrellas, la calificación más alta, para lo increíble, como la historia de Mike, el pollo sin cabeza. En eso consistía el sistema. Al terminar, pegaba los recortes en el álbum. Hacía esto por lo menos tres veces a la semana, sobre todo los sábados y domingos.

En ocasiones mamá entraba a mi habitación para contarme cosas. Si algo la emocionaba o le recordaba a mí, me buscaba para comentarlo. Se sentaba en mi cama y empezaba a hablar. Yo la escuchaba mientras trabajaba en la colección, entonces me preguntaba qué había encontrado ese día y me pedía que le contara alguna de las historias. Me gustaba compartirlas con ella porque siempre tenía una opinión, me ayudaba a descubrir cosas que no era capaz de ver. También hablaba del pasado, de su niñez y sus hermanos.

En julio de 1937 hubo un terremoto. Eran las ocho de la noche y la familia estaba reunida en el comedor terminando la cena. Mamá escuchó un ruido que 'venía de la tierra'. La pequeña biblioteca que estaba en la sala empezó a sacudirse y se cayeron varios libros, también algunos adornos y los vasos de la mesa.

- Terremoto - dijo Josef, uno de sus hermanos, que se levantó corriendo y se paró debajo del marco de la puerta de la cocina apoyándose con los brazos extendidos.

- ¡Vamos, vamos levántense! - dijo su padre -. Vamos a salir. Ingrid coge a las niñas.

Mi madre y su hermana estaban tomadas de la mano, todavía sentadas en la mesa. Ambas vestían el mismo pijama de castillos verdes con detalles rosados. Su madre las tomó y todos salieron a la calle. "Los vecinos gritaban: '¡Terremoto, terremoto!' Un hombre que vivía a seis casas de la nuestra entraba y salía desesperado intentando salvar sus cosas. Lo peor era el ruido, era como las entrañas de la tierra. Le dije a

Cili: 'Se va a abrir, se va a abrir'. La calle se movía como un látigo".

Hace tiempo intenté escribir sobre la experiencia del terremoto en primera persona, desde la perspectiva de mi madre, pero nunca lo terminé. Escribía durante un par de días, luego leía, revisaba y me parecía pésimo, sentía que debía comenzar de nuevo, pero no lo hacía. Escribir ficción siempre me ha traído problemas. Mi voz como escritor es tan artificial que lo que cuento causa la impresión de ser mentira. Nadie habla como escribo, no me creo nada de lo que digo aunque casi todo sea verdad. Pero quisiera hacerlo por mamá y por el valor que tienen sus historias. Podría escribir crónicas y documentarlas con fotografías y cartas antes de que olvide los detalles.

A mamá no le gustaba hablar del pasado ni de su familia, pero cuando entraba a la habitación y me contaba algo que había escuchado en la radio casi siempre terminaba hablando sobre ellos, recordando momentos con sus padres y sus hermanos. Como si las noticias, las canciones y los oyentes que llamaban a los programas fuesen una excusa que le permitía volver. Era lo que hacía, pero no se daba cuenta.

Una vez me contó que a su papá no le gustaba salir. Trabajaba mucho y siempre estaba cansado. Ellos se aburrían (mi madre y sus hermanos) y a veces les hacía falta distraerse un poco. Querían caminar, ir al parque o al cine, pero casi siempre él les decía que no. Al llegar a casa, dejaba el maletín sobre una mesa junto a la puerta, se quitaba el saco y se acostaba en el sofá. Cerraba los ojos y unos minutos después llamaba a Cilia o a mi madre para que le masajearan la cara. A ellas les molestaba porque sabían que no iban a salir. Con el masaje se quedaba dormido y sólo se levantaba para comer algo rápido e irse a la cama. Los varones no se acercaban, si hacían preguntas o insistían demasiado, podían ser castigados.

Ingrid los compadecía, y en más de una ocasión se metió en problemas con el viejo Janus por complacerlos. Tomaba las llaves del auto y los invitaba a dar una vuelta. Josef, el mayor, siempre ocupaba el puesto del copiloto. Samuel se sentaba justo detrás, en la ventana derecha. Mamá y Cilia compartían la del lado izquierdo. Los cuatro asomaban las cabezas para mirar.

"Siempre pasábamos por los mismos lugares, pero no era aburrido, era lo que más nos gustaba porque en la calle veíamos cosas diferentes. Había un señor que vendía dulces y jugos en la esquina. Nosotros lo llamábamos Pepe. Cuando cruzábamos, sacábamos las manos para saludarlo y gritábamos: '¡Hola Pepe!' Cilia y yo más que Samuel y Josef. Ellos no lo hacían para molestarnos. Una tarde llegamos a la esquina y cuando lo vimos estaba discutiendo con una mujer en la calle, no sabíamos por qué, pero a los cinco nos pareció que la conocía. Todos inventamos una historia, hasta mi mamá que nunca se metía en esas cosas. Desde ese día apostábamos si 'la mujer de pepe' iba a estar en la esquina cuando pasáramos, pero esa fue la única vez que la vimos".

La escuché contar tantas veces esa historia que podría transcribirla en todas sus versiones y dibujar la esquina de

Pepe. A Benigno le gustaba porque creía que la mujer era una amante y la discusión, según él, ofrecía indicios de un desenlace trágico. A mí me interesa porque me permitió conocer el mundo que unos niños descubrieron gracias a la pereza de su padre y al sacrificio y la complicidad de Ingrid. Mi mamá tuvo momentos de felicidad por ello, aunque con el tiempo los hubiese olvidado. Si compartes cosas así, ¿cómo un día dejas de hablar con tus hermanos? ¿Cómo los recuerdas con cariño y toleras no saber nada de ellos? Como si no existieran, como si los hermanos de la realidad hubieran desaparecido y los del recuerdo siguieran dando vueltas en el auto, asomados por las ventanas para siempre. No sabemos cómo van a resultar las cosas, ya no quedan rastros de los niños que fuimos, salvo esos momentos que son pistas para rencontrarnos con nosotros mismos. Tenemos la sensación de que el presente es lo extraño y que debimos haber permanecido en el pasado. Que algo salió mal y nos equivocamos en algún lugar del camino. Son el tipo de cosas que pienso ahora y me pregunto si era lo que mamá pensaba acostada en su cama sin expresión en el rostro y con la mirada perdida, media hora tarde para preparar la cena.

La insatisfacción con el presente me hace vivir constantemente en el pasado.

Después de cenar, me acostaba en la cama de mis padres. Mamá se quedaba en la cocina lavando los platos y recogiendo. Era ordenada y limpia, a veces demasiado. A mi papá le gustaba ver las noticias, yo las detestaba y le pedía que cambiara de canal. Nunca lo hacía, de todos modos no había nada para mí a esa hora. Eventualmente me quedaba dormido. No entiendo por qué no miraba el noticiero, estoy seguro de que habría encontrado material para la colección.

Más tarde, cuando ella iba a acostarse, mamá me levantaba y me llevaba a mi cuarto, casi siempre sin que me diera cuenta. Son pocos los recuerdos que tengo caminando medio dormido hacia mi cama en pijamas y mamá sosteniendo mi mano. Algunas noches, la mayoría quizás, me despertaba solo y no podía volver a dormir. No tenía miedo, pero quería que mi mamá me acompañara.

Era tarde, el apartamento estaba oscuro y en silencio. Papá y mamá dormían desde hacía dos horas por lo menos. Recuerdo haber visto el reloj del pasillo marcando la una y treinta y siete minutos. Abrí la puerta de su habitación y me acerqué a la cama por el lado de mi madre, que era el derecho. No hice nada, me quedé parado en medio de la oscuridad mirándola, esperando que despertara. Al principio no funcionó, me acerqué un poco más y me incliné hacia ella apoyando las manos sobre mis rodillas flexionadas. No la llamé, no hizo falta que dijera nada, segundos después mi pobre madre dio un salto asustada, con los ojos demasiado abiertos, como si la hubieran sacudido, y preguntó:

- ¿Qué pasa, qué pasa?

- Nada mami – respondí -. ¿Puedes dormir conmigo?

- ¿Qué te pasó? - preguntó susurrando.

- Nada, no puedo dormir.

Entonces tomó su almohada, fue a mi cuarto y me acompañó hasta que volví a quedarme dormido.

Yo la abrazaba y miraba la pequeña cruz de oro que subía y bajaba sobre su pecho al ritmo de su respiración. Entonces la ansiedad, la incomodidad indescriptible que no me dejaba dormir desaparecía por completo y todo volvía a ser perfecto.

En ocasiones mi papá también se despertaba y me decía que me fuera a mi cuarto. Regresaba y pasaba horas dando vueltas hasta que el sueño me vencía y tenía pesadillas. Algunas noches iba a buscarla dos o tres veces. Abría los ojos y de nuevo me acercaba por el lado derecho de la cama. No quería asustarla pero era inevitable… pobre mamá.

El olor de su piel y el de las cremas que usaba antes de dormir. Cierro los ojos y vuelvo a encontrarlo: dulce, de frescura y de flores, como un hogar, como la seguridad y la calma. Me recibe suavemente y me deja descansar, de nuevo sobre su pecho y la pequeña cruz entre mis dedos; el pulso y la forma de su cuello, como un hogar.

A ninguno de los dos les gustaba dejarme solo en el apartamento cuando salían a hacer diligencias. Yo insistía, quería quedarme para revisar los closets y las gavetas, encontrar algo que estuviera escondido y examinar los libros de mi padre. En mi mente, en algún lugar había un secreto. Una tarde me complacieron porque no iban a tardar demasiado. Apenas se cerró la puerta, caminé hacia los armarios y comencé a abrir los cajones. Había perfumes, documentos, facturas y ropa. Nada interesante. Antes de salir, papá había cerrado la puerta del estudio con llave, pero yo sabía dónde la guardaba. Entré y comencé la inspección con el escritorio. Nada. Había notas, números y recibos, lo usual. Fui a la biblioteca y la recorrí de izquierda a derecha, de abajo hacia arriba. Había entrado antes, pero nunca con tiempo suficiente para revisar los libros. La mayoría eran clásicos de literatura que no me interesaban: Dante, Homero, Goethe, Víctor Hugo. Creo que mi padre no había leído ninguno, solo los tenía ahí. También había varios tomos de historia, específicamente sobre la Primera y la Segunda Guerra Mundial. A medida que ascendía, los nombres se hacían más extraños, no reconocía ninguno. Para empezar, elegí tres, en este orden: 'El misterio de las Catedrales' de Fulcanelli, 'El Kybalión' por Tres Iniciados y 'Curso adelantado sobre Filosofía Yogi y Ocultismo Oriental' de Yogi Ramacharaka. Los tomé y me fui a mi habitación para examinarlos, cuando los sostuve noté que me sudaban las manos. Saqué la silla y me senté en el escritorio. Estaba nervioso, había perdido la noción del tiempo en la biblioteca y no sabía cuánto tardarían en llegar.

Las tres ediciones parecían viejas, estaban forradas en cuero rojo, azul y marrón, respectivamente. Las letras de las portadas eran doradas menos las de 'El Kybalión' que sólo habían sido grabadas sin color sobre el cuero.

'El misterio de las Catedrales' hablaba principalmente sobre la catedral de Notre Dame y los símbolos alquímicos escondidos en su decoración y arquitectura. El libro explicaba que quien sea capaz de descifrarlos, podrá transmutar cualquier metal en oro. En la solapa del libro se afirmaba que, a pesar de investigaciones exhaustivas, no se conocía la verdadera identidad de Fulcanelli. Fascinante. Lo puse a un lado y tomé 'El Kybalión'.

Los Tres Iniciados, autores del libro, aseguraban recoger las enseñanzas de un gran maestro antiguo llamado Hermes Trismegistos, 'el tres veces grande'. En cada capítulo analizaban y explicaban los principios revelados por el maestro hermético para descifrar las claves del universo. Los capítulos tenían nombres como: Los Siete Principios Herméticos, Transmutación Mental, Los Planos de Correspondencia. Este libro me impresionó aún más que el de Fulcanelli.

Me levanté de la silla y me asomé desde la puerta intentando escuchar algo; todo estaba en silencio. Regresé, cogí entre mis manos el 'Curso adelantado sobre Filosofía Yogi y Ocultismo Oriental' y lo abrí al final para buscar el índice. Al pasar las páginas, encontré anotaciones en los márgenes, algunas ocupaban párrafos enteros. Me pareció curioso que no era la letra de mi papá. Volví al inicio para ver el año de edición, era 1907, pero había sido publicado en inglés dos años antes por la editorial Yogi Publication Society. Junto al título, había una firma ilegible que tampoco era de mi padre. Alguien se lo había prestado o regalado. Volví al índice para leer los nombres de los capítulos: Conciencia Espiritual, Los Enigmas del Universo, Materia y Energía. Sonó algo, me levanté con un vacío en el estómago y salí corriendo desde la habitación hacia el pasillo. Eran las llaves en la puerta, habían llegado. Corrí, tomé los libros y los devolví a la biblioteca sin fijarme en el orden. Las llaves del estudio estaban sobre el escritorio de mi papá, también había dejado una gaveta abierta. Cerré la puerta y fui a la habitación principal para devolver la llave. Si me encontraban así, iban a descubrir que había hecho algo, entonces me di cuenta de que no habían entrado. Imposible. Fui hasta la puerta y me asomé por la mirilla. En ese instante la puerta del señor Avella acababa de cerrarse. Era él quien había llegado. Respiré profundamente y empecé a reírme. Volví a mi escritorio y consideré sacar de nuevo los libros, pero decidí tomar el susto como una advertencia y preferí no hacerlo. Busqué unos recortes que Benigno me había regalado e intenté leer, pero no podía dejar de pensar en los libros. ¿Quién se los había dado a mi padre? ¿De quién era la firma en el 'Curso adelantado…'? Nunca los había mencionado, jamás imaginé que le interesaran la alquimia y el ocultismo. Y, además, ¿qué era el ocultismo?

De repente sentí hambre y recordé que mamá había dejado algo de comer en la nevera. Eran fetuccinis con salsa blanca. Terrible. No era ni remotamente lo que me provocaba. De todas formas, me senté en la cocina y empecé a comerlos fríos. Pensaba en cómo encontrar información sobre los libros sin preguntarle nada a mi padre. Tenía la mirada perdida en la ventana. Cuando reparé en ello, mis ojos bajaron hacia el plato. Vi la pasta y saboreé la salsa desabrida. Miré de nuevo hacia la ventana y luego al plato. Me levanté, y ayudándome con el tenedor, lo tiré todo. Casi no había comido, a lo sumo dos o tres bocados. Algunos fetuccinis quedaron pegados a la pared de afuera chorreando salsa por la ventana, otros colgaban del marco. Los empujé con los dedos y la cerré rápidamente. Recogí todo en la cocina y eliminé cualquier señal que indicara que había comido. No pensé en ese momento que podían descubrirme por la cantidad de pasta que había quedado en la nevera. Limpié, sequé y guardé. Todo impecable como estaba. Sonó el timbre. No habían pasado ni diez minutos. Caminé hasta la puerta convencido de que estaba en problemas. Tomé aire e intenté disimular. "Yo estaba en mi cuarto viendo televisión", pensé en decirle a quien estuviera del otro lado. Era la señora Cecilia, la vecina del piso de abajo. Permanecí unos segundos en silencio, cerré los ojos y respiré profundamente, buscando valor para abrir la puerta.

- Elio, está tu mamá - lo dijo como una afirmación, no le dio la entonación de pregunta.

- No, salió.

- Estás solo…

- Sí - contesté, aunque no había sido una pregunta.

- ¿Acabas de tirar comida por la ventana?

- ¿Yo? No…

- Pasta por la ventana. Hay pasta con salsa blanca en mi ventana.

Sentí que me iba a temblar la voz y dudé al responder.

- Yo estaba en mi cuarto viendo televisión - me miró por un instante sin decir nada.

- Dile a tu mamá que me llame cuando llegue - dio media vuelta para irse, pero se detuvo y regresó -. No le digas nada, yo subo más tarde - se marchó sin despedirse.

Fui a mi cuarto y me desplomé en la cama para inventar excusas que pudieran salvarme. Difícil, lo que había hecho era injustificable. ¿Cómo podía explicar de manera razonable que había lanzado un plato de fetuccinis por la ventana? Jamás volverían a dejarme solo y además me iban a castigar. Nada que pudiera decir le daría un sentido. Decidí fingir que había vomitado y que me sentía mal. Me froté varias veces los labios con fuerza para que se vieran resecos. Me arropé vestido para aumentar la temperatura de mi cuerpo y coloqué un balde junto a mi cama para dar un efecto dramático.

Cuando mis padres entraron al apartamento, la señora Cecilia ya había hablado con ellos. No volví a leer ni a archivar recortes por dos semanas. Tampoco me permitieron hablar con Benigno. Aquel día, furioso mientras revisaba las habitaciones, papá descubrió tres libros que no se encontraban en su sitio. No volví a conseguir la llave del estudio ni a revisar aquellos libros, pero nunca los olvidé. Pasarían muchos años antes de que volviera a tenerlos en mis manos.

Hay cosas que uno debería recordar siempre. En ciertos momentos me he repetido a mí mismo: "Nunca olvides esto, recuérdalo". Pero hoy sólo queda el recuerdo del intento, he olvidado los momentos. Uno debería poder elegir sus propios recuerdos, pero la memoria es selectiva. Su criterio no parece ser enteramente racional ni consciente. Yo sé que he olvidado cosas importantes, hasta el punto de no poder nombrarlas y sin embargo otras, irrelevantes y fortuitas, han permanecido a pesar de mis deseos.

En el colegio, cuando faltaba poco para el receso, planificaban lo que se iba a jugar. Pasaban notas y hablaban en voz baja haciendo propuestas generales, era una invitación abierta. Los líderes del grupo eran los niños más fuertes del salón y jugar con ellos otorgaba cierto respeto. Quienes no participaban eran los más molestados, los que nunca eran invitados a las casas ni a las fiestas. Yo jugaba a veces.

Un día estaban decidiendo qué jugar, escribiendo en una hoja de cuaderno que recorría el salón de mano en mano. Cada uno leía y escribía algo. Reían y murmuraban y el profesor les llamaba la atención. Su nombre era Dennis Matos y enseñaba geografía. La hoja había llegado hasta mí. Leí el principio, pero me la quitaron antes de que pudiera escribir algo, de todas formas no sabía qué decir. Llegó el receso y el grupo salió, yo me quedé atrás. Los vi caminar hacia la pared desde donde se hacían carreras hasta una línea imaginaria marcada por un árbol que se encontraba a unos veinte metros. Las carreras eran de ida y vuelta. Si no ibas a correr, ibas a mirar, todos se reunían ahí. Recuerdo que Antonio Maggi era uno de los últimos, avanzaba despacio hacia el círculo en el que se decidía el orden de las carreras. Metió una mano en su bolsillo y lanzó un papel arrugado después de mirarlo durante un segundo, apenas por reflejo.

Era la hoja de los juegos. La recogí, la estiré y comencé a leer. Dejé de caminar mientras los demás discutían y gritaban.

"Yo digo al escondite.

¡No!

Juega tú solo.

Sí, que Manuel juegue solo.

Yo sí quiero.

Que el de arriba juegue con Manuel.

¡Ja!

Canicas.

Jajaja, ¿qué?

¡No las traje!

Yo tampoco.

¡Siiii!

¡Nooooo!

Carreras entonces.

¡No!

Ok, pero de cuatro no de dos.

¡Ok!

Carreras.

El que gane se come mi almuerzo.

Asco.

¡Jajaja!

El que pierda se pone los zapatos de Elio.

Jajajajaja.

¡Eso si asco!"

Me dolió, pero no fue importante. Había pasado y más adelante pasaría por cosas infinitamente peores, pero nunca lo olvidé. Cada instante de ese recuerdo permanece intacto. Sus letras, las arrugas de la hoja y mis zapatos. A veces en la calle o en el estudio, sin poder explicar por qué, algo revive ese recuerdo y de nuevo pienso en ellos. No siento nada, el único valor que guarda es el de su existencia. ¿Por qué elegí conservar ese momento? ¿Fui yo o es mi memoria la que escoge valiéndose de parámetros ocultos en mi mente? Tantos otros que quisiera haber guardado y han desaparecido por completo, quién sabe hace cuántos años. Apenas existen y me sorprenden rellenando espacios, reconstruyendo sobre algo que he vivido, que sé que he vivido, aunque ya no esté ahí y no pueda sino imaginarlo.

Tardes en el auto con mi madre, al igual que su madre hizo con ella, de terrible aburrimiento. Los vidrios abajo, las manos afuera palpando la pintura, sintiendo el frío y el polvo y la fuerza del viento. La bolsa de pan caliente sobre las piernas, y una señora que cruza la calle con sus hijos. Lleva un vestido estampado y un pañuelo negro sobre la cabeza. Los dos chicos la toman de la mano, cargan las bolsas caminando en silencio dando pequeños saltos con la mirada sobre sus zapatos. Ella los conduce y ellos la siguen jugando. No sé qué ocurrió… a veces estoy seguro de haberlo imaginado.

Hubo días en los que no había salida, en los que la vida parecía cerrarse y proponer otros planes diseñados específicamente para arruinar los míos. 'Arruinar' es una palabra demasiado fuerte y tampoco era eso. Era más bien un bloqueo parcial, una viscosidad que interrumpía el flujo natural de las cosas, un derrame que alteraba las proporciones y destruía el equilibrio. A un ritmo (o la ausencia de un ritmo) lento y denso que socavaba mi resistencia, y depositaba día a día, a veces hasta hacerla colapsar sobre sí misma, hora a hora, sedimentos que minaban mi confianza. Te da y te quita a destiempo sin permitir que te acostumbres ni sepas qué esperar. De cerca parece un azar caprichoso, el laberinto de una guerra entre las fuerzas de mi libertad y la de otros, y la voluntad irracional de un universo que me acoge y me tolera pero que no tiene nada que decirme. No ha hecho planes para mí ni tiene consideraciones conmigo, no me escucha y no tiene nada que entregarme. No hay pactos ni acuerdos, es lo que es y debo resignarme a formar parte de ello.

Sin embargo, a veces todo parece tan diferente en la distancia. Se revelan patrones y leyes causales, detalles necesarios, encuentros que cambian tu vida para siempre. El mundo se hace menos frío y empieza a tener sentido, a pesar de que momentáneamente la vida no resulte ser lo que querías. Tal vez sea lo mejor.

Clemente Duschamp, el hombre que se intoxicó con el pastel de carne, afirmó que experimentó una serie de eventos extraordinarios después de la pelea entre Ali y Frazier.

Al segundo día su cuerpo aún no se había recuperado por completo. Le dolía la boca del estómago y sus intestinos se retorcían constantemente, pero el malestar general y la sudoración habían desaparecido. Cuando lo comprobó, tomó la llamada de la compañía y decidió que iría a trabajar.

Mientras se observaba en el espejo del baño, descubrió unas pequeñas manchas en su frente. Al principio creyó que era una erupción producto de alguna reacción alérgica. Pero cuando las tocó la piel estaba lisa, sin protuberancias. Eran manchas, cuatro puntos diminutos de color rojizo alineados geométricamente uno al lado del otro. No formaban una línea recta sino una pequeña curva que recordaba a un paréntesis. Las restregó con agua caliente y jabón, pero no sucedió nada. Recordó que en otras ocasiones, cuando había vomitado varias veces, habían aparecido coágulos de sangre sobre sus pómulos y frente. Le llamó la atención que esta vez sólo fueran cuatro, pero no le dio importancia, terminó de arreglarse y luego fue a desayunar.

Duschamp trabajaba en Escena Limpia, una compañía de limpieza especializada en lo que ellos llaman 'ambientes extremos'. Lugares en los que han ocurrido homicidios, suicidios o accidentes laborales. Algunos de sus aspectos logísticos eran muy particulares. La empresa operaba en conjunto con la policía y las autoridades de la ciudad porque debían asegurarse de no realizar la limpieza antes de que los oficiales hubieran abandonado la escena. Los camiones y uniformes no estaban identificados con el nombre de la compañía y tampoco aceptaban encargos por teléfono. Esto se debía a que recibían sospechosas llamadas anónimas solicitando el servicio o preguntando por los productos químicos que utilizaban.

Tenían cinco o seis casos por semana, pero nunca más de uno al día. El proceso de desinfección podía tomar entre ocho y doce horas dependiendo de las condiciones de la escena.

Aquella noche Duschamp tuvo el peor tipo de caso: un suicidio con escopeta. Siempre había sangre, fluidos y 'desechos biológicos' en grandes cantidades. En los muebles, en el piso, en las paredes e incluso en el techo.

Clemente y dos compañeros se trasladaron hasta un apartamento alquilado. El inquilino había vivido allí por nueve años sin causar ningún tipo de problemas, pero los vecinos decían que estaba muy solo. Era profesor de arte y tenía 42 años. Los limpiadores se enteraban de ese tipo de detalles y otros mucho más sórdidos a través de los familiares de las víctimas o de los dueños de las propiedades. Por lo general, la compañía prefería que uno de los interesados estuviera presente para supervisar el proceso. Cuando los equipos de limpieza se presentaban eran recibidos por alguien que casi siempre se encontraba en estado de shock y manejaba los nervios contando lo que había sucedido y revelando detalles personales de la víctima. Las personas ansiosas tienden a hablar demasiado.

Con todos los preparativos listos, uno de los empleados de la compañía le comunicaba al cliente que, si lo deseaba, podía documentar el procedimiento con fotografías. Casi nadie lo tomaba en serio, había algo enfermizo y retorcido en la idea. La sugerencia se hacía sólo porque era una orden directa del jefe. Cuando Clemente mencionaba el tema, lo hacía en voz baja y con un poco de vergüenza.

Eran más de las once de la noche y ya habían encendido el aparato de ozono para desinfectar el ambiente. El apartamento era pequeño y lo habían encontrado con todas las ventanas y cortinas cerradas. Duschamp pidió permiso para utilizar el teléfono, pues debía comunicarle al supervisor que todo marchaba sin problemas, pero cuando intentó llamar se dio cuenta de que había olvidado el número. Sacó su billetera, buscó la tarjeta de Escena Limpia y marcó. Escuchó una interferencia sin pulso, como si la señal viajara a algún lugar remoto que no pudiera localizar. No repicó. Colgó y volvió a levantar el teléfono, pero no tenía tono. Lo intentó varias veces y la línea seguía muerta. Mientras su mano descendía para colocar el auricular sintió una leve descarga eléctrica que recorrió su mano y parte del antebrazo, casi hasta la altura del codo, como una corriente que vibraba y hacía que los músculos le ardieran por dentro. No duró más de un segundo. En ese momento, el teléfono comenzó a sonar. Su cuerpo sintió pánico antes de que pudiera reaccionar. Las venas de sus sienes latían al ritmo del pulso acelerado, ahora sudaba y escuchaba su propia respiración.

Cada ring era un eco de la descarga, podía sentirlos introducirse en su mano saturando nervios que enviaban desesperadas señales de alerta. Acercó el auricular y escuchó sin decir nada. Del otro lado estaba la interferencia, pero esta vez había saltos en la señal. Lo apretó contra su oreja y cerró los ojos intentando identificar algo detrás del ruido. En medio de los saltos, le pareció escuchar un patrón distante: tono, espacio-interferencia, tono, tono. Se acercaba, distinguió una voz, una grabación que se repetía y aumentaba de volumen, era cada vez más nítida: palabra, espacio, palabra, palabra. Una y otra vez. El corazón bombeaba litros de sangre, quería soltar el teléfono y correr por las escaleras hasta la calle, pero se obligó a quedarse. Sintió el calor del plástico en la mano y cómo resbalaba sobre su palma mojada.

"Clemente... Soy yo". De nuevo, en el mismo tono: "Clemente... Soy yo".

Entonces escuchó un silbido punzante y agudo, como el de un canal de televisión sin programación. Se tapó los oídos con las manos y el teléfono cayó al suelo.

29 de noviembre – 1:31 am

Si alguna vez conocen a alguien que escriba como yo o que hable como yo escribo, sacrifíquenlo como a un perro.

5 de diciembre

En diciembre, la hipocresía es celebrada. Vecinos, hermanos, hijos, padres y esposos que viven todo el año sin escucharse ni apoyarse, que no se involucran con los problemas de sus seres queridos, que critican, mienten y guardan rencor por cosas que sucedieron hace años, se reúnen para contarse trivialidades y ponerse al día, esperando que el otro diga lo que tiene que decir para poder hablar de ellos mismos. Comen y beben juntos con sus sonrisas sobre la mesa, recordando las banalidades memorables de los últimos tiempos. Las miradas aparentemente inocentes y los comentarios repetidos, los regalos genéricos e improvisados, mal envueltos en un papel feo y barato.

El alcohol los entumece y los libera, los acerca hasta convencerlos de que se quieren lo suficiente como para renovar promesas no cumplidas y volver a intentarlo todo una vez más. Un nuevo año de ausencias y de verdades no dichas. Luego regresan a sus casas y dejan que la rutina imponga su normalidad.

Se comparte un ritual, y con él un código muy simple pero poderoso. La base de la tolerancia y de la interacción social, la sustancia que lubrica nuestros engranajes: mentir es convivir.

8 de diciembre – 10:38 pm

Look at me.

Who am I supposed to be?

Here I am.

31 de diciembre – 11:24 pm

Sólo extraño a personas que ya no están conmigo. Pero quiero aclarar que no las extraño por su ausencia. Tuve la suerte de conocer a tres con las que valía la pena compartir una vida. No existe una noche más triste para recordar todo lo que pudo haber sido, no existe una mejor para salir a caminar y hundirse en el pasado. Imaginar y revivir lo que se ha perdido y lo que nunca fue, completamente solo.

Su madre lo abraza y le dice que lo quiere, que va a protegerlo y a cuidarlo, porque entre sus brazos nadie puede lastimarlo.

Feliz año.

9 de enero

La historia es el pasado importante, aquello que tiene valor y la capacidad de transformar el futuro. Leemos y recordamos eventos que hemos señalado, que han permanecido porque demostraron su poder. Decimos que 'han cambiado algo', pero es sólo una convención del lenguaje. En realidad, es una oración que no tiene sentido. Todo cambia todo, la totalidad del presente es producto de la totalidad del pasado. Ninguna bala y ningún avión son menos importantes que una guerra. No hay jerarquías. Ningún momento es más decisivo, es sólo lo que hemos decidido creer. Nos gustan el control, la libertad y los culpables. Necesitamos darle un sentido al paso del tiempo. El tiempo es cambio.

Historia de 1980: Pac-man y John Lennon.

21 de mayo: Pac-man es lanzado por la compañía japonesa de videojuegos Namco. El éxito es inmediato y masivo en el mundo entero. Las realidades simuladas serán el opio de los postmodernos.

8 de diciembre: John Lennon, vocalista, guitarrista y compositor de Los Beatles, es asesinado frente a su edificio en Nueva York por Mark David Chapman. Le disparó cinco veces por la espalda.

13 de enero – 1:15 am

"Tengo toxinas en el cuerpo, están en la sangre." Fue lo primero que pensó y lo repitió varias veces. Estaba alucinando, no había escuchado su propia voz en teléfono, era imposible.

- Clemente, ¿qué pasó? - preguntó uno de sus compañeros que se acercó cuando escuchó que algo había caído en la sala.

- Nada, se me cayó el teléfono. Estaba llamando a la oficina... - contestó.

En los segundos que pasaron desde que escuchó la voz hasta que los pasos se detuvieron detrás de él, pudo recuperarse y actuar con cierta normalidad. Pero estaba pálido y tenía la piel brillante por la transpiración.

- ¿Estás bien? - preguntó su compañero.

- Sí, sí. ¿Cuánto le falta al ozono?

- Veinte minutos.

- Entonces voy a preparar lo demás.

La mancha era marrón, casi negra, con vetas y distintos tonos de púrpura. La textura era como de pintura quemada, de residuos que han sido cauterizados. No era líquida, era una especie de pasta seca llena de grumos, endurecida por las horas. Estaba adherida a la alfombra. Clemente la analizó y decidió aplicar un disolvente químico antes de intentar vaporizarla. Lo colocó y esperó unos segundos. Mientras observaba la reacción y empezaba a limpiar se preguntó cómo era posible que un ser humano estuviera hecho de eso, cómo la vida podía degenerarse a tal extremo. Le resultó tan frágil, tan desigual la lucha por la conservación. Toda esa energía destinada a reparar los daños que los virus, las bacterias y los elementos causan a nuestros órganos, a los tejidos y a las células que intentan mantener el orden en medio de las fuerzas del caos. El cuerpo trabaja para resistir el paso del tiempo, pero eventualmente pierde. Si todo dura tan poco, ¿por qué aferrarse de ese modo? "La vida quiere vivir", pensó.

Notó que la mancha seguía intacta, no estaba desapareciendo. Restregaba con fuerza, pero era como si el cepillo no alcanzara las fibras, no había fricción, no sucedía nada. Comenzó a sudar, tenía el plástico del traje pegado a la piel, lo estaba sofocando. El cepillo pasaba con violencia sobre la alfombra con golpes rápidos y cortos. Una y otra vez, diez, quince, veinte veces, pero era inútil.

Se agachó y se acercó a la alfombra para examinarla. No encontró nada extraño. Tomó el cepillo y se concentró por un par de minutos en un área más pequeña pero tampoco funcionó. Respiró y miró a los lados. Nadie se había fijado en él. Uno de sus compañeros conversaba cerca de la entrada con la dueña del apartamento y el otro estaba organizando las bolsas de desecho.

Al tocarla con el dedo, la alfombra se deshizo. Se había convertido en una espuma grasosa y maleable. Arrancó un pedazo y lo observó con detalle: "Es barro", dijo para sí mismo. Comenzó a quitar la mancha con las manos pero todo se mezclaba como pintura sobre arcilla, las hebras, la base y hasta pedazos del piso, podía levantarlo sin esfuerzo. Cavaba y escarbaba buscando el fondo, sacaba las manos llenas y volvía a meterlas de nuevo. Cuando la profundidad del hueco alcanzó la altura de su codo, tocó algo. Al principio dudó porque era flexible, luego se dio cuenta de que no podía romperlo. Limpió un poco alrededor y se asomó para ver, pero estaba muy oscuro. Buscó una linterna y la apuntó hacia el fondo. Era una membrana semitransparente de color ámbar que lo separaba de otro espacio. Parecía de plástico, pero sabía que no era posible.

Clemente pensó que estaba alucinando. La absoluta indiferencia de las tres personas que se encontraban con él en el apartamento confirmaba esta teoría, pero al mismo tiempo le pareció absurdo tener conciencia de su propia alucinación. Los locos no saben que están locos, ¿o sí? Además, ¿cómo podía alucinar que arrancaba la alfombra y el piso con sus propias manos sin que los demás lo descubrieran? Si en realidad no tenía una linterna en la mano ni estaba examinando el agujero que había cavado, ¿qué estaba haciendo?

Decidió preocuparse por eso después. Buscó una escoba y desenroscó el palo para perforar la membrana. Fue imposible. Lo más desconcertante era que además de la insólita elasticidad, tenía cierta capacidad para absorber los objetos, como si no pudieran tocarla realmente. Empezó a ensanchar el hueco, quería bajar y ver si era capaz de soportar su peso. Se le ocurrió que quizás los demás no podían verlo, que se había escondido o que 'algo' lo había escondido. De cualquier modo, no tenía importancia, había que cavar.

Unos minutos más tarde, el espacio era lo suficientemente grande para arrodillarse y observar la membrana de cerca. Su primera impresión fue que era orgánica. No se había quitado los guantes, pero pudo sentir que no estaba completamente seca y que reflejaba la luz como lo haría una burbuja. La sustancia que transpiraba (no podía expresarlo de otro modo) le daba una apariencia metálica. En cuanto al peso, no hizo ninguna diferencia, ni siquiera la había hundido en los puntos de apoyo. "Estoy enfermo – pensó -. Esto es imposible". Sin embargo, era la realidad que se le presentaba en ese momento, lo quisiera o no.

Los residuos de la excavación se habían esparcido por toda el área y dificultaban la visibilidad. Además, la inspección era entorpecida por el traje cubierto con la pasta química que había resultado de los pedazos de alfombra y piso disueltos. Finalmente consiguió limpiar una sección e iluminarla con la linterna. Había algo del otro lado.

A partir de este momento, los detalles de Duschamp son poco claros y en algunas partes contradictorios, por esto es difícil determinar lo que sucedió realmente. La manera más sencilla de narrar los hechos basándonos en la información disponible es la siguiente:

Clemente descubrió tablas de madera dispuestas como la pared de una cabaña o una habitación. Luego observó que el interior de aquel espacio estaba iluminado gracias a la luz que ocasionalmente se filtraba a través de la separación de las tablas. Momentos después afirmó que vio las suelas de un par de calzados desplazarse sobre la madera, pero no pudo identificar el material ni el tipo. Esto significaba, y fue lo que en gran medida provocó el desconcierto de Duschamp, que lo que se encontraba frente a él no era un techo sino un piso.

En 1977, en una convención para aficionados a la ciencia ficción en la ciudad de San Francisco, el escritor americano Philip K. Dick ofreció una rueda de prensa en la que declaró lo siguiente:

"El tema de este discurso es un tema que ha sido descubierto recientemente y que tal vez no exista en lo absoluto. Podría estar hablando sobre algo que no existe, por lo tanto, me asusta decirlo todo o nada (…) Más tarde el mismo día, pero todavía bajo la influencia del pentotal sódico, tuve flashes cortos y agudos de memoria recuperada. Luego a mediados de marzo, un mes después, el cuerpo total de memorias, intactas y completas, comenzaron a regresar. Ustedes son libres de creerme o de no creer, pero por favor tomen mi palabra de que no estoy bromeando, esto es muy serio e importante. En ese momento no tenía idea de lo que estaba viendo, no se parecía a nada que hubiese escuchado describirse, parecía energía plasmática, tenía color, se movía rápido, se encogía y luego se dispersaba. De lo que era, de lo que él era no estoy seguro incluso ahora. Es un tema recurrente en mis libros que aparezca una chica y le diga al protagonista que su mundo es ilusorio, que hay algo falso en él. Bueno, esto finalmente me sucedió a mí. Yo incluso sabía que su cabello sería negro, tenía un sentido absoluto acerca de cuál sería su aspecto y de qué me diría. Ella apareció, era una persona desconocida para mí, y me informó sobre estos hechos, que algunos de mis trabajos de ficción eran, en un sentido literal, verdaderos. Voy a ser muy directo con ustedes, yo escribí novelas basadas en fragmentos de memorias residuales de tal horrible estado de esclavitud mundial. La gente afirma recordar vidas pasadas, yo afirmo recordar vidas presentes muy diferentes. Sé que nadie ha hecho una afirmación como esta antes, pero sospecho que mi experiencia no es única. Lo que quizás sea único es el hecho de que estoy dispuesto a hablar sobre ello. Estamos viviendo en una realidad programada por computadora, y la única pista que tenemos al respecto se da cuando una variable cambia y alguna alteración en nuestra realidad ocurre. Tendríamos la abrumadora impresión de estar reviviendo el presente, *dèjá vu*, quizás comportándonos del mismo modo, escuchando las mismas palabras, diciendo las mismas palabras. Yo sostengo que estas impresiones son válidas y tienen significado. Incluso voy a decir esto: estas impresiones son una pista de que en algún momento del pasado una variable fue cambiada, reprogramó este mundo y a causa de eso un mundo alternativo se ramificó".

2 de marzo – 3:44 am

Creo que con los años me parezco cada vez más a la persona que soy realmente, a quien seré el resto de mi vida. Cuando tenía dieciséis años pensaba que ya sabía lo que había que saber sobre la vida. Ahora estoy convencido de que era una no-persona. Con mi adolescencia comenzó un proceso de descubrimiento del yo, capas y capas de no-identidad. Hablo de no-identidad porque ciertamente era algo, pero no era yo mismo, era los otros. Una colección de gustos, referencias y convenciones que constituían el núcleo de mi

111

falsa personalidad. La madurez es eso, encontrar y asimilar el yo verdadero para convertirse en persona.

Hoy puedo darme cuenta de muchas injusticias que cometí durante aquellos años. Me caracterizaba especialmente un sentimiento de desdén hacia todo lo que tuviera que ver con mi padre, era incapaz de reconocerle el más mínimo esfuerzo. Me irritaba todo lo que hacía y decía. Su voz, sus ideas, pero sobre todo que me expresara afecto. Detestaba que me tocara y que me forzara a contestar sus muestras de cariño. Nunca lo correspondía, aunque tampoco me atrevía a despreciarlo a pesar de que en el fondo era lo que quería hacer. Muchas veces me dijo: "Te quiero, hijo", mientras compartíamos la mesa y yo me quedaba callado, ni siquiera lo miraba. En mi mente estrellaba el plato en el piso, volteaba la mesa y le gritaba que era un cobarde y un inútil por haber permitido que mamá muriera. Fue difícil para mí encontrar la raíz de aquel resentimiento. En mi mente de adolescente, en mi condición de no-persona, mi padre debería haber muerto primero que mi madre. Esa era la injusticia que me desgarraba, la gran ofensa frente a la cual yo respondía. De algún modo señalaba a mi padre como culpable, al menos en parte, de su muerte, de nuestra terrible soledad y de aquella sensación insoportable de abandono. Mi falsa consciencia reclamaba la violación de un acuerdo previo que garantizaba el bienestar de mi madre.

Una noche, con diez o nueve años, estaba acostado pensando en la muerte. Me imaginaba cómo sería el mundo si alguien muriera, por ejemplo, Benigno o Chico. Recreaba el funeral y distintas escenas de mi vida sin ellos, intentando descubrir cómo me sentiría. También lo hacía conmigo mismo, fantaseaba con el momento en el que anunciaban mi muerte y observaba cómo reaccionaban todos, pero no sentía gran cosa, tal vez porque estaba convencido de que a nadie le importaría demasiado, de que todos podrían continuar con sus vidas más pronto que tarde. Después de varios ensayos, sólo me resultó intolerable imaginar la muerte de mi madre. Decidí hablar con Dios y proponerle un pacto. Le dije: "Yo sé que hay cosas que no puedo tener y otras que debo aceptar. Sólo te pido que me des esto, de lo demás me encargo yo. Te pido que mi mamá viva hasta los ochenta y dos años". Dios aceptó. Lo hizo porque era una edad razonable y porque se lo pedí con el corazón. Cuando rezaba, Él me explicaba que todos tenemos un deseo que puede cumplirse, la condición es que sea sincero y que haya nacido del amor verdadero. "Este es tu deseo", me dijo, y yo le contesté que sí, que lo demás podía conseguirlo yo. Ya entonces había comprendido, quizás por mi fascinación con lo increíble, que en la vida cualquier cosa es posible. Todo puede pasar, no es una expresión o una forma de hablar, realmente cualquier cosa es posible. Yo me sentía capaz de vivir, en mi interior había confianza en el mundo y aceptación de la vida que me había tocado, especialmente después de haber sellado mi pacto con Dios, pacto que repetía casi todas las noches.

La muerte de mamá, mucho antes de lo que había sido acordado, tanto que parecía una burla divina, fue mi primer contacto con la realidad. Mi universo interior colapsó sobre sí mismo y fue aplastado por la nada, una nada que no reconocía acuerdos. Entendí en qué profundo sentido el silencio es la muerte. En el vacío comenzó a gestarse la rabia, el resentimiento hacia algo que se encontraba en todas partes y en ninguna. Era yo mismo, estaba dentro de mí, pero lo había proyectado en el mundo para poder sacarlo. Yo lo llamaba Dios; cuando no pude encontrarlo, comencé a llamarlo Karol. No lo hice conscientemente, en aquellos días me consumía el deseo de hallar algún superior al cual reclamarle y mi padre siempre estaba ahí, totalmente expuesto. Eventualmente las cosas funcionaron entre nosotros, pero nunca le pedí perdón por todo lo que lo hice sufrir, no porque no quisiera, sino porque aún no había comprendido esto, todavía no entendía lo que había pasado conmigo. Me tomó demasiado tiempo averiguarlo, tanto que él también había muerto. Pero no ha llegado el momento de hablar de eso.

5 de marzo – 12:27 am

Clemente Duschamp llegó a su casa de madrugada. A pesar de que se sentía exhausto no pudo dormir. Su cansancio tenía que ver más con un colapso mental y emocional que con la falta de energía. No podía dejar de pensar, su mente operaba a velocidades que sólo podían ser el síntoma de una enfermedad. Sin embargo, intentaba encontrarle un sentido a todo lo que había sucedido y a lo que iba a suceder, sabía que no había terminado.

La teoría de la locura era la principal, pero también la que menos lo satisfacía. Era demasiado obvia y simple para ser verdadera. Además, ¿qué opciones le dejaba? No estaba dispuesto a internarse, no iba a tocar la puerta de un manicomio y decir: "Estoy loco, ayúdenme". Probablemente era lo debería haber hecho, pero tenía expectativas tan fantásticas sobre la realidad que se convenció a sí mismo, en contra de la lógica más elemental, de que en este caso la explicación más sencilla no era la correcta.

Recordó haber leído o escuchado en la radio, no estaba seguro, historias relacionadas con su situación actual. Particularmente la de un pasajero que fue detenido en un aeropuerto de Suiza por viajar con documentos falsos. El hombre había presentado en inmigración un pasaporte de un país inexistente. Al principio no lograron comunicarse con él, hasta que uno de los oficiales reconoció el idioma como una variación del turco. Lo interrogaron por horas, pero no obtuvieron ninguna confesión, el hombre repitió siempre la misma historia. Su artefacto (así lo llamaba) había partido a las 20:05 horas desde Ottor, capital de Istuania. No reconocía la terminal ni el nombre del país en el que las autoridades le decían que se encontraba. El pasaporte fue analizado por un especialista, pero sin ninguna referencia oficial concluyó que era imposible demostrar que se trataba de una falsificación. Cuando le pidieron que mostrara su pasaje, el hombre entregó una tarjeta perforada que no correspondía al sistema internacional de boletos. En ese momento intentaron rastrear el avión en el que había llegado; tampoco fue posible identificarlo. Después de varias horas de detención, decidieron retirar los cargos y se convocó una reunión para decidir qué hacer con el extraño de Istuania. Durante la discusión se consideraron diversas opciones. Ya que el hombre hablaba una variación del turco, se propuso comunicarse con la embajada de Turquía para que se encargara del caso. La opción fue descartada casi de inmediato cuando todos admitieron que el lenguaje que el hombre hablaba no podía ser considerado un idioma oficial. Ningún país lo reconocería como ciudadano por una similitud que, hasta que se probara lo contrario, era absolutamente circunstancial. Uno de los agentes preguntó si habían intentado localizar la aeronave que lo transportó para deportarlo al país de origen, y le explicaron que sí pero que había sido imposible. La única información disponible sobre su lugar de procedencia era la que él mismo había dado. Al escuchar esto, uno de los oficiales superiores dijo que si no estaba registrado entonces no era responsabilidad del aeropuerto: un hombre sin documentos ni boleto no era un pasajero. Todos se miraron. Minutos después resolvieron entregar el caso a las autoridades de la ciudad y mantener la custodia del hombre hasta que un funcionario se presentara para reclamarlo.

Al día siguiente se llevó a cabo un nuevo interrogatorio. El hombre, que decía llamarse Ekby Dagtar, contó la historia de su salida de Istuania a un nuevo intérprete. Estaba cada vez más desesperado e irritable, en dos ocasiones intentó escapar y tuvo que ser apresado. Se ordenó que se realizara una evaluación psiquiátrica, pero para ese momento Dagtar parecía haber perdido el contacto con la realidad y apenas balbuceaba algunas palabras. El médico tratante lo declaró mentalmente incompetente y fue enviado a un sanatorio mental como ciudadano suizo.

En unos meses, Ekby Dagtar dio muestras de mejoría. Empezó a dibujar e intentó comunicarse con los pacientes y los miembros del personal. Casi todos los dibujos eran mapas o lugares de Istuania: plazas, puentes, edificios históricos, pequeñas calles de piedra con muros a los costados que conducían a antiguos castillos abandonados y hasta planos de su propia casa. Nunca aprendió a hablar alemán, pero uno de los internos aprendió su idioma con lecciones que Ekby le enseñaba a través de los dibujos. Siempre repetía las mismas historias, todos pensaban que estaba loco, pero también que era inofensivo. Con el tiempo, con los años, con las interminables horas, con los infinitos detalles de una cotidianidad añorada y la reconstrucción obsesiva de una vida que pertenecía a otro mundo, uno que te obligaba a cerrar los ojos e imaginar colores nunca vistos, los rayos de un sol cuyo calor era distinto y el olor de un mar que no era azul pero que también tenía espuma, con texturas y olores que ningún hombre había soñado, Ekby Dagtar logró convencerlos de la única verdad que estaban dispuestos a aceptar: él no había mentido.

8 de marzo – 12:19 am

Aquella noche Clemente tuvo sueños muy extraños. Nunca les había dado una importancia especial a los sueños porque los suyos casi siempre eran cotidianos y recreaban, aunque de manera caótica, situaciones vividas durante el día.

En su caso, le parecía que soñar era una mera distracción fisiológica elaborada por su cerebro para ayudarlo a dormir. No creía en revelaciones trascendentales del inconsciente. Pero esta vez fue diferente, lo que experimentó no se parecía a nada que hubiese visto antes.

Estaba en medio de un desierto de basalto, la superficie de las piedras era opaca y seca. El cielo era negro y no tenía estrellas ni satélites, tampoco había nubes. Un viento denso y constante transportaba partículas luminiscentes que quedaban atrapadas en las ramas de enormes árboles minerales que iluminaban la planicie a través del horizonte. El sonido era el del vacío, era la primera vez que escuchaba el silencio.

En la distancia vio unas figuras flotar, se movían lentamente en el aire, pero estaba demasiado lejos para distinguirlas y decidió acercarse. Al mover una de sus piernas, se dio cuenta de que dar un paso requería un esfuerzo enorme, entonces saltó y comenzó a elevarse lentamente, sostenido por una fuerza activada por su intención. Era una especie de anti-gravedad volitiva. Descubrió que era más sencillo desplazarse si pensaba en moverse que si lo hacía realmente, como si el desierto respondiera a sus pensamientos y al mismo tiempo rechazara su cuerpo. Tuvo la impresión de que sus órganos, sus músculos y sus células amenazaban el equilibrio del ecosistema, como si en ellos se transportaran bacterias y virus letales diseñados para destruirlo todo, y que además deseaban hacerlo. Notó que su piel vibraba, que todo su cuerpo vibraba como una burbuja a punto de estallar, y que si descendía de nuevo su cuerpo se desintegraría al tocar el suelo.

Pensó en avanzar hacia las figuras y éstas comenzaron a acercarse, no entendía cómo porque no estaba desplazándose. El mundo se estiraba como la membrana que encontró bajo el piso del apartamento, era del mismo material y tenía el mismo comportamiento. Se expandió como si algo sujetara sus extremos hasta que los objetos se encontraron frente a él, casi al alcance de su mano. Eran tres: una pirámide, un cubo y una esfera. La tríada giraba lentamente sobre su propio eje. Pensó en tocar la esfera, pero de inmediato percibió que se alejaba; la pirámide y el cubo reaccionaron del mismo modo. Estudió la textura y la rotación de cada uno con detalle obsesivo, sus movimientos le resultaban hipnóticos. Pero sobre todo le interesaba su constitución, una fusión de metales y rocas con una plasticidad inexplicable. Algo que no existía o que pertenecía a otro mundo, determinado por leyes desconocidas e impenetrables. De repente se detuvieron, cada figura se replicó a sí misma e iniciaron una secuencia de movimientos en perfecta sincronía. Las pirámides se separaron en secciones, en rectángulos que se convertían en otros que a su vez se dividían en partes más pequeñas. Los cubos se desarmaron en seis piezas transversales que giraban a gran velocidad y en distintas direcciones, alejándose progresivamente una de la otra. Las esferas colapsaron sobre su propio centro y se disolvieron en cientos de micro esferas independientes alineadas geométricamente.

La secuencia terminó y las figuras permanecieron inmóviles por un instante. Eran miles de fragmentos de distintos tamaños y formas expuestos como las entrañas de un engranaje, como los átomos de una realidad alternativa. Clemente Duschamp no se atrevió a hacer nada, estaba paralizado por el miedo. Su mente estaba llena de preguntas, pero el desierto no respondía ninguna de ellas. Las piezas empezaron a moverse, se comunicaban entre sí y se relacionaban configurando nuevas estructuras que ensamblaban una instalación a su alrededor. Cuando todo terminó, se encontraba en el interior de un templo hexagonal.

Estaba vacío, tampoco había puertas ni ventanas. Miró a los lados. En la pared posterior había un espejo rodeado por un halo de luz violeta. En realidad, no pudo identificar de qué color era, pero sabía que se originaba del otro lado. Se asomó al espejo pero no pudo ver su reflejo, sólo sintió un ligero ardor en la frente donde habían aparecido los puntos rojos. Empezó a caminar acercándose lentamente. Entonces lo vio: tenía los ojos de un animal nocturno, la boca gruesa y la nariz afilada como tallada en madera. Estaba más delgado de lo que podía recordar o tal vez un poco más alto. La expresión indescifrable, fría y lejana como una estrella muerta. Se llevó una mano a la cara mientras observaba el reflejo, la otra mano lo siguió, pero sólo estaba imitándolo. ¿Era posible que un rostro volviera a repetirse? Si las combinaciones de átomos no son infinitas, ¿puede un cuerpo idéntico volver a existir o existir al mismo tiempo? Estiró su brazo y con el dedo índice se acercó a la superficie. Dudó por un segundo, y luego la tocó. Era la membrana, brillante y húmeda, como una pantalla orgánica. "Es el lado B – pensó - , este no es mi reflejo". Sintió un ardor punzante en el dedo, cercano al punto de congelación. Luego en la mano, el brazo y el pecho, también en sus piernas y en el rostro. Comenzó a separarse, a replicarse como la tríada geométrica. La división venía desde adentro, quería arrancarse la piel, seccionar sus huesos y hacerlos girar, desgarrar los nervios y separar los músculos, torcerlos, estallar en mil pedazos, transformar su estructura y convertirse en algo más. Desmembrado, desarmado, colapsado.

Despertó gritando con las sábanas adheridas a las piernas, estaban tibias y húmedas. Cuando descubrió que se había orinado, empezó a llorar. Entró en estado de pánico, tuvo ideas paranoides sobre conspiraciones y persecuciones. No quiso levantar las sábanas porque creía que estaban llenas de sangre, tampoco quería ir al baño porque temía morir si se miraba en el espejo, se asomó por la mirilla de la puerta y vio una sombra, la de alguien que acaba de marcharse. Sonó el teléfono, primero repicó dos veces y colgaron, luego volvió a sonar tres veces, una ventana se cerró, el cielo estaba nublado, hacía demasiado frío, podía escuchar la respiración del vecino, un perro ladro seis veces. Hizo una cuenta regresiva para levantarse, tiró las sábanas, se dio una ducha y salió a la calle.

Compró dos cafés y una caja de cigarrillos. Tenía diez años sin fumar. El primer café lo tomó sentado y luego volvió a caminar.

Hay una sensación muy particular que experimentan quienes han estado enfermos durante mucho tiempo. Cuando por fin están curados y deciden salir, el mundo les parece un lugar extraño. Se sienten desorientados, demasiado lentos, como si todo lo demás, no sólo las personas sino incluso los objetos, se movieran a una velocidad distinta. La vida del paciente queda suspendida en la enfermedad, pero afuera continua el ritmo frenético de la normalidad. Eso era lo que sentía Duschamp, sufría la distancia que existe entre un hombre enfermo y la ciudad. El ruido, el tráfico, la basura, las concentraciones de gente, todo aquello lo oprimía y lo atemorizaba, como si una parte de él hubiese permanecido en la absoluta soledad del desierto basáltico.

Luego de recorrer varias cuadras, decidió sentarse. El día era fresco y empezó a sentirse mejor. Levantó la cara hacia el sol, cerró los ojos y mientras recibía su calor creyó que podría recuperarse. Intentó analizar su situación con frialdad, de forma racional.

Internarse estaba descartado. Aunque reconocía las elevadas probabilidades de que alguna enfermedad mental estuviera presentando sus primeros síntomas, creía que los últimos acontecimientos eran los más reales y definitivos que había vivido. Su destino era uno de esos, aquello de verdad estaba sucediendo y su vida iba a cambiar a partir de ese momento. El desenlace dependía del camino que eligiera, estaba convencido de que la búsqueda lo llevaría a una respuesta. En su mente la única opción era llegar hasta el final.

Asumió que el sueño había sido una manifestación más de la realidad que lo había contactado. Pero, ¿era eso lo que había pasado? De acuerdo con su teoría, en algún momento que por ahora no era posible identificar, había sido activado un proceso de sincronización y sintonización con otra realidad, el Lado B. Especular sobre los detalles con la información que poseía era inútil. Había que investigar, su caso no podía ser el único. Necesitaba libros, pero sobre todo encontrar a alguien que pudiera ayudarlo. ¿Cómo y a quién? No tenía idea, pero si el Lado B realmente se había manifestado, tarde o temprano ocurriría algo, ahora más que su disposición estaba cambiando. Sin resistencia, el proceso tenía que acelerarse.

Pasó varios días buscando libros relacionados con universos paralelos. En unas librerías le dijeron no tenían 'nada de eso', en otras le recomendaron las secciones de cómics y de ciencia ficción. Revisó algunos tomos, pero no encontró nada. Uno de los libreros le sugirió que buscara textos de física y luego se disculpó por no tener ninguno. Entonces recordó que Berko, uno de sus compañeros en la empresa, había sido profesor de física años atrás. Lo llamó y le pidió que se vieran. Berko se sorprendió más por la llamada que por la invitación, era la primera vez que hablaba con Clemente fuera del trabajo, pero aceptó con amabilidad.

18 de marzo

Tienes planes pero la vida se interpone. El tiempo pasa y los sueños se aplazan. Esa es la ley.

25 de marzo - 10:09 pm

Cuando regresaba de almorzar me encontré con Lucas, el tipo del bar, a una cuadra del estudio. No se sorprendió al verme, por un instante me pareció que había estado siguiéndome. Me preguntó a dónde iba, le dije que volvía al trabajo y respondió que iría a visitarme. Le estreché la mano y me fui. Me quedé pensando en Renata, se me olvidó preguntarle si la había encontrado.

29 de marzo – 9:16 pm

Una vez mi padre y yo tuvimos una discusión muy fuerte por la muerte de mamá. Él estaba hablando de los misterios de Dios y del poder de la fe, y yo lo atacaba con comentarios llenos de sarcasmo. No lo soportó más. Le dio un golpe a la mesa y gritó que tenía que aceptar lo que había pasado porque la vida era así. Era justamente lo que estaba esperando. Yo también exploté y le dije que ésa era la diferencia entre los dos, que yo no me resignaba a la maldita realidad que me había tocado vivir. Me preguntó qué tenía pensado hacer y le dije que no lo sabía, pero que no lo aceptaba, que nunca aceptaría vivir así. Me puse a llorar. Le pregunté qué sentido tenía aferrarse a la vida si casi nunca era lo que queríamos, si la felicidad era algo tan frágil, si la vida era tan injusta y difícil, ¿para qué insistir? Me preguntó si era infeliz y le respondí que sí. Se levantó y comenzó a caminar hacia mí, pero yo me alejé. Cuando lo miré a los ojos, me di cuenta de que se le habían humedecido. Se quedó de pie y empezó a hablar de la misericordia de Dios, de su bondad infinita y de cómo el mundo había sido creado por amor. Yo me reí, me reí en su cara y le dije que él creía para poder consolarse, para no derrumbarse, pero que en el fondo sabía que era una gran mentira, la peor de todas. "No crees en Dios", dijo. Yo le contesté que vidas como la nuestra eran la prueba de su inexistencia. Por primera vez escuché su llanto, nunca lo había visto llorar. Yo me reía y lloraba al mismo tiempo. Se limpió las lágrimas con las manos y me pidió que me fuera a mi cuarto porque no quería seguir hablando. Me fui sin responderle y me encerré en mi habitación, fue una de las primeras veces que consideré suicidarme. No sé por qué no lo hice, quizás habría sido lo más consecuente.

Creo que en parte se debe al descubrimiento de que nada tiene sentido, de que cualquier cosa podría haber sido o no ser nada. Esa es la fuente de mi cinismo y mi escepticismo. Mi búsqueda, mi obsesión con lo increíble, es el deseo de encontrar una prueba, una refutación que me demuestre que estoy equivocado. No es un rastro de bondad, es una esperanza atrofiada llena de resentimiento. No espero la felicidad, el destino está manchado y mis ilusiones cercenadas. Si Dios existe, ya me ha señalado.

La vida vale la pena cuando es algo más que el abismo del que ha salido. Algunos días, algunas épocas ponen a prueba el misterio de mi resistencia.

Clemente le contó todo. Con un poco de vergüenza, Berko le preguntó si había buscado ayuda médica. Clemente mintió y dijo que sí, que la investigación había sido idea de su psiquiatra.

- Disculpa, Clemente, pero no entiendo.

- El doctor cree que padezco una fantasía esotérica y que la charlatanería de las pseudociencias que la sostienen es la mejor cura.

- ¿La investigación es parte de tu tratamiento?

- No cree que esté enfermo de verdad.

- Ah, ¿no?

- Dice que mi problema es la compañía, me recomendó que dejara el trabajo.

- ¿Escena Limpia? ¿No vas a trabajar más?

- No sé, no lo he decidido. Me dijo que no sé cómo manejar el estrés e inventé una realidad paralela para no tener que lidiar con eso.

Algunos enfermos mentales son capaces de psicoanalizarse. El diagnóstico era sin duda una explicación válida y tal vez acertada de su condición. En la conversación con Berko había expresado las ideas más sensatas y lúcidas de las últimas semanas, pero las utilizó para mentir. La terapia que se había auto recetado sólo servía para terminar de hundirlo en el delirio. La racionalización le había otorgado un falso argumento para justificar ante él mismo la decisión de no buscar ayuda. Si todo era mentira sería capaz de averiguarlo solo. Más tarde, mientras recordaba la conversación, sorprendido por haber sido capaz de inventar semejante historia con tanta naturalidad, reconoció que una parte de él esperaba que fuera exactamente eso: una obsesión momentánea, una proyección provocada por el exceso de trabajo que se desvanecería espontáneamente en una búsqueda absurda.

- Espérame un momento - dijo Berko mientras se levantaba de la mesa -. Creo que tengo algo.

Salió de la sala y entró en una de las habitaciones. Clemente se distrajo detallando la decoración, o la falta de ella, típica de un apartamento en el que vive un hombre solo.

- Hace un año, puede que un poco más, compré un libro aquí - dijo extendiéndole con la mano una tarjeta amarilla -. No tiene nada que ver con lo que estás buscando, pero creo que ahí pueden ayudarte, aunque sea decirte algo.

Duschamp tomó la tarjeta y leyó el nombre: Centro de Orientación Filosófica. Ocultismo y Filosofía Oriental. El logotipo era una pirámide con una flor de loto en el centro. Al verlo tuvo una visión de las pirámides girando en el desierto basáltico. Lo interpretó como una señal.

La entrada del Centro de Orientación Filosófica era pequeña y había que bajar unas escaleras hacia una especie de sótano, pero adentro el lugar era muy espacioso. Había decenas de estantes repletos de libros de todo tipo, a simple vista parecía una librería convencional. En aquel momento, Clemente era el único cliente y fue recibido con amabilidad por un hombre alto, muy delgado, de ojos grandes y mirada inteligente. Parecía estar cerca de los setenta años, dijo que se llamaba Aurelio Herrera. Duschamp le agradeció y preguntó por la sección de física.

- ¿Física? - dijo con curiosidad el hombre -. ¿Qué está buscando exactamente? Si no le molesta que pregunte.

- Algo relacionado con universos paralelos.

- Muy bien, ¿conoce algo sobre el tema?

- Sí... - dudó por un instante -. Bueno, no, he ido a varias librerías pero no he conseguido nada.

- No son temas muy populares - dijo el hombre sonriendo -, pero se venden más de lo que muchos creen.

Aurelio Herrera salió del mostrador y caminó hasta uno de los estantes en el fondo.

- Yo le recomendaría que comenzara con éste - le entregó el libro a Clemente y fue a otro estante - y que después leyera éste.

Sosteniendo ambos en la mano, Clemente leyó los nombres en las portadas. El primero se llamaba 'Las Portales de la Percepción: Principios Herméticos de Vibración y Otras Dimensiones'; el título del segundo era más corto, pero igual de misterioso 'La Hermandad de Erks'. Duschamp le agradeció la atención, conversaron un poco sobre cosas triviales y luego se fue a casa. Aurelio le dijo que si necesitaba algo no dudara en regresar, a Duschamp le pareció que lo dijo como si supiera lo que iba a pasar.

En este punto debo detener por un momento la narración para señalar una coincidencia. El primero de los libros que compró Clemente estaba basado en la filosofía hermética, específicamente en el principio de la vibración. Estos principios se encuentran expuestos en 'El Kybalión', el libro escrito por los Tres Iniciados que encontré en la biblioteca de mi padre. Seguramente no significa nada, pero no hay manera de asegurarlo. Cuando la razón no es capaz de comprobar o refutar de forma categórica, la intuición ejerce su influencia. Hay que aprender a vivir con la duda, a aceptar que hay ciertas preguntas que no podremos responder. Lo relevante, en todo caso, es la búsqueda. A estas alturas de la historia de Clemente Duschamp tal vez se hayan preguntado por qué es importante contarla. Algunos encontrarán una justificación en la peculiaridad de los hechos, otros ya nos habrán abandonado. Por ahora, porque aún no ha llegado a su final, puedo decir que hay numerosas razones para contarla, algunas de ellas se aclararán con el desenlace, pero la más importante es que su historia está relacionada con la desaparición de Benigno Riera, pero no hay que adelantarse, todavía no ha llegado el momento de hablar de eso.

Desde un punto de vista imparcial, el de un mero observador, puede decirse que la lectura de ambos libros perjudicó a Clemente. La explicación apunta a una inclinación que se encuentra en cierto tipo de personas. Hay quienes nacen con una inquietud natural por el mundo. Viven, observan y no pueden evitar hacer preguntas. Los caracteriza una tendencia a cuestionar la realidad. Tarde o temprano emprenden una búsqueda para satisfacer, al menos en parte, esa necesidad de respuestas. Por supuesto la búsqueda tiene consecuencias. Una de ellas es el descubrimiento de la manipulación de la información, la comprensión de que, como dicen, el conocimiento es poder. Una de las ideas derivadas de este razonamiento es que hay un control impuesto sobre el acceso a la información por parte de distintos grupos que operan con los beneficios de esta exclusividad. La versión oficial de los hechos no es la verdadera, es una estrategia cuidadosamente diseñada para disuadir cuestionamientos y homogeneizar la cultura, que a su vez funciona como el mayor artificio del encubrimiento. La verdad, la historia secreta, es revelada a pequeños grupos que han obtenido acceso al conocimiento de distintas maneras. Los ejemplos clásicos son el hallazgo de documentos catalogados por el *status quo* como apócrifos, contactos con infiltrados y ex agentes arrepentidos que liberan información interna o la revelación directa por parte de supuestas entidades superiores. Para estos grupos de resistencia, la historia de la humanidad es el testimonio de una conspiración masiva que tiene su origen en el nacimiento mismo de la civilización occidental y que aún hoy permanece sobre nuestros ojos como un velo de ilusión. Lo que se comparte entonces es mucho más que un simple libro, es una llave hacia la libertad, es un martillo para demoler y una salida de la caverna, una luz que pone fin al reino de la oscuridad. Duschamp asimiló esta idea, al principio inconscientemente, de manera inmediata. Su personalidad inquisitiva y ansiosa se identificó con la historia secreta porque respondía sus preguntas y no admitía puntos ciegos. Los iniciados en los principios herméticos y los hermanos de Erks, junto a una antiquísima comunidad esotérica asistida por seres con una evolución superior, habían realizado una ardua labor de desmontaje del engaño a través de los siglos exponiendo la estructura de la mentira institucionalizada, que no era otra cosa que el sistema. Para un hombre que creía haber encontrado un mundo paralelo más significativo y real que el suyo, estas son ideas muy peligrosas. Clemente pasó del precipicio de la enfermedad mental al éxtasis metafísico, un posible paciente psiquiátrico autoproclamado como 'iniciado'. A partir de este punto, se inclinó definitivamente la pendiente de su descenso. Se volvió cada vez más paranoico, obsesivo y desconfiado, estaba convencido de que la conspiración era total y había señales de ello en todas partes. Lo único real y verdadero eran la irrealidad y la mentira del mundo que habitaba, estaba perdido. Su vida se redujo a la búsqueda fanática de señales, secretos y revelaciones. Los contactos con el Lado B, por supuesto, aumentaron.

El resumen de los libros era, palabras más palabras menos, algo como esto: a nivel subatómico, torbellinos de energía condensada giran para formar átomos que a su vez dan origen a las estructuras más complejas del universo. Con ideas apoyadas en teorías de física cuántica y elementos de la filosofía hermética, los autores de 'Las Portales de la Percepción' sostenían que cada universo es una manifestación de un tipo de vibración. Para explicarlo utilizan notas musicales. Suponen, por ejemplo, que el nuestro es el universo Do, determinado por la frecuencia de vibración en la que se encuentra, del mismo modo que una estación de radio es localizada por su número en el dial. Esta frecuencia o nota, Do en el ejemplo, no es única y pertenece a una escala de la cual aún no se conoce la totalidad de elementos. De lo que están seguros es de que existen numerosos tipos de vibración, según la teoría de las notas serían Re, Mi, La, etcétera. Además, sostienen que el descubrimiento de las frecuencias apunta hacia la naturaleza musical del universo, a la estrecha relación que existe entre la vibración, la configuración de la materia y el arte como catalizador de la existencia. Estamos, literalmente, rodeados por dimensiones alternas que poseen diferentes vibraciones y que permanecen invisibles porque no contamos con sentidos adecuados para percibirlas, igual que una radio AM no puede sintonizar emisoras FM. Existe una vía de acceso, sin embargo. La realidad es, en última instancia, información y todo depende del contacto que tengamos con lo que ellos llaman 'código matriz'. Este código sería la fórmula o la partitura de cada realidad y quien sea capaz de leerla podría interactuar con ellas de la misma manera que lo hace con su mundo natural. Clemente Duschamp, de acuerdo con los autores del libro, habría sintonizado una realidad en otra frecuencia e interactuado con ella. Como todavía no es consciente del proceso y no posee control sobre él, los contactos han sido inestables e intermitentes. Sin embargo, advierten que la conexión con otra dimensión desarrolla habilidades innatas que todos tenemos y abre progresivamente los portales de nuestra percepción.

Clemente no estaba loco, sólo tenía problemas con su receptor.

'La Hermandad de Erks', aunque no trataba específicamente sobre universos paralelos, estaba relacionada con el tema. De acuerdo con los autores (estos libros tienden a ser escritos por grupos u organizaciones), Erks es una ciudad intraterrena que se manifiesta en una vibración diferente a la de la Tierra. A pesar de esto, ofrecen un mapa con la ubicación exacta de la ciudad: el cerro Uritorco en la provincia de Córdoba, Argentina. Según los testimonios, algunos privilegiados han sido contactados por habitantes de Erks, entidades que vibran en frecuencias superiores, y en casos excepcionales transportados hasta la ciudad que, técnicamente, se encuentra en otra dimensión. El libro también explicaba que por tratarse de uno de los centros intraterrenos más activos de nuestro planeta, la mayoría de los contactos interdimensionales podían rastrearse hasta Erks. Lo más probable era que Clemente Duschamp fuera uno de los contactados, en todo caso eso fue lo que él interpretó. De este modo, algo que inicialmente surgió como una posibilidad remota pero emocionante, en cuestión de meses se convirtió en una certeza irrefutable. Clemente volvió en repetidas ocasiones al Centro de Orientación Filosófica y sostuvo largas conversaciones con Aurelio Herrera, quien también creía que Duschamp era uno de los contactados. "Lo supe desde el primer momento que te vi", le dijo. A través de él conoció a varios miembros de un grupo que se reunía semanalmente para discutir información y programar actividades relacionadas con Erks.

Meses después le revelaron que estaban organizando un viaje a Córdoba para que dos compañeros ingresaran a la ciudad intraterrena. Uno era el líder espiritual del grupo, conocido como Joshua, aunque no era su nombre verdadero. El otro era uno de los contactados más antiguos, quien afirmaba haberse comunicado en el lenguaje de Erks durante sesiones de 'meditación trascendental'. Joshua propuso incluir a Clemente, llevarlos hasta la ciudad y solicitar su ingreso a la jerarquía o al menos establecer un contacto inicial. En poco tiempo el viaje se convirtió en el proyecto principal del grupo, los detalles fueron discutidos y analizados exhaustivamente, y se alinearon los plazos de acuerdo a las condiciones energéticas y astrológicas más favorables.

Sin saberlo, Benigno había conocido a uno de los miembros años atrás en una de las fiestas organizadas por su familia. Se llamaba Carlos Gabán, pero todos lo conocían como Charly. Charly fue a aquella fiesta para acompañar a su hermana, que trabajaba en uno de los negocios de la familia Riera. Se conocieron por casualidad cuando Charly escuchó a Benigno contar una de sus historias. La conexión fue mutua, en parte porque a su manera Gabán también era un personaje curioso. Era muy bajo y ancho, con pelo escaso y unas gafas pequeñas que le daban un aspecto de intelectual aficionado. Su voz era aguda y tenía una forma de hablar muy peculiar, excesivamente correcta y modulada, daba la impresión de que al hablar estuviera leyendo. Desde ese día comenzó una relación intermitente, pero constante entre ambos. Charly le recomendó a Benigno que visitara el Centro de Orientación Filosófica y lo invitó a las reuniones. Conoció a Aurelio Herrera y entrevistó en varias ocasiones a algunos miembros, incluyendo a Joshua y al antiguo contactado, que en aquella época ya afirmaba haber tenido experiencias con entidades de otras dimensiones. Los contactos con el grupo aportaron material para sus investigaciones, pero nunca se convirtió en un miembro activo, había observado señales de fanatismo y le resultaba un poco sospechoso que sus conclusiones no fueran sustentadas con pruebas.

Cuando Clemente se unió a la comunidad, Charly le contó toda la historia a Benigno, quien por razones obvias se interesó en el caso. Charly intentó coordinar reuniones para presentarlos y que posteriormente se entrevistaran, pero el encuentro se concretó sólo cuando el viaje a Córdoba ya tenía fecha definitiva. Duschamp había decidido desde el principio registrar sus contactos con el Lado B, había escrito un diario detallado, casi obsesivo, de todo el proceso: desde la intoxicación inicial y el resultado, según su opinión alterado, de la pelea entre Ali y Frazier, hasta el ingreso prometido a la ciudad de Erks. Benigno realizó una transcripción minuciosa del diario y de los testimonios que Clemente expuso en cinco entrevistas de noventa minutos. Durante las sesiones se hicieron muy cercanos, en circunstancias normales podría decirse que eran amigos. En uno de los últimos encuentros antes del viaje, Clemente le dijo a Benigno que era fundamental que la visita a Erks fuera registrada. Algunos miembros lo habían considerado como candidato, el permiso ya había sido solicitado y contaban con autorización para incorporar un cuarto miembro. Benigno pidió unos días para pensarlo. La mañana siguiente aceptó con la condición de que no se censurara el contenido sin importar lo que encontraran, la verdad tenía que estar por encima de otros intereses. El comité de planificación estuvo de acuerdo y Benigno se convirtió oficialmente en el cronista del viaje, desde ese momento asistió regularmente a las reuniones. Cinco días antes de irse, fue al apartamento y nos contó todo. Nos pidió que guardáramos las transcripciones del diario y las entrevistas de Clemente Duschamp hasta su regreso, en general desconfiaba del grupo y no quería que tuvieran acceso al material durante su ausencia. Mi padre accedió, pero dijo que no le parecía una buena idea. Además de lo absurda que sonaba la historia, había algo sospechoso e inquietante en un viaje organizado por una sociedad secreta amateur convencida de poder contactar a seres de otra dimensión para visitar sus ciudades. Al escucharlo sonrió, lo único que contestó fue: "Si hay quienes puedan entender que es posible, son ustedes". Fue la última vez que lo vi, cuando nos avisaron que había desaparecido no me sorprendí en lo absoluto, de alguna manera había sido anunciado.

Los cuatro miembros de la expedición, Joshua, cuyo verdadero nombre era Alí Jarez, Clemente Duschamp, Benigno Riera y Hernán Vittesi, el otro contactado, desaparecieron entre el 7 y 8 de agosto, apenas horas antes del viaje. Todos se encontraban en lugares distintos. Se cree que Jarez desapareció en la residencia de su pareja, una camarera de 43 años que cubría el turno de la noche en un bar restaurant. Jarez la llamó al trabajo desde su casa alrededor de las 12:25 am para despedirse y avisarle que se iba a dormir. Cuando regresó a las cinco de la mañana encontró el equipaje de Jarez y la cama sin hacer, pero no había señales de él. Le pareció extraño que hubiese dejado las maletas, pero no le dio importancia y se acostó a dormir. A las nueve de la mañana la despertó la llamada de un miembro del grupo para preguntarle si Joshua estaba con ella porque no se había presentado en el punto de encuentro.

La hora de la desaparición de Clemente Duschamp es más incierta porque fue visto por última vez alrededor de las seis de la tarde del 7 de agosto. Fue al Centro de Orientación Filosófica para despedirse de Aurelio Herrera. Conversaron un poco, se llevó un libro para el viaje y salió rumbo a su apartamento. Nadie sabe si llegó o desapareció en el camino. En la residencia no se encontraron pistas sobre su paradero, pero en la habitación principal los investigadores hallaron ropa en el piso y algunos cajones abiertos.

Benigno Riera fue visto por última vez por Juan José Villegas, un viejo amigo y colaborador que intercambiaba diarios, gacetas y revistas con él. Se citaron en la plaza de La Nación a las cuatro de la tarde, luego fueron a tomar un café. Villegas afirmó que no sabía hacia dónde se dirigiría Benigno después del encuentro. No se hallaron otros testigos que hubiesen tenido contacto con él o que al menos lo hubiesen visto. En su departamento no había nada inusual o relevante.

De los cuatro, el caso más extraño fue el de Hernán Vittesi, el contactado. Se acostó a dormir junto a su esposa a las 11:40 de la noche. La mujer asegura que no escuchó ruidos ni sintió movimientos de ningún tipo. A las 3:26 de la mañana se despertó asustada porque había soñado que se quedaban dormidos y Hernán perdía el vuelo. Cuando abrió los ojos, Vitessi no estaba en la cama. Pensó que habría ido al baño e intentó dormirse de nuevo, pero no pudo. Diez o quince minutos después, al ver que no regresaba, caminó hasta el baño y tocó la puerta, que estaba cerrada. Como no obtuvo respuesta, la abrió; Hernán no se encontraba allí. Fue a la sala y se asomó al balcón, no había señales de su esposo. Preocupada, se sentó a esperar que fuera una hora razonable para llamar a alguno de los miembros del grupo. Se quedó dormida en el sillón y despertó a las siete menos veinte de la mañana. Todo seguía igual, Vittesi no había regresado.

La policía realizó investigaciones durante meses, manejó distintas hipótesis, pero nunca se detuvieron sospechosos. Descubrieron que Vittesi tenía deudas considerables y había sido amenazado en las semanas previas a la desaparición. A pesar de que había personajes turbios involucrados, no pudieron establecer una conexión. No había indicios de violencia, no se encontraron armas ni cuerpos, no tenían nada, solo un hecho: cuatro hombres que iban a viajar juntos a Córdoba habían desaparecido. Cuando conocieron al grupo, el motivo del viaje y la cantidad de dinero que se había reunido, concluyeron que se trataba de una fuga planificada.

A pesar de las protestas de los familiares, las investigaciones se enfriaron y unos meses después los cuatro desaparecidos habían sido olvidados, en parte porque la prensa ya no los consideraba noticia y la gente sabe que estas cosas suceden todo el tiempo.

A pesar de la información que poseo y de mi relación con Benigno, no he encontrado una respuesta. Realmente fue como si se los hubiese tragado la tierra. Parece imposible pero es lo que sucedió. Cinco años después no hay nada, he pasado por distintas etapas de convicción y especulación. La mayoría de las veces creo que está muerto, de otra forma habría encontrado una manera de comunicarse con su familia o conmigo. Sé que no habría hecho algo así por dinero, a Benigno nunca le importó eso. ¿Qué podría haber hecho yo?, ¿por dónde comenzar? Todo es posible, cualquier cosa puede pasar. Incluso he considerado la posibilidad de que Clemente Duschamp no estuviera loco y su 'habilidad' fuera el desencadenante de estos sucesos. Las razones, los detalles y las circunstancias son, por supuesto, desconocidas, pero no estoy seguro de que sea lo más relevante. Hay un mensaje en lo que ha sucedido.

Para algunos, que tal vez sean la mayoría, lo único real es lo que se ve y lo que se toca. Los llamados misterios son sólo aquello que la ciencia aún no ha comprobado o desmentido. Lo inexplicable no es sobrenatural, son meros fenómenos culturales o errores de nuestro lenguaje. Sólo aquello que es susceptible de experimentación y de ser reducido a los elementos matemáticos utilizados por las ciencias tradicionales es considerado como una posible fuente de conocimiento. El resto es mito e ignorancia, residuos de una etapa infantil en la que la humanidad creía en los monstruos de su armario. El universo es el resultado de procesos complejos que se iniciaron hace millones de años, mucho antes de que apareciera la vida en la Tierra. La combinación de los elementos es precisa y depende de un equilibrio muy particular, pero no por ello debe tener un sentido. La existencia no tiene un propósito, simplemente está ahí. La conciencia, que probablemente no sea más que una función fisiológica del cerebro, tiene autonomía para preguntar y soñar, pero sus deseos no tienen por qué cumplirse, su relación con la realidad es contingente, la voluntad del hombre no es vinculante.

Sin embargo, ninguna de estas conclusiones está en los números. No hay una fórmula que demuestre que Clemente Duschamp estaba mintiendo y no hay teoremas que comprueben que Erks o alguna ciudad en otra dimensión no puedan existir. Es sólo una interpretación de la realidad, una lectura de los hechos heredada de una tradición que a su modo también es dogmática. La ciencia moderna tiende a comportarse como una religión, como un modelo teórico que defiende un sistema de creencias para aproximarse al mundo con una predisposición a descartar todo aquello que no sea cuantificable. Pretende explicar el cómo sin admitir el por qué. Sin embargo, la pregunta es legítima porque la ciencia no ha podido y no podrá abarcarlo todo. Qué puede decirnos sobre la belleza de la Novena Sinfonía y el valor de una amistad, sobre los sacrificios de una madre o sobre por qué el Guernica recoge mejor que los informes oficiales el indescriptible horror de la guerra. Hay tantas cosas importantes sobre las que la ciencia tiene poco o nada que decir, pero a pesar de esto busca imponerse como un modelo total para analizar e interpretar la realidad. Yo nunca acepté ciegamente la historia de Clemente, de hecho, dudo que haya sido contactado por entidades interdimensionales, pero es un símbolo de lo inexplicable, de aquello que trasciende la lógica y el lenguaje, de lo que nos lleva a los límites de nuestra zona de confort. Hay mucho más de lo que podemos ver, infinitamente más de lo que podemos comprender. La existencia no se somete a las categorías de nuestro entendimiento. Siempre he evitado el escepticismo radical y el cinismo que mutila la imaginación, en gran medida tengo que agradecer a Benigno por ello. Todo es posible, cualquier cosa puede pasar.

Por un momento consideré seguir el camino hasta las últimas consecuencias. Investigar, viajar y hacer lo que fuera necesario para saber qué había pasado con la expedición. También sentía curiosidad por conocer a Duschamp, pero la vida y el desarrollo de ciertos acontecimientos actuales, sobre los que aún no he hablado, disiparon mis intenciones de búsqueda. Pareciera que voy a vivir mi propia historia.

A veces, antes de dormir, pienso en otros mundos, imagino seres con vidas distintas a las nuestras. En la inmensidad del espacio resulta más que probable su existencia. Me pregunto si son felices, si tienen que trabajar, si necesitan dinero, si su historia es igual de sangrienta que la nuestra y si han cometido los mismos errores. Si aman y extrañan lo que han perdido, si sufren y se sienten solos como nosotros, si también buscan respuestas sobre su propio origen y si le temen a la muerte. Me gusta pensar que están mejor, no sé por qué, pero me hace sentir que hay esperanza.

Cada vez me interesa menos el mundo, estoy encerrado en mí mismo. He dejado de leer porque las noticias me deprimen, las historias no me emocionan. A veces me siento o me acuesto sin cerrar los ojos y me invade una sensación de aburrimiento, indiferencia total y absoluta hacia todas las cosas. No me importa nada, soy incapaz de sentir empatía por los demás. Los días son siempre los mismos, en ocasiones traen diferencias mínimas que sólo sirven para que el absurdo no sea tan evidente, el paso del tiempo es inconsecuente.

Me siento cansado, no encuentro motivación para hacer nada. Me di cuenta de que estaba mal y compartí esto con el señor Carpio, no se lo dije con estas palabras, pero el mensaje era el mismo. Me dijo que estaba deprimido, creo que tiene razón.

Sólo dijo eso: "Estás deprimido". Y siguió trabajando.

29 de abril – 2:36 am

Para mi padre fue complicado lidiar con la muerte de mamá, era algo evidente, pero yo no era capaz de comprender el esfuerzo que hacía y la fragilidad de los mecanismos que le permitían funcionar con cierta normalidad. Si al final lo logró o fracasó es otro asunto, pero ahora puedo reconocer que lo intentó y creo que lo hizo por mí. Su duelo tuvo distintas etapas pero nunca terminó. Hay cosas que no dejan de doler, sólo se aprende a vivir con ellas o no.

Al principio supo resistir, construyó una nueva rutina para encargarse de los dos y la mantuvo por algún tiempo. Se levantaba temprano y siempre estaba vestido, listo para salir a trabajar o resolver lo que hiciera falta. Me buscaba, hablaba conmigo e intentaba animarme. Yo lo rechazaba, todo acerca de él me resultaba irritante, ya he hablado de eso. Lentamente comencé a notar pequeños detalles, ligeras variaciones que me indicaban que algo estaba cambiando. A veces se levantaba tarde y faltaba al trabajo, pasaba días sin afeitarse y miraba televisión hasta las dos de la madrugada. Sus espacios se fueron reduciendo, cada vez hacía menos cosas, decía que el tiempo no le alcanzaba y que se sentía cansado. No recuerdo exactamente cuándo dejó de trabajar, pero comenzó a ir sólo tres veces por semana a la tienda. El señor Riera lo apoyó y le dijo que se lo tomara con calma. Cada quincena mandaba a una de sus empleadas para que nos ayudara con la limpieza y dejara algo de comida preparada. Parecía una etapa normal del proceso, pero mi padre no respondió. Se volvió más callado e inexpresivo, buscaba estar solo, a veces pasaba horas encerrado en su cuarto, vivíamos como dos extraños. Fuera de algunas indicaciones sobre la escuela o la comida, no me dirigía la palabra, no compartía nada conmigo. En ese momento me di cuenta de que algo serio estaba pasando, yo tenía doce años y no era mucho lo que podía hacer. Creo que entonces pidió la jubilación o una compensación para trabajar desde casa aunque no le correspondía. También sé que por eso discutió con el señor

Riera, quien por compasión accedió a pagarle un monto mínimo, casi simbólico, que no era suficiente para cubrir nuestros gastos. A partir de ese punto todo fue más complicado, no volvió a la tienda y casi no salía de casa.

A veces pasaba el día entero acostado en su cuarto. Recuerdo una vez que después de llegar del colegio lo encontré durmiendo en la cama. Siempre estaba de lado, en posición fetal, de espaldas a la puerta. Me asomé para verle la cara y me pareció que dormía profundamente, no me atreví a despertarlo. Más tarde pasé frente a su habitación un par de veces y no se había movido. En la noche, antes de irme a dormir, entré y me paré frente a él a pocos centímetros de su rostro, del mismo modo que lo hice con mi madre cuando tenía miedo y quería que fuera a mi cuarto a acompañarme. No funcionó, lo llamé: "Papá... Papá", pero no reaccionó. Toqué suavemente su hombro y de nuevo: "Papá, papá". Entonces vi cómo los globos oculares se movían rápidamente bajo los párpados, de un lado a otro. "Papá", una vez más, y comenzaron a abrirse. No sabía dónde estaba, le tomó un momento reconocerme. A veces, cuando despertamos a alguien, podemos observar cómo la conciencia vuelve a hacerse cargo del cuerpo, el instante en el que la fantasía del sueño es aplastada por la realidad. Yo lo vi, vi la mirada perdida y expectante, los ojos inexpresivos que me recorrían buscando algo que pudieran identificar, algo que los trajera de vuelta y los anclara nuevamente en las paredes de aquel cuarto. Lo vi, aunque fue casi imperceptible. La diferencia es un segundo o un instante mucho más pequeño, el reconocimiento de la realidad, el recuerdo de lo que es, de lo que no fue y lo que pudo haber sido, de todo lo que se había perdido. El cansancio, pero sobre todo la profunda decepción. Entendí que sin importar qué sucediera, para mi padre la vida ya nunca estaría a la altura de sus expectativas. El mundo y el resto de nosotros, los que permanecimos, no seríamos suficiente. Hay ciertos términos, son particulares para cada quien, que no estamos dispuestos a aceptar. Los de papá se habían cumplido, la distancia, o más bien el abismo, era insalvable. Alguna vez hubo un puente...

Con el tiempo quedó claro que no se trataba de un estado sino de un nuevo modo de ser. Tenía meses regulares y otros malos, semanas críticas y algunas más o menos estables. Mientras tanto, nuestra situación siguió deteriorándose, apenas contábamos con lo justo para comer. La mayoría de las veces yo cocinaba, de vez en cuando encontraba algo en el horno o en una olla, casi siempre era pasta. Podíamos comer pasta con mantequilla y salsa de tomate tres días seguidos, no parecía importarle. Varias veces imaginé que lo encontraba muerto en su casa, pensaba en el suicidio y me preguntaba por qué no lo había hecho. Todavía no lo entiendo, pero nunca sucedió.

Durante aquellos años no fui capaz de reconocerlo, pero yo también cambié. Casi siempre estaba irritado y de mal humor, me involucré en varias peleas en el colegio sin motivos, reaccionaba de manera desproporcionada a las situaciones, como si todos estuvieran en mi contra. Hoy me cuesta recordar cómo era antes de que todo sucediera porque no volví a mi estado original. Aquellos años fueron definitivos en la configuración de mi personalidad.

Mientras he contado todas estas cosas, especialmente las que están relacionadas con mi mamá, he logrado revivir algunos momentos, o tal vez deba decir sentimientos, que había olvidado. No puedo explicar por qué pasé tanto tiempo sin pensar en ella de esta forma. Creo que hay ciertas cosas que no podemos enfrentar y pretender seguir siendo los mismos, para bien y para mal yo conocí mi punto de quiebre. Me resulta curioso imaginar mi potencial, lo que habría podido ser en circunstancias diferentes, un poco más felices. No sé si tenga mucho sentido reflexionar sobre esto, porque además de no poder cambiarlo, me parece que no todas las consecuencias fueron negativas. Este es el proyecto más constante de mi vida, el más importante que haya intentado, y sus orígenes conducen a ella. Su muerte se convirtió en un nuevo parámetro de lo que era capaz de soportar, aunque no fue algo consciente. Es una conclusión a la que puedo llegar desde la distancia. Los duros años de convivencia con lo que había quedado de mi padre pudieron haber sido mucho peores o simplemente intolerables. El nuevo olor del apartamento, la ropa sin lavar, los platos sucios, los pisos manchados y los restos de comida, el volumen del televisor, las llamadas esporádicas, los chistes en el colegio, los zapatos con las suelas desgastadas, las miradas de los vecinos, el uniforme arrugado, la billetera sin dinero, el llanto en las noches, los almuerzos en silencio, la soledad de los recesos, los cumpleaños sin regalos, los gritos y las reconciliaciones momentáneas. Tantas cosas que no pedí, tantos momentos que no elegí, pude superarlos únicamente desde la ausencia.

Todavía quiero decir algo más, pero no tiene que ver con mi parte personal, al menos no directamente. Digamos que es un residuo de lo que me tocó vivir, en particular de la peor etapa de mi padre, de aquellos años de verdadera necesidad.

Estamos dentro de un sistema. No viene al caso que nos guste o no, esto no es una crítica, ni siquiera es un análisis. Sólo quiero decirlo. Para vivir en el sistema hay que conocer sus reglas. Algunas son flexibles, otras tienen una rigidez implacable. Son muchas, pero una es sin duda la más importante: tener dinero. Todo, absolutamente todo, incluso cosas que no son objetos, como la honestidad y el tiempo, tienen un precio. No me refiero a que haya que ser rico, tampoco a que sea bueno desear cosas o degradarnos para conseguirlas, lo importante es evitar la carencia. El dinero es necesario incluso, o, sobre todo, para las operaciones mínimas de sobrevivencia. La vida sin dinero es dura y difícil, todo es más complicado cuando no se tiene. En el elogio a la pobreza tal vez haya algo de poesía y heroísmo, pero en ella hay mucho más que eso. Hay tristeza y desesperación, hay angustia constante por no saber cómo superar la próxima semana. El pobre es presa de la incertidumbre porque no sabe por cuánto tiempo podrá mantener el espacio de vida que es capaz de pagar. El mundo se cierra sobre él, a veces no hay préstamos, ayuda ni contactos, y el espacio se reduce a lo mínimo, a tener qué comer y dónde dormir. Pero el problema de la escasez es mucho más complejo y profundo que la terrible dificultad económica. La necesidad, el sufrimiento y la dureza de las condiciones pueden transformar a una persona. Es cierto que determinadas circunstancias contribuyen a construir el carácter, pero cuando se mantienen por demasiado tiempo lo destruyen. El cansancio, la irritabilidad, la tristeza en la mirada, la desesperanza y el abandono de los sueños, el cinismo y el resentimiento, el cuestionamiento del valor propio y la sensación constante de fracaso, la pérdida de la autoestima, la búsqueda y el posterior rechazo de Dios, la dureza en las maneras y en el trato, el escepticismo y la duda punzante. Eso es la miseria. Un miserable es un ser cuyos valores espirituales y personales han sido socavados por la necesidad aplastante, alguien con un núcleo de identidad que ha sido reducido a las funciones elementales de alarma y resistencia. El estoicismo está sobrevalorado, el sentido de la vida no puede ser el sufrimiento. La herencia, el país, la ciudad y la suerte son factores decisivos, pero no definitivos. Cualquier cosa es posible, todo puede pasar, sin aviso y sin contexto. Las circunstancias que determinan el destino de una persona son impredecibles e inexplicables. Nos tranquiliza encontrar relaciones causales entre los hechos y catalogarlos como causas y efectos; lo cierto es que la dinámica de las variables sobrepasa nuestra capacidad de control, nuestras decisiones son sólo parte del resultado. El sistema ha monetizado todos los aspectos de la vida humana. Para vivir aquí, en el sentido total de la palabra vida, necesitamos dinero. Ninguna ideología, ninguna disposición espiritual puede sortear esto, el reconocimiento de esta realidad pasa por la comprensión de que todo tiene un precio.

Vivir y sobrevivir son cosas muy distintas, la mayoría está en lo segundo.

Aquel día ni mamá ni papá fueron a buscarme al colegio. Lo que me extrañó fue que en su lugar llegara un compañero de trabajo de mi padre, Ángel Sanz. Lo había visto varias veces en la tienda y en las reuniones mensuales de la familia Riera. Se notaba que estaba un poco incómodo y nervioso, igual que yo al verlo. "Hola, Elio - me dijo con una sonrisa forzada -, tu papá tuvo que salir de la tienda y me pidió que viniera a buscarte." Confundido, le pregunté si él iba a llevarme. "Sí, espérame un momento por favor". Se acercó a una de las supervisoras y habló con ella en voz baja. Mientras lo escuchaba, la mujer me miró varias veces con preocupación. Recuerdo que cuando Ángel Sanz se despidió, la supervisora se llevó la mano a la altura del corazón y observó cómo nos marchábamos.

- ¿A dónde vamos? - pregunté.

- Vamos a almorzar a mi casa, Elio. Tu papá va a buscarte más tarde. Patricia, mi esposa, ¿te acuerdas de ella? Tú la conoces, nos está esperando. Así que por ahora a comer.

Cada vez que terminaba de hablar, me mostraba una pequeña sonrisa, pero la expresión de sus ojos decía otra cosa, no podía saber qué, pero sus cejas estaban un poco arqueadas y tenía los músculos de la cara ligeramente contraídos.

- ¿Y mi mamá? - cuando hice la pregunta se me humedecieron los ojos, me dieron ganas de llorar, casi no pude contenerme. Ángel lo ignoró y no comentó nada al respecto.

- No lo sé, Elio. Como te dije, tu papá tuvo que salir y me pidió el favor de venir a buscarte. Para mí no es ningún problema, quédate tranquilo.

Comencé a mirar por la ventana y a pensar. Lo sentía en el estómago, es difícil de explicar, era una opresión y un vacío al mismo tiempo, algo que me llenaba y me desgarraba por dentro. Tenía muchas ganas de llorar y las lágrimas empezaron a brotar sin que pudiera evitarlo. Cuando llegamos a la casa, me recibió la señora Sanz, fue muy cariñosa y amable, pero yo no quería estar ni comer ahí. Apenas respondí a sus comentarios. Sólo preguntaba qué pasaba y siempre decían lo mismo, que tenía que esperar. No almorcé, tomé un poco de jugo y me senté en el sofá más grande de la sala. El tapiz era verde y aterciopelado. Fue la primera y última vez que lo vi, pero lo recuerdo perfectamente. Me dijeron que podía quitarme los zapatos y ponerme cómodo, lo hice. Ángel Sanz me llevó algunas revistas, entre ellas había dos Selecciones. Comencé a leer, me distraje y logré relajarme tanto que me quedé dormido. Aquella tarde tuve una pesadilla que desde entonces se hizo recurrente. Se trata de una secuencia relacionada con el fin del mundo.

Estamos en un apartamento muy parecido al nuestro, pero no es el mismo. Es más grande y se encuentra en un piso mucho más alto, el diez o el once. Estamos en una habitación que es una especie de estudio en el que hay estantes llenos de libros y materiales de oficina: resmas de papel, lápices, marcadores, cinta adhesiva y borradores, entre otras cosas. El piso está alfombrado, yo estoy descalzo. El estudio tiene un balcón amplio y estamos observando la ciudad, desde ahí podemos ver las montañas y el valle repleto de casas, edificios y pequeñas luces que comienzan a encenderse. Sólo estamos mi mamá y yo. Son las seis de la tarde pero el cielo está completamente gris y oscurece rápidamente. Estamos sentados, hablando de algo que nunca puedo recordar. Después de eso, el balcón empieza a temblar, escuchamos un ruido ensordecedor parecido al de una turbina y nos abrazamos asustados. Unos pedazos del balcón se desprenden y caen al vacío, nos arrastramos hacia atrás para alejarnos pero estamos cada vez más cerca del borde. Entonces, cruzando la línea del horizonte, a pocos metros de nosotros, pasa un avión comercial volando de lado. Parece que intenta maniobrar pero está a punto de estrellarse contra una de las montañas que están frente al edificio. Justo antes de impactar en la tierra, un proyectil lo alcanza y le destruye el ala derecha. Mi madre me abraza con fuerza y me dice: "Hijo, tengo mucho miedo". Hay una gran explosión y el avión, destrozado en varios pedazos, arrasa árboles y algunas casas que están en su camino. No vemos a nadie más, sin embargo, se percibe una sensación de pánico generalizado, como si estuviéramos en medio de una guerra o de un golpe de estado. Yo me levanto y camino hacia el borde del balcón para ver mejor y me doy cuenta de que hay explosiones en toda la ciudad con apenas segundos de diferencia. En la distancia, otro avión comercial se estrella contra un edificio, helicópteros de combate sobrevuelan a poca altura entre columnas de humo negro. No podemos ver qué o quiénes nos atacan; el peligro es inminente, no tenemos mucho tiempo. Mamá me llama desesperada, me dice que tenemos que bajar para salvarnos. Yo quiero correr y estar a su lado para protegerla, pero siempre me quedo atrás y no logro alcanzarla. La sigo y comienzo a bajar las escaleras aunque no puedo verla, sólo escucho sus gritos que me llaman, cada vez más lejos. Entonces una explosión muy fuerte sacude el edificio y siento que va a derrumbarse. Todos morimos, pero no puedo verlo.

En ese momento me desperté con el corazón a punto de romperme el pecho. Al abrir los ojos busqué a mi madre por instinto; no estaba allí conmigo. Me tomó varios segundos comprender que los cuadros que colgaban sobre las paredes, la mesa redonda de madera con tope de vidrio y los adornos de cerámica no pertenecían a mi casa. Me encontraba en otro lugar, había pasado algo que no querían decirme. De nuevo apareció la sensación incómoda en la boca del estómago, bloqueando desde ahí mi respiración. Me faltaba el aire, me consumía la ansiedad y no era capaz de concentrarme en nada, me movía de un lado a otro sin descanso. Cerca de las siete de la tarde, Ángel Sanz dijo que me llevaría a casa. Era extraño que mi padre no me buscara, pero no dije nada. Me puse los zapatos y tomé mi morral. Ángel me regaló ambas Selecciones, las guardé y le di las gracias. Durante el viaje me sentí mal, a medida que nos acercábamos me ponía más nervioso, por fin iba a mi casa pero no quería llegar. Recordé la tarde sentado en el autobús esperando para irme con Luis

Gámez, las sorpresas que nos esperan fuera de la rutina no son agradables.

Ángel Sanz detuvo el auto frente a mi edificio, lo apagó y se bajó para llamar a mi padre. Tocó el timbre del 6-A. Un poco después escuché la voz de mi padre del otro lado, sin ningún tono especial. Fue tan normal que por un momento me olvidé de todo y comencé a sentirme mejor, tal vez no había sucedido nada. Estaba tan seguro de lo contrario que durante aquellas horas no se me había ocurrido ni una sola vez que esa posibilidad también era válida, que quizás todo fuera producto de una serie de coincidencias desafortunadas y no había sucedido nada.

Mi papá abrió la puerta desde arriba, Ángel Sanz se despidió y esperó que yo entrara para regresar a su auto.

En el ascensor había una polilla, me distraje mirándola revolotear desorientada alrededor de las luces. Cuando se abrieron las puertas, mi padre estaba esperándome en el pasillo. Me miró y caminó unos pasos en mi dirección. La imagen era tan rara, tan ajena a la rutina de los días normales, que desde ese mismo instante todo empezó a sentirse como un sueño. Uno en el que la percepción del espacio y del tiempo ha sido fatalmente alterada. Estiró su brazo y me condujo hacia adentro, me sentía como un invitado en mi propia casa, como si sólo hubiera sido llamado para recibir una noticia. Y así era.

El apartamento estaba oscuro y solitario como nunca antes, me llevó a la sala y nos sentamos juntos en el sofá, en nuestro sofá. El silencio era insoportable, me sudaban las manos, frotaba las palmas contra el pantalón para secarlas. Mi padre intentó decir algo, pero su voz se quebró al salir y se le humedecieron los ojos. Tenía la piel de la cara roja, como si soportara una presión enorme y la contuviera, impidiéndole salir. Tomó aire y respiró profundamente. Sus ojos, perdidos en algún lugar de la pared, miraban a otra parte. No sé a dónde, pero ahora puedo suponerlo. Unos segundos después parecía haberse calmado, pero cuando dijo mi nombre, Elio, la voz volvió a fallarle. Y ahí, ahogadas entre lágrimas que empezaban a desbordarse, pronunció aquellas palabras terribles que conjuraban la destrucción de mi mundo, las que arrasaron con mi vida como la había conocido.

Para cada quien existe un conjunto de palabras que, una vez pronunciadas, cambian todo para siempre. Hay ciertas cosas que no podemos saber y volver a ser los mismos. Yo tuve que escuchar las mías. "Tu mamá tuvo un accidente - dijo con un hilo de voz temblorosa -. Mamá murió, Elio".

Mamá murió.

No había espacio para nada más, no había aclaratoria ni explicación posible. Era definitivo. Dos palabras para anunciar que mi universo había dejado de existir. Sin embargo, continuó: "Ella estaba aquí. Me llamó a la tienda. Me dijo que se sentía mal, que le dolía mucho la cabeza. Le pregunté si quería que fuera a casa y me dijo que sí. Vine lo más rápido que pude, Elio, vine rápido. Estuve aquí en menos de una hora. Pero cuando llegué no había nada que hacer".

Nada que hacer. Fue la primera vez que lo odié. Era incapaz de entender que la verdadera naturaleza de la realidad es esa. No hay nada que hacer. No hay garantías ni elección. Yo permanecí sentado, sin decir nada. Comencé a llorar en silencio. Mi padre me abrazó muy fuerte, pero yo no lo rodeé con mis brazos. Él también lloró. En mi pecho sentí el sufrimiento del suyo. Estaba roto, ambos lo estábamos. Luego me separó y sostuvo mi rostro entre sus manos. "¿Quieres ver a tu mamá?", me preguntó. Le dije que sí asintiendo con la cabeza.

La aceptación de la muerte es artificial. Es una condición cultural e ideológica. Los monos y los elefantes lloran a sus muertos. Creo que existe una relación entre la inteligencia y la pérdida. No puedo aceptar la promesa de otro lugar, uno construido por la imaginación humana, como consuelo. Deseamos y necesitamos que sea verdadero, pero eso no tiene nada que ver con las probabilidades de su existencia. Tampoco voy a afirmar que el mundo es una ilusión, y mucho menos que el universo es un juego divino cuando hay tanto sufrimiento gratuito en las vidas de millones. No temo a la muerte, pero la considero una arbitrariedad ofensiva. La soledad, la distancia y el olvido son crueles. Las promesas de las religiones son la compensación de una realidad injusta. Sin esta esperanza sería imposible vivir.

Un antiguo mito griego cuenta que en el inicio los hombres conocían el día y la hora exacta de su muerte.

Aterrados, corrieron a esconderse en cuevas oscuras mientras cada uno esperaba la llegada de su hora final. Se abrazaron, se dieron calor y compañía intentando olvidar el frío de la soledad eterna a la que habían sido condenados. Cuando Prometeo entendió que el miedo había paralizado a los hombres, decidió intervenir. Abrió la caja de Pandora y entre otras cosas les regaló el olvido. Ahora, aunque todos sabían que algún día tendrían que morir, desconocían la fecha y las circunstancias exactas. Poco a poco, al principio temerosos, los hombres abandonaron sus cuevas y comenzaron a cazar, construir y prosperar. Un nuevo orden había sido establecido, pero algunos no olvidaron que la única y verdadera libertad es la eternidad.

Nuestra familia era de tres, no había visto morir abuelos o tíos, y cuando algún conocido de mi padre fallecía, no me llevaba con él. Nunca había estado en una funeraria. Hasta aquella noche la palabra muerte era poco más que un concepto que mi mente asociaba con un 'no estar más' sin verdadera sustancia. Había muerte en los diarios, en el mundo y en las calles, pero no en mi hogar, no en mi vida. Su presencia estaba despojada de toda amenaza porque sólo pensaba en mi madre. Quería verla, estar con ella al menos un día más. En el camino tuve varias veces la sensación de que iba a despertarme y nuevamente estaría en el colegio esperando que fueran a buscarme. Imaginé el auto de papá llegando quince minutos tarde, subía, lo saludaba, me preguntaba cómo me había ido y manejaba a casa como siempre. En el mundo real también nos encontrábamos en el coche, mi padre me preguntaba cada cinco minutos si estaba bien mientras conducía hacia la casa de servicios funerarios. En ese momento me di cuenta de que vestía un traje negro, no lo había notado antes.

Del lugar recuerdo con claridad dos cosas que por alguna razón han permanecido en mi mente: el frío y las pálidas luces amarillas. Era como si las puertas, las paredes y nosotros mismos, desapareciéramos bajo la luz de los bombillos desgastados. Parecían recordarnos nuestra resistencia inútil, las luces inevitablemente se extinguirían en los laberintos del tiempo. Nada era real, estábamos ahí, pero nuestra existencia era una ilusión. Todo lo era.

En la sala reservada para mi madre, nos esperaban varios vecinos y compañeros de trabajo, un grupo de quince o veinte personas. Benigno y su familia también estaban. La mayoría conversaba en voz baja, otros guardaban silencio con la mirada perdida y los brazos cruzados. Cuando nos vieron entrar, algunos comenzaron a llorar, sobre todo las mujeres. Se acercaron a mi padre y a mí y nos abrazaron. Decían cuánto lo sentían y hacían preguntas con respuestas obvias. "¿Cómo te sientes?", no respondí, estaba aturdido por sus perfumes y sus abrazos, yo solo quería ver a mi mamá. Por fin se abrieron paso y me permitieron acercarme, pero no nos dejaron solos. Sus manos se apoyaron sobre mis hombros y mi espalda para conducirme hasta ella. Tomé a mi padre del brazo y le pregunté cuándo se iría toda esa gente, me dijo que habían venido a acompañarnos. Lloré de rabia las lágrimas que había guardado para ella. Los odié por sus atenciones y su preocupación protocolar. Nunca se habían ocupado de mí y ahora arruinaban este momento, el último que teníamos juntos. Ninguno tenía derecho a llorarla, no podían ni merecían compartirlo. Hicieron un pequeño círculo a mi alrededor mientras avanzaban lentamente hacia el ataúd, todos la miraban y luego examinaban mi rostro anticipando una reacción. Necesitaban verlo, los gritos, el dolor, querían que me quebrara y me derrumbara frente a ellos, que intentara abrazarla y tuvieran que sostener mis brazos para controlarme. Escuchaba el murmullo y el zumbido de sus voces, comentando y lamentándose. Mi padre les daba las gracias y los consolaba mientras lloraban en su hombro. Los odiaba, los odio, y me cuesta respirar, todos son más altos que yo, me oprimen y me encierran entre sus vientres y espaldas, me tocan con sus manos, están sudadas y calientes, como el aire denso y húmedo de la habitación, quiero salir, busco a mi padre pero está lejos, lo llamo pero no me escucha, tiene que atenderlos, los dientes, las bocas abiertas y la saliva en la comisura de los labios. No puedo respirar, lo veo salir, llegan flores, lo llamo, puedo olerlas, cada vez estoy más cerca, ellos me llevan pero yo no quiero ir y grito, grito desesperado hasta que me arde el pecho y me desgarro la garganta, cierro los ojos y grito con todas mis fuerzas, intentan tomar mis manos pero tengo los puños cerrados, creen que es por ella, que estoy sufriendo un colapso nervioso. Yo sólo quiero que desaparezcan.

Alguien me alzó y me llevó hasta una silla esquivando los cuerpos. Mi padre se acercó y me preguntó si estaba bien, no le respondí. Entonces me tomó de los brazos y dijo:

- Elio, escúchame, ¡hijo escúchame!

Yo no dije nada. Me abrazó muy fuerte y me di cuenta de que estaba llorando. Él también lo notó y secó mis lágrimas.

- Quiero que se vayan - dije.

- ¿Quieres estar solo con tu mamá? - preguntó, yo asentí con la cabeza.

Se puso de pie y le dijo algo a Benigno en voz baja. Luego ambos se acercaron a cada una de las personas que estaban ahí y poco a poco todas comenzaron a salir, hasta que solo quedó mi padre. - ¿Te sientes mejor? - preguntó mirándome.

Nunca había pronunciado unas palabras con tanto amor y no volvería a hacerlo. Contesté que sí moviendo la cabeza. Papá caminó hasta la puerta y mientras la cerraba suavemente dijo que si necesitaba algo lo llamara. La habitación se sumergió en el silencio, en el océano, a miles de pies bajo la superficie.

Me levanté y me acerqué a ella. Antes de asomarme estiré el brazo y toqué la madera con la mano, estaba fría. Era delicada al tacto. La acaricié imaginando que era su piel, cerré los ojos y apoyé mi cabeza por unos segundos. Volví a tener la sensación de estar soñando. Imágenes, momentos y recuerdos con los que quería reemplazar éste. Como si cambiara una diapositiva en un cuarto oscuro y olvidara la pantalla, el proyector y el salón. Necesitaba despertar a una nueva realidad, pero cuando abrí los ojos nada había cambiado. Tenía que vivir el momento aunque no quisiera hacerlo. Ya había llegado, parecía que incluso podría esperarme, que la vida continuaría cuando estuviera preparado, pero estaba equivocado en formas que era incapaz de comprender. Por un instante me distraje examinando la madera, las vetas, la gradación de los colores y la capa de barniz. Descubrí una pequeña burbuja que había quedado atrapada, tan pequeña e insignificante. Supe que nadie la había visto antes. La toqué con el dedo, respiré profundamente y me incliné para ver a mi mamá. Había imaginado que sería como verla dormida, pero no fue así en lo absoluto. Parecía una muñeca, era una extraña imitación de su rostro. Reconocí las facciones, pero también que mi mamá no estaba en el cajón. La piel parecía haberse endurecido, plastificado, y el color era demasiado uniforme, como si la hubieran pintado. La expresión era artificial, ninguna de las tantas que caracterizaban a mi madre. Había muerto y esto era lo que había quedado para recordármelo. Podía sentirla de alguna manera, en otro lugar, muy lejos de allí, pero ¿en dónde? Sería un huérfano el resto de mi vida, fue la primera vez que me aplastó su ausencia. Ese vacío, ese gas etéreo y tóxico que he respirado desde entonces. La tristeza profunda, la soledad irreparable. Cuando hay todo y nada que decir, el silencio es elocuente.

La detallé una vez más antes de salir, me fijé en sus manos. Le habían arreglado y pintado las uñas de un rojo pálido, un color que nunca había usado. Abrí la puerta y pensé en buscar un rincón, un hueco en un rincón. Acostarme en el piso, enrollarme hasta hacerme muy pequeño y desaparecer entre las grietas, entregarme a aquella oscuridad viscosa que me corroía por dentro, a cambio de liberarme del insoportable peso de tener que ser yo mismo. ¿Quién pudiera descansar y regresar cuando todo hubiera terminado? Pero nada pasa, la vida es lo que es y no lo que uno quiere. Abrí la puerta y me arrojé en los brazos de mi padre.

3 de mayo – 3:47 am

No dormir es una enfermedad, pero es más un síntoma que una verdadera causa. Es imposible acostumbrarse a esta sensación de cansancio permanente. Estoy agotado. No puedo pensar, cometo errores, digo lo que no quiero y calculo mal las distancias. Hoy perdí un pedido de químicos para el estudio. Carpio se molestó. Me dijo que renunciara y estupideces como ésa. Me ha tomado 25 minutos escribir este párrafo.

Descubrí que existe un trastorno conocido como IFF (insomnio familiar fatal). Es hereditario y se encuentra asociado a la mutación de un gen. Los síntomas se presentan sin aviso a una edad comprendida entre los 50 y los 60 años. La persona no es capaz dormir, pero alcanza un estado de letargo del que no resulta descanso alguno. Eventualmente pierde la homeostasis, que básicamente es el equilibrio general del cuerpo, y el enfermo deja de hablar y caminar, entre otras cosas. Esto continúa por meses, hasta que en el mes ocho la persona entra en coma y muere. Nadie ha sobrevivido más de un año con IFF. Tengo que investigar más, saber si la enfermedad puede desarrollarse prematuramente. Encontrar registros de la familia, archivos o documentos. Averiguar si alguien la tuvo. Piensa cómo.

161

6 de mayo

Lucas se presentó en el estudio, hemos ido un par de veces al bar. La eterna pregunta: ¿por qué no he viajado a Córdoba? Vuelvo a pensar en las tres peores cosas que no he hecho.

8 de mayo – 1:25 am

Cierro los ojos. Tomo aire y lo exhalo lentamente. Coloco ambas manos, una sobre la otra, a la altura de mi estómago. Intento dormir, me concentro en descansar, repito la palabra en mi mente: descansar, descansar, descansar. Aparece una imagen, un recuerdo del día. Lo desvío y me enfoco en descansar. Desaparece y por un pequeño instante mi mente queda vacía. Entonces pienso en algo que debo hacer mañana. Imagino cada paso y la mejor forma de completarlo, diseño un plan. Luego me pregunto si hay alguna otra cosa pendiente. Me doy cuenta de lo que está sucediendo y vuelvo a repetir: "Descansar, descansar, descansar", para borrarlo todo, pero esta vez no funciona. Aparece otra imagen y luego un nuevo recuerdo. Un hombre toca el violín en un teatro. Va vestido de traje. La luz del escenario lo ilumina. Yo lo observo, no existe otra cosa. No reconozco la melodía. Ahora la cara de un cliente, el rostro del hombre que me insultó por no devolverle el dinero. No podía. La escena se repite en mi cabeza, pero hay ligeras variaciones. Yo reacciono de manera diferente, le digo lo que debí haberle dicho y él queda aplastado. Sin embargo insiste y su reclamo se hace más violento, se acerca a mí y trata de pegarme. Yo lo esquivo y lo golpeo en la cara. Una, dos, tres veces. Siento que lo odio y no puedo detenerme. Rompo la vidriera de la exhibición y le lanzo cosas, todo lo que encuentro: álbumes, cámaras, pedazos de vidrio, la caja registradora. La levanto sobre mi cabeza y la estrello contra su cráneo. Escucho los huesos quebrarse. El hombre está en el piso en un charco de sangre. Siento que algo roza mi pierna y recuerdo que estoy en la cama. Descansar. Descansar. No lo estoy logrando. Me pregunto por qué y respondo que es mejor no pensar. Me distraigo con otro residuo del día, una noticia que leí sobre un ladrón que entró a robar a una casa y olvidó a su hija de cuatro años en el lugar. Lo imagino caminando por la calle en medio de la oscuridad con la niña en sus brazos. Descansar. Descansar. Se acerca a la entrada posterior de la casa y coloca a su hija en el suelo. Le dice susurrando: "Quédate aquí, no te muevas", y la toma por los brazos para fijarla en el sitio. Abre la cerradura y entra. Está vacía, la familia está de viaje. Sale y agarra la mano de su hija para conducirla hacia adentro. Va hacia la cocina y enciende la luz. Carga a la niña y la sienta en un tope de acero inoxidable. Descansar. Abre la nevera y toma agua directamente de la jarra. La mira y le pregunta: "¿Quieres algo?", la niña niega con la cabeza. La toma en sus brazos nuevamente y camina hacia una habitación con un sofá cómodo y un televisor grande. El hombre sienta a su hija y enciende la televisión. "Espérame aquí - le dice en voz baja -, no te muevas, tengo que subir pero regreso pronto, ¿okey?". La niña asiente moviendo la cabeza. "Voy a subir al otro piso por esas escaleras, si escuchas algo grita pero no te muevas de aquí, ¿me entiendes, Renata?". Ella asiente de nuevo con la cabeza. Su padre sale de la habitación y se dirige hacia las escaleras, ella lo observa alejarse por unos segundos y luego mira al televisor. Hay delfines nadando en el mar, giran, se acercan a la cámara y vuelven a alejarse, parece que están jugando. Renata se acomoda y apoya la cabeza en el respaldo del sofá, tiene sueño. Abre y cierra los ojos lentamente. La casa está en absoluto silencio. Cierra los ojos. Caminaba alrededor de una fuente en un jardín lleno de flores. Escuchó que la llamaban y se dio vuelta, las voces de los hombres se introdujeron en su sueño. Despertó cuando una mano sacudió con suavidad su hombro. No recordó lo que su padre le había dicho y permaneció en silencio. Le preguntaron varias veces si estaba sola y con quién había venido, pero no contestó. Los dos vecinos, que llamaron a la policía al ver luces encendidas dentro de la casa, le dijeron al oficial que el padre de la niña era un residente de la zona. El policía subió a Renata en la patrulla y le dijo que iban a buscar a su papá. No lo encontraron en casa así que el agente decidió dar una vuelta por el vecindario. Disminuyó la velocidad, bajó el vidrio y recorrió las calles alumbrando con su linterna. Al doblar en una esquina, apareció a pocos metros de la patrulla la figura de un hombre que guardaba objetos en un garaje. Vio ropa, cajas y un microondas. Encendió las luces y se acercó a la casa. Cuando se detuvo le preguntó a la niña: "¿Ese es tu papá?". Ella observó al hombre por unos segundos y luego miró al oficial asintiendo con la cabeza. Mientras la patrulla se acercaba, el hombre intentó bloquear la luz con una mano, pero detrás del destello descubrió con cierta dificultad el cabello rizado y la blusa rosada. Entonces, para sí mismo, y sin que nadie lo escuchara dijo: "Renata".

Siento una leve presión en la vejiga. Cambio de posición e intento ignorarla. Tengo que orinar pero no quiero levantarme. Considero si puedo aguantar hasta la mañana, no estoy seguro. Tengo que dormir, hay que dormir. No puedo. Voy al baño y orino, me lavo las manos y la cara. Me miro en el espejo. ¿Qué es lo que falta? Tomo un poco de agua y vuelvo a acostarme. Descansar. Descansar. Cierro los ojos. ¿Qué pasaría si me enfermara? Lo que no me deja dormir es el paso del tiempo. Todo es tan frágil, cualquier cosa es capaz de torcer el destino: un hígado, un tumor, un mosquito. Pero hay que vivir como si estuviéramos protegidos, como si pudiéramos estar seguros de algo. ¿De qué o de quién depende la vida que me toca? El peor momento para pensar es antes de dormir. No hay mayor contradicción que una existencia modesta en un alma que aspira a grandes cosas.

15 de mayo

El silencio no era siempre el mismo. Adquiría la densidad de las emociones de quienes lo invocábamos. Recorría los pasillos oscuros, sin prisas, ajeno al paso del tiempo. Avanzaba lentamente, sosteniéndose de las paredes como una entidad decrépita impregnándolo todo con su letargo aplastante. Sentía cómo su presencia llegaba a mi habitación, entraba por debajo de la puerta y tocaba mi hombro, me envolvía antes de absorber lo que guardaba adentro. Crecía y se hacía más pesado. Luego volvía a atravesar el pasillo arrastrándose y buscaba a mi padre para contarle lo que yo escondía de él, lo que nos escondíamos el uno al otro, el hedor de cosas muertas y la descomposición de nuestros afectos. Entonces nos aplastaba y era como si nosotros también hubiéramos muerto. Pero había sido ella, sólo ella, y era insoportable. A veces no pronunciábamos una sola palabra en días. Nos despertábamos, comíamos y por inercia completábamos las tareas cotidianas. Sobrevivíamos gracias al poder de la costumbre.

Recuerdo lunes y miércoles eternos en los que no salía, el final de la tarde se anunciaba a través de la ventana, yo me arropaba y cerraba los ojos. En la oscuridad, cuando comenzaba a pensar, descubría un vago sentimiento de culpa por desperdiciar mi tiempo. No puedo recordar cuánto, es difícil separar los días buenos de los malos, los meses, las circunstancias y las horas. Hoy no tienen forma, se han comprimido en mi memoria, tal vez de una manera distinta a lo que en realidad fueron. Pero la vida no es lo que pasó sino lo que uno recuerda. Eventualmente se impone la normalidad y seguimos viviendo. *"Hola, papá". "Hola, hijo"*. Solíamos decirnos. El día volvía a comenzar y yo intentaba convencerme de que no era el mismo que se repetía eternamente. Alguna vez las cosas habían sido diferentes y esperaba que volvieran a serlo. Podíamos cambiar, no estábamos atrapados, ¿o sí?

Junio, 1982

Unas semanas después de tomarle las fotos al señor Eugenio, comencé, gracias a su sugerencia, la colección de retratos para el estudio. El primero fue el suyo, luego agregué los retratos de varias personas que nunca volvieron a retirarlos. Hacía falta algo, no había misterio porque yo mismo los había tomado. Le comenté a Carpio que quería ampliar la colección. No le interesó, de todos modos me dijo que cerca del Paseo de la Independencia hacían un mercado los sábados y domingos en los que podía encontrar todo tipo de antigüedades. Le parecía haber visto fotografías allí alguna vez. Fui un sábado en la tarde.

Estuve revisando las entradas en el diario pero no registré ese paseo. Debería haberlo hecho porque es una de las pocas historias que he encontrado personalmente. ¿No sería mejor y más interesante olvidarse de los periódicos y salir a vivir un poco? ¿Por qué no buscar mis propias historias? Podría venderlas incluso. Ya estoy divagando.

Estuve un par de horas recorriendo los puestos en busca de fotografías, en su mayoría vendían artesanía o ropa, casi toda de segunda mano. Los vendedores parecían hippies, gente de circo o de teatro. Los hombres llevaban el pelo largo, estaban tatuados y tenían las manos llenas de anillos y pulseras. Las mujeres vestían faldas de colores llamativos o vestidos estampados, sandalias de cuero y llevaban el cabello trenzado. Algunas tenían varias perforaciones en las orejas y también exhibían tatuajes en los brazos y en el cuello. El olor del incienso se mezclaba con el de la marihuana, el aire era denso e hipnótico, hacía calor. Si me acercaba lo suficiente, podía oler su sudor. Algunos estaban tomando cerveza y vino, en general parecían gente amable. Había grupos que conversaban sentados en círculo sobre cajas y sillas de playa. Si alguien se acercaba a preguntar por un artículo, el vendedor encargado se ponía de pie y respondía con frases cortas. Si no observaba verdadero interés, ni siquiera se acercaba al puesto, volvía a sentarse y seguía conversando. Sonaba rock en varios reproductores pequeños. "Son los hijos de Woodstock", pensé. No cambiaron el mundo como prometieron, pero sí que lo poblaron. Me resultó curioso que quienes visitaban el mercado eran familias, amas de casa y gente joven que buscaban algo 'diferente'. A su manera todos pertenecían al sistema, aunque les gustara identificarse con una cultura alternativa. Estudian, se encargan de las labores del hogar y trabajan ocho horas en oficinas. En sus días de descanso van a la feria que sólo se instala los fines de semana en el tiempo asignado para el ocio y la recreación.

El movimiento hippie fue asimilado con cierta ironía, sus miembros son artesanos y vendedores que sobreviven con dinero proveniente del libre mercado. La Iglesia, las corporaciones y los políticos deshonestos no han desaparecido, pero la sensación en el ambiente era que la lucha había terminado. Al verlos fumar y expresarse con la estética y los manierismos de hace décadas, era evidente que a su generación se le había agotado el tiempo. Las cosas no resultaron como esperaba Lennon, vivimos en la realidad que engendró al genio desquiciado y autodestructivo de Hunter Thompson.

Por fin encontré un puesto de antigüedades que vendía fotografías. Estaban apiladas sin orden aparente dentro de cajas enumeradas: uno, dos y tres. Comencé por la número tres, cuando me acerqué el vendedor me dijo: "Vea tranquilo amigo, estos retratos de aquí cuestan dos, los demás cuestan cinco". Le agradecí y comencé a mirar. Además de los retratos individuales, había fotografías de viajes y celebraciones. Algunas tenían escritos el lugar y la fecha en la parte posterior, pero la mayoría no decía nada. Todos quieren parecer felices, son pocos los que se atreven a ser inmortalizados con la rabia o la tristeza en el rostro; sin embargo, a veces el lente los descubre antes de que alcancen sus máscaras. Queremos recordar los buenos momentos, los que hacen que la vida valga la pena, los que con la edad se convierten en nostalgia y el tiempo va borrando como huellas en la arena. Por sus fotografías podemos conocer lo que era importante para cada uno, pero en ese sentido somos sorprendentemente similares. Familia, paisajes, amigos, parejas y mascotas. Se repiten tanto que se convierten en categorías. Luego aparecen los autos, las comidas y las tortas. Un atardecer, una playa, una puerta o una ventana. La vida como era y la sensación de poder regresar al instante perdido.

Tuve que elegir, me sentí tentado a comenzar mi colección personal de paisajes y cumpleaños, pero decidí concentrarme en escoger los retratos.

- ¿Es coleccionista? - preguntó el vendedor con evidente simpatía rutinaria.

- Sí, tengo un estudio - no sé por qué pero eso fue lo que dije -. ¿Cómo las consigue? - pregunté, sosteniendo el retrato de un soldado francés de la primera guerra mundial, Jean Benoit Courtois, 1915. "

- La gente… - me dijo -, las botan, las regalan, también las venden.

Hice una pequeña columna con las que me habían interesado y las aparté.

- ¿Está buscando algo en particular? - me preguntó el hombre.

- No. Bueno, me interesan los retratos.

- Creo que tengo algo, amigo - dijo mientras se agachaba a buscar dentro de una caja de madera -. Estas son diferentes, estas valen diez.

Sacó varios retratos y los colocó sobre el mostrador, tenían distintos tamaños y formatos, ninguno era a color, por los vestidos y el estilo me di cuenta de que eran muy antiguos. Al examinarlos con detalle entendí que eran daguerrotipos.

- Son más difíciles de conseguir… - dijo el vendedor -, es fotografía postmortem.

Escuché lo que dijo, pero no comprendía lo que era. El primero que sostuve en mis manos era de un hombre joven, de aproximadamente treinta años. Estaba sentado frente a una ventana con la mirada perdida. La luz entraba con sutileza y posaba sus rayos sobre un traje formal de color negro. El siguiente era de una familia. El padre y la madre estaban sentados con expresión melancólica y cada uno tenía a un niño sobre sus piernas. El hombre a una niña, la mujer a un niño. Los chicos tenían los ojos abiertos, pero había algo extraño en su expresión. Levanté la cara y miré al vendedor en silencio esperando que dijera algo más.

- Están muertos. Los niños y el hombre de la otra foto. Por eso tienen los ojos así, amigo, mire.

Tocó la placa con el dedo señalando las pupilas. Revisé el resto, todas tenían el mismo estilo realista y natural, excepto cuatro en las que los sujetos estaban acostados con los ojos cerrados, como si estuvieran dormidos. Dejé esos y compré los demás. Le agradecí al vendedor, me presenté y le pedí que me llamara cuando tuviera nuevos retratos. Estrechó mi mano y me dijo que se llamaba Horacio.

La fotografía postmortem se hizo popular durante las últimas décadas del siglo XIX. Anteriormente sólo las familias adineradas podían encargar retratos a un artista, pero la invención del daguerrotipo lo hizo más accesible y cualquiera podía retratarse. En aquellos años la mortalidad infantil era muy alta y en general los adultos morían jóvenes, la expectativa media de vida no superaba los cincuenta años. Pero no querían recordarlos muertos, los temas, el maquillaje y el vestuario eran diseñados para recrear la cotidianidad: la familia va a la iglesia los domingos, los niños posan sentados junto a sus hermanos, el joven reflexiona en la ventana. No había dolor ni tristeza, sólo normalidad y descanso. Capturados como eran recordados.

Pensé en mamá, imaginé el retrato que habría encargado para ella. Lleva el vestido de flores, con los ojos cerrados puedo ver los detalles del estampado, los colores y la textura de la tela. Son pequeños girasoles amarillos sobre un fondo rojo. El final de la tarde entra por la ventana, mi madre observa el horizonte acostada en el lado derecho de la cama sobre las sábanas blancas…

La modernidad ha despojado a la muerte de su romanticismo, la ha esterilizado confinándola en las paredes de los hospitales. Su presencia es tolerada, pero me parece que no por mucho tiempo.

Julio

Carpio no quería ser dueño de un estudio de fotografía sino vivir en un barco. Había decidido trabajar durante una temporada para reunir dinero y comprar un velero usado. No sé si quería ser pescador o sólo viajar. Ahora, ¿por qué no buscó trabajo en un puerto? No tengo la respuesta a esa pregunta obvia, tampoco sé si alguna vez tuvo experiencia como navegante, pero por algún motivo decidió intentarlo en la ciudad. Creo que a veces no tenemos claros nuestros propios sueños.

Carpio llegó al estudio de fotografía casi por casualidad. Durante semanas estuvo buscando trabajo en la calle. Salía temprano en la mañana y recorría hasta veinte cuadras preguntando en los locales si necesitaban ayuda, estaba dispuesto a hacer cualquier cosa. Un día vio a un hombre mayor arrastrando cajas con dificultad hacia un negocio. Carpio se acercó y comenzó a cargarlas. El hombre lo observó y asintió aceptando su ayuda. Cuando terminaron, Carpio le preguntó si necesitaba algo más y le comentó que estaba buscando trabajo. El viejo le preguntó si además de encargarle algunos pedidos también podía limpiar, Carpio respondió que sí. Luego le preguntó si sabía algo de fotografía y él negó con la cabeza. "No importa, te espero mañana a las ocho en punto". Comenzó a trabajar al día siguiente y el resto es historia. Treinta años después el estudio es suyo y no lo quiere.

Creo que ya he mencionado que Carpio tiene una hija llamada Agustina, tienen una relación complicada. Se entienden bien, pero no son muy cercanos, es culpa de Carpio, me parece. La madre de Agustina, que lleva el mismo nombre, tuvo una relación con Carpio durante muchos años, pero nunca se casaron. Ella pensaba en el matrimonio; Carpio nunca habló sobre el futuro, simplemente siguieron así como habían comenzado, ni siquiera llegaron a vivir juntos. Con el tiempo las diferencias arruinaron los afectos y la madre de Agustina decidió terminar la relación. Carpio aceptó sin protestar demasiado, no volvieron a verse.

Cuatro años después, Agustina llamó a Carpio y le preguntó si podían verse. Él dijo que sí, acordaron el lugar y la hora. Carpio llegó antes, siempre ha tenido esa costumbre. Cuando la vio aparecer, se dio cuenta de que una niña caminaba junto a ella tomada de la mano. "Es tu hija, Germán". Carpio se acercó a la niña y la observó en silencio. No la tocó, no dijo nada, pero unas lágrimas se escaparon de sus ojos. Ella le contó que antes de separarse había quedado embarazada, en ese momento no lo sabía. Cuando lo descubrió, habló con sus padres, había decidido tener al bebé sola. Ellos la apoyaron. Sentía que si Carpio se enteraba iba a querer casarse por compromiso. Ella habría aceptado, pero sabía que la relación había muerto y no tenía nada que ofrecerle.

Carpio la escuchó y la entendió, no le hizo reproches. Le preguntó si necesitaba algo y ella le dijo que no. Lo que había cambiado, si le importaba saberlo, era que su padre había fallecido meses atrás. Desde entonces, cuando pensaba en él, recordaba que Carpio tenía una hija y no lo sabía. Intentó olvidar y asumir la decisión que había tomado, pero no podía. Comenzó a soñar todas las noches con Carpio. En uno de los sueños lo veía acostado, agonizante en una cama, tomaba su mano y antes de morir él le preguntaba por qué no había venido Agustina. Ella le respondía "Aquí estoy", y él le decía, "No, mi hija". En otro, Carpio deambulaba por un campo desolado, lleno de barro y niebla, una niebla espesa en la que apenas podía ver. Desde la distancia ella lo llamaba pero él no la escuchaba, caminaba en círculos buscando algo sin poder encontrarlo. Agustina corría desesperada para acercarse, pero Carpio se mantenía a la misma distancia. Ella sentía que avanzaba, pero todo permanecía igual, él estaba buscando a su hija. La convicción se hizo insoportable con el paso de los días y las semanas y finalmente decidió llamarlo. Reconoció que tal vez después de tanto tiempo no fuera correcto hacerlo, pero el tormento de su consciencia la había doblegado. Le pidió perdón y reconoció que había sido muy egoísta e injusta, pero que todavía tenían mucho tiempo, él y su hija. Carpio sonrió y la miró con tristeza mientras se secaba las lágrimas con el dorso las manos, como si no fueran suyas.

Nunca se recuperó, al menos no del todo. Desde ese día se encargó de que a Agustina no le faltara nada, pero no logró acercarse a ella, aunque quizás sea más preciso decir que no lo intentó. Siempre fue parco y distante, inusualmente formal para una relación entre un padre y su hija. Siempre estuvo allí, como si hubiese asumido la responsabilidad, pero no el afecto. Esta es la versión de Agustina, ella me contó todo esto. A veces viene a la tienda a visitar a su padre, para ver qué hace y cómo trabaja. Intenta cuidarlo, preocuparse por él. Carpio lo permite con ciertos límites. A su modo le demuestra que la quiere, pero no habla mucho con ella. Entonces Agustina me busca, hace un par de preguntas triviales sobre el negocio y comienza a desahogarse. Carpio no sabe que ella me cuenta estas cosas, yo nunca se lo he dicho.

Cuando llevé al estudio los daguerrotipos que había comprado y se los enseñé, a Carpio no le interesaron. Preguntó cuánto habían costado e insinuó que era un poco morboso interesarse por cosas así. No le contesté. A lo que viene todo esto es a la situación personal de Carpio, a su constante apatía y permanente resentimiento. Es contenido y sutil, sí, pero está ahí todo el tiempo. La mayoría de nosotros hace de su vida lo que puede con las oportunidades que se presentan. El camino de algunos está más torcido, otros nacen con ciertas ventajas, algunos con muy pocas o ninguna, pero la mayoría acepta lo que encuentra y asume que la vida es lo que es y no lo que uno quiere. Carpio es diferente. Él tenía un plan, una idea muy clara y definida sobre cómo debía ser su vida. Es un hombre de esos que pasan demasiado tiempo pensando e imaginando cosas, hasta el punto de verlas tan claramente y con tanto detalle que se convencen a sí mismos de que escriben su propio destino. No conozco los sueños de Carpio, salvo el proyecto del barco, pero estoy seguro de que vivir aquí, ser dueño del estudio y descubrir que tenía una hija cuatro años después de su nacimiento no era parte del plan. Esto no es nada extraordinario, la mayoría no tiene la vida que soñó. Lo que me asombra es su actitud, su incapacidad para aceptar la realidad y su obstinación para enfrentarla. Todos sus gestos, lo que dice y su forma de decirlo, su trato hacia los demás, las expresiones de su rostro cuando cree que está solo, cómo respira cuando no llega un pedido, la manera de tomar el bolígrafo para firmar las facturas y completar los recibos, son expresión de una desilusión profunda. En ocasiones me atrevería a decir que de desprecio. Como si hubiera decidido recordarse a sí mismo, en cada instante, la insatisfacción que siente con el mundo, pero sobre todo con Carpio. El que nunca navegó, el que nunca compró el bote, el que nunca dejó la ciudad, el que no viajó, el que se quedó para siempre en el lugar que la suerte le asignó, el que conoce los términos pero no los acepta. De algún modo Carpio dice: "Sí, es un regalo, pero no es lo que quería". Y así se consume en la amargura, en los recuerdos imaginarios de una realidad que solo existió en su mente, en la que sí tuvo un barco y recorrió el mundo, libre.

Puedo entender esto; al mismo tiempo me pregunto por qué insiste. Por qué resistir si para él la vida es el recuerdo de lo que nunca logró. Es curioso. En sus últimas visitas,

Agustina le ha sugerido que venda el estudio, que se retire y se dedique a descansar y a hacer lo que le gusta. No es una mala idea, Carpio tiene dinero porque ha ahorrado prácticamente todo lo que ha ganado durante décadas. Él le responde que sí y se queja de los tiempos, de los clientes, de mí, pero la verdad es que no parece convencido. A veces creo que hace el papel que se acostumbró a representar, como un reflejo o un tic nervioso. ¿Es posible que Carpio tenga miedo? Miedo de cambiar y de ser libre, de abandonar la comodidad de la rutina y arrojarse a un mundo que alguna vez quiso vivir, pero que le es desconocido. Nos angustia la sorpresa, incluso cuando anuncia la promesa de algo mejor. A veces respirar es suficiente para sentirse temeroso.

Comprendo a Carpio, pero no quiero ser como él. La vida no necesita que fabriquemos nuevas complicaciones, a mí apenas me dan los números. No sé si padezca de debilidad moral o de espíritu, acaso de ambas; no le encuentro sentido a vivir como un miserable. No hablo de dinero o de enfermedad, sino de una bancarrota espiritual en la cual el desprecio se adueña del mundo con interminables horas de rabia, resentimiento y tristeza, de arrepentimientos y fracasos, hurgando en los desechos, oxidando estructuras y horadando paredes, socavando los cimientos que sostienen la compasión y los afectos. El silencio y las sombras del rencor contenido, agazapado en el rincón de un hueco, sin color y sin poder sentir, vagando en medio de los restos, rumiando sobre lo que pudo haber sido mientras avanza sobre el subsuelo por el que corren aguas todavía más negras y densas. Así imagino a Carpio o así quiero pensarlo para hablar de mí mismo. Si yo fuera él, ya me habría colgado. Al menos puedo concederle eso, es más valiente que yo.

Abril – 1:58

Imagina que eres un hombre blanco, apuesto y tienes mucho dinero. De acuerdo a los estándares modernos de éxito occidental tienes una vida perfecta. Vives en un apartamento en Viale Majno, Milán. Recorres la ciudad en un Alfa Romeo Spider que, por supuesto, es rojo. Las mujeres y la buena comida nunca faltan. Tus apetitos son satisfechos a voluntad porque eres un socialité y sibarita consagrado. Sin embargo, hay un detalle.

Tu cumpleaños número cincuenta fue hace dos días y desde entonces no has podido dormir. Es un poco extraño. Nunca has sufrido de insomnio, salvo en contadas ocasiones de excesos en las que aspiraste demasiada cocaína con interminables litros de vodka, whisky o champaña, pero no es el caso. Tampoco has estado particularmente preocupado. Ahora sí, producto del insomnio.

Todo empieza con el sudor, un sudor que no está relacionado con la temperatura del ambiente. Un sudor que no es reacción y no responde a ningún estímulo, sino que es fabricado por tu cuerpo. En la cama cambias de posición una, dos, diez veces. Parece que comienzas a soñar, pero vuelves a despertar. Pasan cuatro horas, es imposible. Hay 'algo' que no te deja dormir, no sabes qué es. No es una idea, tampoco es emocional, eso sí lo sabes. Es físico, hay algo

178

palpable que le impide a tu mente descansar, o a tu cerebro, es la palabra que deberías utilizar pero no quieres porque tienes miedo.

En ellos se manifestó muy pronto, eran mucho más jóvenes que tú, veintitrés y veintiséis años. Tú tienes cincuenta, pasó tanto tiempo que habías comenzado a olvidar, a creer que era posible, que quizás te habías salvado. Al quinto día vas a hablar con él y le preguntas cómo empezó todo. Él te cuenta que no hay secreto: un día simplemente ninguno de los dos pudo volver a dormir. Tú ya sabes eso y le pides los detalles. Te explica que no hay muchos, en ambas ocasiones sucedió exactamente lo mismo. Al principio pensaron que se trataba de algo normal, entonces intentaron hacer ejercicio, trabajar más durante el día y vencer el insomnio con cansancio, pero parecía que no tenía nada que ver con eso. La mente estaba agotada, pero el cerebro no conseguía dormir. Uno de los dos también sudaba, el menor. El otro nunca sudó, pero comenzó a sufrir de presión arterial alta y caminaba como sonámbulo. Hacía gestos con las manos como si estuviera dormido, pero en realidad estaba despierto. A veces soñaban, pero no servía de nada. Ambos vivieron meses así, pero era evidente que empeoraban. Su comportamiento era cada vez más extraño, el mayor empezó a mostrar signos de demencia al sexto mes, el menor, un poco más adelante. Era como si se deslizaran hacia un limbo, hacia una extraña frontera entre la vigilia y el sueño. Ambos perdieron peso y pronto fueron incapaces de ocuparse de sí mismos. Le preguntas qué quiere decir con eso y te explica que cerca del final; su madre tuvo que bañarlos y darles de comer porque ya no podían hacerlo solos. Estás pálido y te sudan las manos, él te pregunta qué pasa, por qué estás averiguando tantas cosas. Entonces le dices que tienes varios días sin dormir y que también estás sudando. Él te abraza, te abraza muy fuerte y puedes sentir que está llorando. Toma tu rostro con sus manos y te pide que busques ayuda, pero no hay mucho que hacer. Ha vuelto a pasar, tú sabías que podía pasar, te repite. La llama a ella y le cuenta todo, ha vuelto a pasar, repite. Comienzas a sentirte deprimido, un poco irritado tal vez, no entiendes por qué fuiste a hacer preguntas, apenas ha pasado una semana, puede ser cualquier cosa, qué esperabas que dijeran, sus hijos murieron así, fuiste a molestar, a incomodar y podías haberlo evitado. Inventas que tienes que irte y te despides, ambos te abrazan porque no quieren que te vayas. Mientras manejas, tu mente divaga entre conversaciones y recuerdos que no conducen a ninguna parte.

Está en tus genes. De noche sientes la sangre recorrer las venas hasta infectar tu cerebro. Tal vez no esté ahí, es probable que sea un tumor, un tumor en el hipotálamo, indetectable. Es imposible, ya lo habrían encontrado. Es el ADN, una mutación en la estructura molecular, algunas células son reprogramadas y atacan al cerebro. Tiene que ser el cerebro, o quizás sean hormonas y químicos los que producen el desbalance, un exceso de algo, una carencia. Tienes que ir al médico, no aguantas más. Pero a quién, ¿quién puede darte la respuesta que estás buscando?

Sabes cómo va a terminar tu historia, te dice. Hay numerosos casos en la familia, sin duda alguna el trastorno es hereditario. No hemos identificado la enfermedad, técnicamente no hay un diagnóstico pero sabemos lo que va a pasar. Te ofrece ayuda sincera, puedes ver que está realmente preocupado. Quiere involucrarse. Te propone un tratamiento experimental y una investigación exhaustiva, pero tienes que internarte. Cuentas con unos meses a lo sumo, entiendes que no hay vuelta atrás. Le dices que quieres pensarlo y sin motivo vuelves a la noche de tu cumpleaños. A los sonidos, los sabores y los olores, a la familia y los amigos. Entonces aparecen otros momentos, destellan como fragmentos de películas superpuestas, de tantas historias que has vivido, y vuelves a tu juventud, de nuevo eres un hombre, es desordenado y caótico pero incontenible. Ves sus cuerpos desnudos e intentas recordar cómo se llamaban pero ya se han ido. Tampoco logras reconocer sus rostros desdibujados por la neblina del tiempo. Algunos viajes, un atardecer en Capri y el viento sobre tu cara. Esa canción que no puedes recordar, pero la sensación del momento y de cómo te hizo sentir persisten en el vértigo que te atraviesa. Son tantas cosas, tantas cosas en las que no habías pensado durante años, personas que fueron importantes y que habías olvidado, cuánto ha pasado, cuánto ha dejado de importarte. Y justo ahora, ¿por qué ahora?, vuelven. ¿Por qué sientes que han venido a despedirse, que han regresado a ti una última vez antes de que todo cambie para siempre? Y así, con lágrimas en los ojos, iluminado de tristeza y profundamente agradecido, desbordado de nostalgia y de amor por lo que has perdido, vives tu último instante de lucidez. Has sido un hombre, ahora te convertirás en otra cosa.

La dignidad de entregar algo a la posteridad sin esperar nada a cambio. No porque no puedas recibirlo sino porque estás convencido de lo que debe hacerse. Piensas en eso, y también en los hijos que no tuviste durante breves lapsos de conciencia. Sueñas casi todo el tiempo, cada vez es más difícil entender que no estás durmiendo. Gracias a tu sacrificio vamos a encontrar la respuesta, te repite. Pero ya ha comenzado tu marcha en el laberinto y no puedes escucharlo. Morir es el vacío.

26 de abril

Lucas piensa en ella todo el tiempo, no puede evitarlo. Hizo una lista para identificar las cosas que le recuerdan a Renata. Si en realidad se trata de encontrar motivos, el número uno es que no están juntos. Su fantasía le permite idealizar una relación que ni siquiera existió cuando 'estuvo' con ella, e imaginar que la supuesta enfermedad es el único obstáculo. No quiere aceptar la posibilidad de que no esté interesada, de que haya elegido a alguien más y de que elegiría a otro mientras tuviera la opción. Lucas siente que, si Renata no es capaz de quererlo, la falta es suya, la culpa es de algo que él no tiene. La perfección del objeto del deseo es una herida de vacilación, cuando crees que no eres suficiente todo ha terminado.

No tengo los síntomas de IFF porque a veces puedo dormir, por ahora mi insomnio no es permanente. No estoy muy tranquilo pero las probabilidades de que padezca la enfermedad son remotas. La falta de sueño produce paranoia. También me preocupa no poder soñar, antes no le daba mucha importancia, pero ahora, después de investigar sobre el insomnio, me he convencido de que es algo importante. Existe una larga tradición, que se remonta a los orígenes de la humanidad, consagrada a buscar respuestas en los sueños otorgándoles un sentido trascendental, como si en ellos se encontraran las claves para descifrar nuestra esencia o un puente para cruzar al interior de las cosas, hacia la verdad oculta del mundo. Una puerta a los confines de un imperio subterráneo, a profundidades en las cuales las leyes naturales se desvanecen y lo humano deambula a través de reinos secretos habitados por demonios y bestias del inconsciente. La verdad más allá del bien y del mal, transracional, si tal cosa existe. Los sueños apuntan hacia las entrañas de la existencia, la razón y sus ideas esperan suspendidas allá arriba, en lo más alto, junto a la luz del conocimiento eterno, a infinitas distancias de los abismos que engendran la locura y lo inefable.

Pero cómo saber que es realmente cierto, que no es sólo un mecanismo de distracción empleado por el cerebro para realizar ciertas operaciones de mantenimiento, que son algo más que historias aleatorias, una recopilación fortuita de fragmentos y obsesiones, reconfigurada en forma coherente para cuidar el descanso, para proteger nuestro sueño del mundo exterior. Ya hemos visto cómo la mente integra los estímulos externos a la narrativa onírica, cómo en un sueño aparece una ambulancia cuando por la ventana entra el ruido de una sirena. Freud entendía los sueños como manifestaciones del inconsciente, de lo que se encuentra reprimido, de nuestros miedos y deseos. Aquello que no nos atrevemos a mostrar y que no podemos contar, ni siquiera a nosotros mismos. Cómo saberlo. En todo caso nuestra realidad es diferente. Los sueños modernos son medicados, patrocinados por ansiolíticos, somníferos y antidepresivos. Sueños televisivos en estéreo pop tecnicolor. Ciencia y corporación, la nueva teología.

9:41

Hay un cierto entumecimiento, la frase no suena bien pero es bastante agradable, una sensación de estar adormecido a la que me he acostumbrado. A veces tomo un par durante el día para mantenerme así, en el estado perfecto, como ahora. Alabadas sean las benzodiacepinas.

12 de febrero

De vez en cuando mi padre comenzaba a sacar cajas y a revisar los armarios. Era un ritual para recordar a mamá, buscaba sus cosas y pasaba horas observándolas. Notas, fotografías, recibos, lo que encontrara. Un día descubrió unos rollos sin revelar, tocó la puerta de mi cuarto y me preguntó si recordaba algo de ellos. Le dije que no, ni siquiera recordaba haberlos visto.

- ¿Serán de tu mamá?

- Puede ser – contesté -, llevan años ahí, pero probablemente estén velados.

Fue a su habitación, se cambió y me dijo que iba a salir. Los llevó a revelar al estudio de Carpio, así se conocieron. Mi padre, aun antes de entregarle los rollos, le contó la historia con detalles y lo importante que eran las fotografías que probablemente encontraría allí. Carpio, como siempre, no dijo gran cosa, pero se comprometió a rescatarlas. Mamá aparecía en seis fotografías, en una de ellas estaba conmigo, sonreíamos sentados en el mueble de la sala. Hay algo curioso, más allá del valor estético que pueda tener la fotografía, es invaluable como restauradora de la memoria. Cuando las tuve entre mis manos, y entiendo que es un cliché decirlo, regresé a momentos que creía haber olvidado. Pero no solamente a los que aparecían capturados en la foto, sino a otros que por alguna razón estaban conectados en mi cerebro, como un mapa con raíces y caminos que se bifurcan. Si tuviera las fotos adecuadas, podría recordar toda mi vida.

Mi padre quiso agradecerle a Carpio el buen trabajo realizado y le preguntó si no necesitaba ayuda en la tienda. Carpio respondió que no lo había pensado, tal vez le hacía falta una mano pero era difícil encontrar a alguien de confianza, "todos roban ahora", le dijo. Papá le habló de mí, admitió que no sabía nada de fotografía pero le aseguró que era un tipo honesto. En realidad, no quería conseguirme un trabajo sino ayudar a Carpio por haber salvado las fotografías, lo hizo por él.

Cuando me habló de la propuesta, sentí que era una medida de presión. No veía claramente su intención de ayudarme sino un acuerdo al que yo debía someterme para complacerlo. Entonces yo no estaba estudiando ni trabajando y no sabía qué hacer con mi vida. Lo único que de verdad me gustaba hacer era leer y buscar historias. Debí haber estudiado periodismo, pero al terminar el colegio mi padre me dijo que lo más importante era garantizar mi estabilidad, había que resolver eso primero y luego preocuparme por lo demás. Me convenció de estudiar administración para que algún día fuera capaz de manejar mi propio negocio. No sé por qué acepté, hoy pienso que el miedo tuvo algo que ver con ello. Yo no estaba muy seguro de lo que quería y era más sencillo obedecer la decisión que mi padre había tomado, no quería asumir las consecuencias de una posible equivocación. Si fallaba, al menos sería haciendo lo que él me había dicho que hiciera. Fue un error, pero fue lo que elegí sin tener mucha conciencia. Abandoné la carrera en el tercer año, nunca me lo perdonó.

Cuando eres joven crees saber por qué haces las cosas, pero no es así. Con el tiempo, las falsas razones se desvanecen y en su lugar aparece algo distinto que nos juzga. Siempre tengo la sensación de que en el pasado fui un idiota, algún día volveré a leer esto y pensaré: "Por Dios, qué idiota". Creo que con los años te vas pareciendo cada vez más a la persona que vas a ser el resto de tu vida, la juventud es un extraño período de transición en el que construyes y configuras tu verdadera identidad. Para mí, los años en la universidad siempre se sintieron distantes, pero sobre todo irreales. No hice amigos, no aprendí casi nada, nada en el sentido de algo que transformara mi vida. Simplemente hice lo que tenía que hacer y seguí en el camino que había elegido hasta que no pude soportarlo. Hay muy poco que decir al respecto, es una etapa en la que no pienso. Lo que me seguía pasando, tantos años después de la muerte de mi madre, era mucho más importante que la vida universitaria.

El caso es que de nuevo acepté por miedo. Mi padre me ofrecía la oportunidad de hacer algo para construir un futuro, él lo planteó en esos términos. Entendí que aunque no me lo dijera, no estaba satisfecho con lo que había conseguido hasta ahora, que era nada o casi nada. Él creía que necesitaba un trabajo y no era capaz de decirle que no. Además, pensé que si me negaba a trabajar, la dinámica de nuestra relación cambiaría, me habría convertido en un desempleado por decisión y ya no me ayudaría como hasta entonces lo había hecho o empezaría a cuestionar mis gastos. Le dije que quería pensarlo y esa noche no dormí imaginando todos los detalles de mi vida en la tienda. Cómo sería Carpio, de qué hablaba, qué tipo de personalidad tenía, cómo se vestía y cómo iba a entrenarme. Pensaba en lo que tendría que aprender, si sería capaz de hacerlo bien o me equivocaría demasiadas veces. Luego atendía clientes imaginarios que llamaban por teléfono y Carpio amenazaba con despedirme, pero después manejaba la caja y hacía las facturas. Aparecían clientes molestos que me insultaban, pero otros eran amables y conversaban conmigo. Tal vez conocería a alguien, a una mujer o a gente interesante, gente con historias que podría ayudar. La secuencia de escenas cumplía un ciclo y volvía a repetirse, no sé cuántas veces. En algún momento me quedé dormido y soñé con todo de nuevo, entonces comprendí que a pesar del vértigo ya había asumido que trabajaría con Carpio. En la mañana le dije a mi padre que aceptaba la propuesta, esa misma tarde fuimos a la tienda y nos presentó.

Noviembre – 2:28 am

Lo primero que escuché fue el sonido de sus zapatos arrastrándose por el piso, luego no pude dejar de observarla. Intentaba disimular su peso con ropa demasiado ajustada. Pantalón y chaqueta blancos, camisa marrón con detalles dorados que imitaba la piel de leopardo, el cinturón y los zapatos eran dorados con piedras preciosas de fantasía barata. Comía goma de mascar, cuando se acercó al mostrador pude oír el chasquido que producían sus dientes. Tenía la boca abierta, mostrando las encías. Llevaba anillos en varios dedos y pulseras de distintos tipos y colores. Era la encarnación de aquello que el mal gusto puede comprar.

Entró al estudio con sus dos niños y un hombre. Los niños se referían al hombre como 'Tío'. Él venía hablando con ella, me pareció que le estaba contando algo. Los chicos querían comprar una cámara y al entrar se separaron. Uno fue a la derecha, el otro a la izquierda. El hombre me miró y dijo "Buenas tardes"; yo contesté mecánicamente. Ella comenzó a revisar las vitrinas masticando con la boca abierta, arrastrando los pies. "Todo el mundo sabía, es lo que te estoy diciendo, estaban metidos en eso" dijo él, mientras la mujer observaba las cámaras sin alterar su expresión, como si dudara que alguna de ellas pudiera estar a la altura de sus expectativas. "Parece que les iban a dar un porcentaje de lo que sacaran, a cada uno le iba a tocar su comisión, por eso ayudaron a los tipos. Eran por lo menos diez, todos policías". La mujer lo observó por un instante pero no dijo nada, sus ojos se posaron sobre él como si fuera otro de los objetos que se encontraban en exhibición. Él también empezó a detallar algunos modelos, al fondo los niños discutían para decidir quién iba a utilizar la cámara primero. Sin darse vuelta ni alterar su expresión la mujer gritó: "Ustedes dos, cállense la boca o nos vamos para la casa".

Todos los artículos tenían una etiqueta con descripción y precio, por lo que no tenían que preguntarme nada al menos que realmente estuvieran interesados. Yo pude haberme ofrecido para asesorarlos, pero el aspecto de aquella mujer, lo que demostraba a través de sus gestos, me causaba una repulsión que no era capaz de controlar. Recuerdo haber pensado "yo podría odiar a esta persona", quería que se largara y no volver a verla jamás. Pero ella insistía en encontrar lo que buscaba ahí, en mi espacio. Después de unos segundos, él comenzó a hablar de nuevo: "Montaron una alcabala falsa en la vía, casi un escuadrón completo, todos armados con pistolas y metralletas. Era un comando pues, ya sabían en qué carro estaban y que iban a pasar por ahí. Bloquearon la vía y los detuvieron, los niños estaban con el chofer. Al tipo lo dejaron y a ellos se los llevaron en las camionetas, eran tres camionetas. Estaban uniformados como policías". La mujer había tomado uno de los folletos, leía con un dedo en la boca, mordiéndolo y jugando con el chicle al mismo tiempo. No parecía estar escuchándolo, pero eso no lo desanimó, por un momento me dio la impresión de que hablaba consigo mismo. "Lo del pueblo ya estaba arreglado, o sea no lo sabían todos pero la mayoría sí. No se sabe bien si los amenazaron o les ofrecieron dinero, Pedro me dijo que las dos cosas. Los tuvieron ahí, negociaron esos meses y cuando la familia pagó los mataron igual. Parece que se enteraron de que habían intentado rescatarlos con un operativo y se vengaron, son unos hijos de puta". El hombre se detuvo y me miró como si quisiera excusarse, luego se acercó al mostrador y empezó a detallar unas cámaras.

"¿Viene con flash ésta?", preguntó la mujer, su mirada era imperativa, como si en algún pacto secreto se hubiera acordado mi obligación a servir y obedecerla, no estaba preguntando, estaba exigiendo. Respondí que sí. Él la observaba, quería seguir hablando. Yo la odiaba, imaginé que salía del mostrador, la tomaba de la chaqueta y la echaba a patadas de la tienda. Pensé en Carpio, tal vez tenía más razón de la que yo estaba dispuesto a reconocerle.

- Pedro me dijo que los dejaron pasar hambre y que tenían marcas en los tobillos y las muñecas porque los habían amarrado, coño hasta al menor, el que tenía problemas.

Sin dejar de mirar las cámaras por fin contestó y dijo:

- No hables de eso con ellos aquí.

Él volteó hacia donde estaban los niños y comprobó que estaban distraídos.

- No están escuchando, míralos están en lo suyo, te estoy contando a ti.

Ella no dijo nada, pero sus gestos demostraban que no le había gustado la respuesta. La conversación, los niños y yo la estábamos incomodando. Comenzó a masticar más rápido y de forma diferente, escuchaba las burbujas de saliva estallar trituradas por la presión de sus muelas. Lo hacía a propósito, por Dios cómo la odiaba. El sonido me desquiciaba, pero quería escucharlo, no podía evitarlo, lo necesitaba. Él no percibió ninguno de estos cambios, debería haberse callado pero continuó hablando.

"Escucha, Mari. Pedro dice que los tenían en un galpón y los hacían ir al baño en unos baldes. Sabes que los cuerpos los encontraron por allá cerca de Los Pozos, en el vertedero. Bueno, él dice que estaban desnutridos. La familia pidió que los dejaran llevarle medicamentos al que tenía problemas y que alguien se encargara de él, pero les dijeron que no, fue al que peor trataron. Parece que lo golpearon y demás, bueno, a los otros también". La mujer se dio vuelta buscando a los niños con la mirada y dio unos pasos en su dirección para indicarles que ya habían visto suficiente. El hombre la siguió con timidez, manteniendo la distancia, y preguntó: "Mari, ¿me estás escuchando?". Mientras se acercaba a los niños para conducirlos hacia la salida murmuró "Ujum". Justo antes de salir, cuando ya se encontraban en la puerta, giró con rapidez y añadió "¿Qué quieres que te diga? Mongólico no es gente". Sin contestar, el hombre los siguió y los cuatro salieron del local. Conversaron por un momento frente a la tienda, él me miró una vez más antes de seguir caminando.

Yo los seguí con la vista hasta que desaparecieron, luego tomé dos formularios que debía completar e intenté no pensar en nada. No quería repetir la escena en mi cabeza pero era lo único en lo que podía concentrarme. Su ropa, las piedras de fantasía, la goma de mascar y su voz. Volvía a la historia, pensaba en los niños y en el secuestro, en todo el dinero, en los hijos de ella mirando las cámaras, escuchaba el relato del hombre, satisfecho de sí mismo porque tenía información 'confidencial', porque tenía el poder de hablar de cosas que la gente 'normal' no sabía, la cruda verdad, o en este caso, la inmunda verdad. Pero no le importaba, lo decía porque quería demostrar algo, tener algo que ofrecer. Ninguno de sus gestos revelaba compasión o empatía, su voz no dudó, no hubo pausas para reflexionar o tomar fuerzas, no hubo trago amargo. Si acaso un rastro de morbosidad, de querer compartir detalles, los más grotescos, hablar de olores y partes específicas de los cuerpos, exponer el horror minuciosamente. Era una maldita rata. Quería hablar sobre ello, pero no lo lamentaba, sólo era algo de qué hablar. Y ese cierre, aquella respuesta expresaba en distintos niveles tantas cosas que ni siquiera sabía cómo empezar a analizarla. Quería poder arrancarla y colocarla en la mesa de una morgue repleta de cadáveres anónimos sin dolientes, desarmarla y examinar cada una de las partes, diseccionarlas hasta que algo tuviera sentido.

Entenderlo todo, incluso aquello que ella dijo sin saber, lo que permanece oculto en las palabras, porque lo que se dice y se piensa no nos pertenece por completo, es un residuo, una recolección de lo que vamos encontrando. En los lugares comunes, porque 'Mongólico no es gente' es un lugar común, se muestra toda una tradición intelectual, o tal vez sea más apropiado llamarla una visión del mundo, una estructura de referencias a través de las cuáles se construyen opiniones. Es posible que 'Mari' no haya tenido ni la más remota idea de lo que dijo y eso es lo más grave. Las innumerables capas desde las cuales brota la opinión permanecen ocultas. ¿Cuántos conocen el origen de sus ideas, quiénes han examinado a conciencia lo que piensan? Parecen muy seguros, pero la verborrea se desborda casi por instinto. En la tierra yacen los cuerpos de los niños junto a los de tantos otros, volverán al reino mineral del cual emergieron sin pistas sobre el sentido de tanto sufrimiento. Los órganos se descomponen mientras se desvanecen los recuerdos de quienes se quedaron. Ocasionalmente son conmemorados como mártires, arropados por el anonimato colectivo, por la nostalgia de la culpa y la falsa conciencia, envueltos en el misterio de un Creador que ha decidido no mostrarse.

¿Qué dice sobre nosotros el secuestro? Que aceptemos con normalidad el asesinato y la extorsión de la vida por dinero, aunque se trate de viejos, niños o enfermos mentales. Siguen ocupando titulares pero esto no significa demasiado, al día siguiente aparece otro junto a las noticias deportivas y de farándula. También nos hemos acostumbrado al amarillismo y a los escándalos de la prensa porque entendemos que después de todo manejan un negocio y necesitan vender. La mentira y la explotación de la tragedia son parte del proceso, al fin y al cabo cumplen con su deber aunque se cometan errores. Es lo que se supone que pensemos, que seamos comprensivos frente a las particularidades del sistema, ¡costó tanto trabajo construir todo esto! No podemos permitir que las bestias nos hagan olvidarlo. No es momento para sentimentalismos, es lo que son, animales. Una mujer afirma que la muerte de un niño no importa porque era retardado y no una verdadera persona, mientras busca cámaras para sus hijos, ¿y los salvajes son sólo los secuestradores? Esto es un mal chiste.

Lo repetimos una y otra vez porque nos hace sentir seguros decirlo, necesitamos creerlo, demostrar que condenamos la crueldad y la violencia, pero sobre todo el mal que subyace en ellos, que fijamos una posición frente al asesinato, la tortura y la brutalidad, pero es poco más que un barniz. La imaginación es incapaz de pensar lo que se ha hecho. La peor atrocidad, el crimen innombrable, aquel que ofende a la existencia y avergüenza a los dioses reales o imaginarios. Convertimos al Holocausto en referencia del mal absoluto, perpetrado por criaturas que parecen humanas pero no lo son, bestias del más bajo infierno, y así con tantas otras cosas a través de los siglos en cientos de pueblos y civilizaciones. Tuvimos que inventar nuevas palabras para describir nuestros actos o al menos intentar hacerlo. ¿Es posible realmente? ¿Pueden las palabras comunicar el horror? ¿Podemos tocar con ellas la esencia de nuestro mal? El concepto es escapatoria, el adjetivo es un espejo que proyecta el crimen a la distancia del olvido. Nos gustan las etiquetas, animales, bestias y salvajes, para fijarlos como algo distinto que no reconocemos en nosotros mismos. Necesitamos creer que el horror es inhumano, que la sangre derramada es una anomalía que no debe repetirse. No puedo evitar cuestionar la efectividad del discurso, la lógica de unas palabras que intentan borrar las huellas del asesinato, el nuestro. Los animales no se degradan moralmente, no engañan ni traicionan, no conspiran, no mutilan miembros en nombre de algún dios, no arrancan fetos de los vientres de sus madres por venganza, no torturan mártires, no trafican mujeres por dinero y diversión, no envenenan a sus padres por un reino; en las bestias no existe la codicia ni el ego, no hay ambición ni delirios de grandeza, no los moviliza la voluntad de poder, no hay guerras por un pedazo de tierra o por la obstinación de la gloria. El animal no humilla a sus semejantes ni los explota, no empuña machetes, no construye cámaras de gas ni bombas atómicas, no conoce la guillotina y no entiende de razas ni de clases. Hemos sido nosotros, siempre nosotros, y la defensa hipócrita de valores ambiguos. Elegimos olvidar, idealizar el pasado, pacificarlo construyendo espejismos de algo que nunca fuimos, ignorando la evidencia como si las palabras pudieran convertirnos en aquello que deberíamos ser. No existen conjuros para expiar el mal original, que es el drama ancestral de nuestra libertad.

En determinadas circunstancias, demasiado complejas para su entendimiento indulgente, el hombre desciende hasta los fosos más remotos, y en aquellas profundidades encarna el rostro del terror, convertido en verdugo de la propia vida que lo ha engendrado. Está destinado a la tragedia un ser en el que conviven el amor a la humanidad y el odio hacia el prójimo, el impenetrable misterio del corazón cruel. Y no habrá trascendencia sin reconocimiento, lo que somos es nuestra cruz. Un ser medio entre el demonio y el ángel desgarrado por las paradojas de un universo silente.

16 de febrero

Hemos tenido esta conversación muchas veces. He intentado explicarle que su optimismo es una interpretación parcial de la realidad. Él escucha mis argumentos y los entiende, pero no los acepta. Es algo casi religioso, analiza la historia y selecciona hechos que confirman su visión del mundo, desconociendo tantos otros. Habla de avances tecnológicos y de indicadores económicos, es la racionalización de una fe incondicional en el progreso, en que no sólo podríamos estar mejor, sino que vamos a estarlo. Dice que la única época en la que preferiría vivir en lugar de ésta es el futuro. Detesto sus ismos y polarizaciones, su lista de inventos y conquistas sociales. A veces pienso que no es el destino del mundo lo que le importa, solo necesita que el futuro sea posible para poder estar con Renata, es una metáfora de su conquista fallida. Es tan ingenuo y superficial, no ve las trampas ni los patrones. O sí los ve, pero los ignora. Le gusta hablar de aviones, circuitos integrados y fisión nuclear. Yo pretendo escucharlo mientras pienso en la bomba y los paraísos fiscales. Hay cosas que no han cambiado en miles de años, sólo nos hemos vuelto más cínicos al respecto. Es un hecho que la historia avanza por su lado malo, pero está tan convencido de lo contrario que comienzo a dudar e intento pensar en todo, me esfuerzo por entenderlo y siento que lo odio, odio su estupidez y su ceguera. Me deprimo y me siento culpable por tratarlo así, por ser tan volátil. No tengo control sobre nada, ¿por qué hago esto? Ni siquiera puedo explicar por qué me importa tanto. Para Lucas es una conversación de tragos, al día siguiente la ha olvidado. Eso también me molesta, hay cosas importantes en juego, quiero explicarle que hay consecuencias, pero no puedo encontrar las palabras. Sé que no me entiende y a veces yo tampoco. Hoy fingí que necesitaba ir al baño y me senté a tomar solo. La segunda vez se dio cuenta y me preguntó por qué había llevado el vaso al baño.

27 de mayo de 1610, Francia

"Ravaillac fue detenido y condenado por el crimen de alta traición, divina y humana, en grado supremo, por el más malvado, abominable, y más detestable parricidio cometido sobre la persona de Henri IV". Por esto, fue condenado a "reparar su crimen en las puertas de Notre Dame, y sufrir el destino de los regicidas en la Plaza de Gréve en Paris".

La sentencia, que fue cumplida cabalmente, estipulaba lo siguiente: "Su carne deberá ser arrancada en pedazos con pinzas ardientes, de su pecho, brazos, muslos y pantorrillas; su mano derecha, que sostenía el cuchillo con el que se cometió dicho parricidio, será quemada y calcinada con azufre ardiente; y en los lugares donde la piel ha sido arrancada con pinzas se verterá plomo derretido, aceite hirviente, y cera y azufre derretidos. Después, el condenado será desmembrado por cuatro caballos, sus miembros y cuerpo serán reducidos a cenizas que serán dispersadas en el aire".

Antes de comenzar el suplicio, Ravaillac fue colocado en un potro, atado de manos y piernas, para que confesara quiénes habían sido sus cómplices. En todo momento sostuvo que había trabajado solo. Luego, los ayudantes iniciaron el proceso quemando con azufre derretido la mano con la que se había cometido el regicidio (al parecer desconocían que Ravaillac había atacado al rey con la mano izquierda y quemaron la mano derecha). El condenado se retorcía y gritaba: "¡Oh Dios!", y con frecuencia repetía "¡Jesús María!"

Mientras su pecho era desgarrado con pinzas ardientes, Ravaillac volvió a gritar y suplicar. Después, en intervalos, fueron vertidos plomo derretido y aceite hirviendo sobre sus heridas. Los gritos y lamentos continuaron: "¡Jesús María!". Después, los brazos y las piernas del condenado fueron amarrados a cuatros caballos que comenzaron a tirar a la orden del verdugo. Algunos espectadores enardecidos tomaron las cuerdas para ayudar a los caballos. Sin embargo, los miembros de Ravaillac no cedían. Uno de los animales estaba agotado y tuvo que ser remplazado. Finalmente, uno de los muslos cedió, en ese momento la muchedumbre se lanzó sobre el cuerpo con cuchillos, palos, espadas y otras armas intentando arrancar pedazos de carne que luego fueron arrastrados y quemados en distintas calles. Según relata

Nicolás Pasquier, en medio de la locura, una mujer incluso llegó a desgarrar la carne con sus dientes. El verdugo, quien había sido encargado de reunir los restos del condenado para quemarlos y esparcir las cenizas, no pudo hallar rastros de él.

Jakub Sobieski de Janina también refirió estos hechos: "Toda aquella plaza estaba tan llena de gente que sólo entonces me pareció verdadero el proverbio polaco que dice que sobre las cabezas podría hacerse rodar una manzana como sobre una mesa; pero también sobre los tejados y en las ventanas había una espantosa masa de gente, de modo que por una sola ventana pagaban un precio increíble, sobre todo los extranjeros, y yo también alquilé una ventana con los príncipes Radziwill, y la pagamos muy cara. Debido a la multitud, a duras penas consiguieron abrir espacio para aplicarle el suplicio (…) Entonces saltaron como locos de sus caballos una quincena de caballeros y ensangrentando las espadas lo cortaron a trozos. Fueron muchísimos los que envolvieron en un pañuelo pedacitos del cuerpo de Ravaillac y se los llevaron a casa. Había un encuadernador de libros tan rabioso contra Ravaillac, que al verlo parecía un hombre tranquilo y serio con barba mullida, y él también se llevó unos pedazos del cuerpo de Ravaillac, y por su enorme desprecio y odio los hizo freír con huevos revueltos y se los comió, cosa que vieron mis ojos y los del ilustre señor Braniki; tuvo incluso la intensión de invitarnos, a nosotros dos, a su banquete, a fin de que le ayudáramos a comer, pero nosotros, después de escupirle en los ojos, nos fuimos."

15 de octubre de 1944, Polonia

"Al día siguiente, 6 de agosto, la barbarie de los soldados ebrios alcanzó su clímax. Algunos de los que estaban más enfermos y heridos fueron asesinados con revólveres. Después los colchones debajo de sus cuerpos fueron incendiados. Ya que no todos los disparos daban en el blanco, y que otros no eran fatales, algunas de las mujeres que estaban muy débiles y enfermas para moverse fueron quemadas vivas. Sólo una de ellas, aunque muy quemada y débil, logró arrastrarse fuera de la cama y gateando escapó de su muerte inmediata. Mientras se cometían estas atrocidades, se esparció petróleo en el piso y se prendió fuego al instituto. Todas las salidas fueron bloqueadas con ametralladoras. A pesar de esto, tres mujeres (una asistente de rayos X, una enfermera y una paciente) lograron salir del edificio. Dos de ellas fueron atrapadas, y luego de haber sido violadas varias veces por los soldados fueron brutalmente asesinadas."

1568, Guatemala

"Pues en aquel instante que hacían aquellos sacrificios, vinieron de repente sobre nosotros grandes escuadrones de guerreros, y nos daban por todas partes bien qué hacer, que ni nos podíamos valer de una manera ni de otra contra ellos, y nos decían: 'Mira que de esta manera habéis de morir todos, que nuestros dioses nos lo han prometido muchas veces'. Pues las palabras de amenazas que decían a nuestros amigos los tlascaltecas eran tan lastimosas y tan malas, que les hicieron desmayar, y les echaban piernas de indios asadas y otros brazos de nuestros soldados, y les decían: 'Comed de las carnes de esos teules y de vuestros hermanos, que ya bien hartos estamos de ellos, y eso que nos sobra podéis hartaros de ello, y mira que las casas que habéis derrocado que os hemos de traer para que las toméis a hacer muy mejores y de piedra blanca y calicanto labradas; por eso ayuda muy bien a esos teules, que todos los veréis sacrificados'. Pues otra cosa mandó hacer Cuauhtémoc: que como aquella victoria tuvo, envió por todos los pueblos nuestros confederados y amigos y a sus parientes pies y manos de nuestros soldados, y caras desolladas con sus barbas, y las cabezas de los caballos que mataron, y les enviaron a decir que ya éramos muertos más de la mitad de nosotros, y que presto nos acabarían, y dejasen nuestra amistad y se viniesen a Méjico, que si luego no la dejaban, que les iría a destruir, y les envió a decir otras muchas cosas para que se fuesen de nuestro real y nos dejasen, pues hablamos de ser presto muertos por sus manos."

11 de abril de 1988, China

Transcripción del archivo

Oficial: - Pase adelante por favor, tome asiento. ¿Puedo ofrecerle algo para tomar?

Jie Lin: - Agua, por favor.

Oficial: - Bien. Traigan un poco de agua para la señora Lin. Vamos a comenzar, señora Lin. Le pido que responda las preguntas en detalle. ¿Está bien?

Jie Lin: - Sí.

Oficial: - Perfecto. ¿Cuál es su relación con Qin?

Jie Lin: - ¿Yo? Soy su tía.

Oficial: - Cuente lo que sucedió desde el principio, por favor. No omita ningún detalle.

Jie Lin: - Está bien. Bueno, nosotras tres…

Oficial: - ¿Quiénes eran las tres?

Jie Lin: - Wei, Qin y yo.

Oficial: - Muy bien, continúe.

Jie Lin: - Las tres estábamos en el mercado comprando cosas para la cena…

Oficial: - ¿Recuerda qué hora era?

Jie Lin: - Creo que eran las siete. Entre las seis y la siete.

Oficial: - Continúe.

Jie Lin: - Bueno, cuando estábamos ahí vimos a la madre de Zhou.

Oficial: - ¿Estaba sola?

Jie Lin: - ¿Ella? No, estaba con Zhou.

Oficial: - Bien.

Jie Lin: - Wei la saludó y ambas se acercaron para hablar.

Oficial: - ¿De qué hablaron?

Jie Lin: - Bueno, nada en particular, comentamos los precios de las cosas. Cuando Qin y Zhou se saludaron, Wei dijo que la invitaría a comer pronto. Le preguntó a Qin si quería que Zhou pasara la tarde en casa pero Qin no respondió.

Oficial: - ¿Hizo algún tipo de gesto?

Jie Lin: - Creo que no, no me acuerdo. Recuerdo que no respondió.

Oficial - ¿Notó algo raro en ella?

Jie Lin - Estaba callada, pero ella a veces es así. Antes de pagar, Wei le preguntó si quería llevar un dulce, se lo ofreció con la mano y no contestó, sólo movió la cabeza.

Oficial: - No quiso el dulce.

Jie Lin: - No, ese día estaba callada, pero a veces es así, no siempre está de buen humor. Yo a los doce también era así, los niños son así a veces.

Oficial: - Entiendo. ¿Y qué sabe de lo que sucedió en el colegio?

Jie Lin: - ¿Yo? Bueno, lo que la maestra nos contó. Yo acompañé a Wei a la reunión, estuve ahí.

Oficial: - ¿Puede contarme lo que dijo la maestra de Qin?

Jie Lin: - Sí, claro. Ella estaba asustada, muy nerviosa cuando se enteró de todo. A mí me pareció que necesitaba una explicación o algo parecido y nos contó lo que pasó en su clase.

Oficial: - ¿Qué sucedió en la clase?

Jie Lin: - Bueno, ella nos dijo que había organizado una actividad, algo que hacían todos los alumnos, lo habían hecho muchas veces. La señorita Meng les pedía a los alumnos que dijeran adjetivos sobre sus compañeros.

Oficial: - ¿De qué materia se encarga la señorita Meng?

Jie Lin: - De inglés, es la profesora de inglés de primero a sexto grado, los niños la quieren.

Oficial: - Está bien, continúe.

Jie Lin: - Bueno, ella hacía que todos se sentaran en un círculo y cada uno tenía que decir un adjetivo en inglés sobre los compañeros que estaban sentados a su lado. Tenían que decir dos adjetivos. La señorita Meng nos contó que en la última clase antes de que todo sucediera hicieron el juego.

Oficial: - ¿Y qué sucedió?

Jie Lin: - Dijo que lo sentía mucho, que no sabía si tenía alguna relación pero que durante el juego dos niños dijeron que Zhou era amigable y bonita, en inglés, usted me entiende.

Oficial: - ¿Qué dijeron sobre Qin?

Jie Lin: - Bueno, sobre Qin uno dijo que era callada y otro dijo que era gorda. La maestra nos contó que todos se rieron de Qin, ella se sentía muy mal.

Oficial: ¿Qin?

Jie Lin: - No, no, la señorita Meng, se puso a llorar y nos pidió perdón, dijo que ella no se había imaginado lo que sentía Qin.

Oficial: - ¿Cómo reaccionó Qin?

Jie Lin: - No hizo nada, la señorita Meng nos dijo que Qin se quedó sentada en silencio, con la cabeza hacia abajo.

Oficial: - ¿Qué respondieron ustedes?

Jie Lin: - ¿Yo? Yo no dije nada, vi que Wei también comenzó a llorar y me quedé pensando mirándolas a las dos.

Oficial: - ¿En qué pensaba?

Jie Lin: - No lo sé, sobre si tendría alguna relación con lo que pasó. Qin hablaba de hacer dietas pero no sabía que se sentía así.

Oficial: - ¿Y qué cree ahora?

Jie Lin: - No lo sé, es muy difícil entender estas cosas, además son niños, usted sabe… Mi sobrina es callada, no sé qué decirle, disculpe.

Oficial: - No se preocupe. ¿Y luego qué sucedió?

Jie Lin: - Bueno, le agradecimos a la…

Oficial: - No, ¿qué sucedió entre Qin y Zhou?

Jie Lin: - Oh, disculpe. Bueno, pasaron unos días y…

Oficial: - ¿Recuerda exactamente cuántos días?

Jie Lin: - No, señor, creo que tres o cuatro, no estoy segura.

Oficial: - Continúe por favor.

Jie Lin: - Bueno, Qin llegó a casa del colegio y le preguntó a su madre si podía invitar a Zhou al día siguiente.

Oficial: - ¿Y qué le respondió su madre?

Jie Lin: - Wei dijo que no porque iba a llegar un poco más tarde y no quería que estuvieran solas en casa. Yo le dije que no se preocupara porque yo iba a estar ahí.

Oficial: - ¿Se habían quedado solas antes?

Jie Lin: - ¿Las niñas? Sí, son muy tranquilas, otras veces…

Oficial: - ¿Y por qué la señora Wang no quería dejarlas solas en esa ocasión?

Jie Lin: - No lo sé, pero no era porque pensara nada malo, quizás pensaba que yo no iba a la casa hasta la noche, por favor no piense…

Oficial: - Bien. Continúe por favor.

Jie Lin: - Bueno, Wei dijo que sí, pero le pidió a Qin que tuvieran cuidado y todo lo demás, las cosas que uno les dice siempre a los hijos.

Oficial: - ¿Usted tiene hijos?

Jie Lin: - Si señor, un varón, vive en Shanghái, está estudiando en la universidad.

Oficial: - Muy bien. ¿Qué sucedió luego?

Jie Lin: - Bueno, Qin llamó a Zhou y la invitó a casa. Nosotras las escuchamos hablar, llamó desde la sala. Fue una conversación de niñas normales, no pasó nada extraño, esto no tiene explicación, señor.

Oficial: - No se preocupe, tome un momento si lo necesita.

Jie Lin: - Gracias, disculpe.

Oficial: - Tome, con esto puede limpiarse.

Jie Lin: - Gracias...

Oficial: - No es nada, señora Lin. ¿Puede continuar?

Jie Lin: - Sí, estoy bien, es sólo que nada tiene sentido, mientras más lo pienso… Me siento confundida, no sé qué pensar.

Oficial: - Entiendo que sea difícil para usted, es una situación muy extrema y complicada.

Jie Lin: - Sí, lo es, lo es... Bueno, Zhou aceptó la invitación, cuando salieron del colegio fueron a casa para jugar y pasar la tarde... Zhou volvería a su casa después de cenar... usted sabe que somos vecinos, viven a dos cuadras... Por favor, discúlpeme.

Oficial: - No se preocupe, tome.

Jie Lin: - Gracias, es muy amable.

Oficial: - Señora Lin, sé que es muy duro recordar lo que sucedió y hablar al respecto, pero es muy importante que lo piense bien y me cuente lo que sabe, todo lo que sabe. No importa si parece insignificante, por favor dígamelo.

Jie Lin: - Está bien.

Oficial: - ¿Puede intentarlo?

Jie Lin: - Sí, señor.

Oficial: - Muy bien. Antes de que continúe quiero preguntarle por el padre de Qin. ¿Por qué él no estaba en la casa ese día?

Jie Lin: - Jian nunca está en casa a esa hora, él llega de trabajar a las 9 de la noche, a veces más tarde.

Oficial: - Entiendo. Estaba diciendo que Qin y Zhou fueron a la casa al salir de la escuela. ¿Qué sucedió después?

Jie Lin: - Bueno, Qin dice que llegaron a casa y estaban viendo televisión... disculpe.

Oficial: - ¿Quiere más agua, señora Lin?

Jie Lin: - Por favor… Gracias.

Oficial: - No se preocupe, espere un poco si lo necesita.

Jie Lin: - Zhou estaba frente al televisor… no sé si estaba mirando o jugando… Qin se levantó, buscó una silla en la cocina… Oh señor… y la golpeó en la cabeza, por la espalda.

Oficial: - Continúe por favor.

Jie Lin: - No puedo señor, lo siento… no puedo.

Oficial: - Señora Lin, sinceramente lo lamento. Sé que es difícil para usted, pero los detalles de su testimonio son muy importantes. Por favor, continúe. Dígame qué sucedió después.

Jie Lin: - Yo no estaba ahí… las niñas estaban solas… qué sentido tiene, Qin contó todo… ella es la única que sabe.

Oficial: - Usted fue la primera persona en llegar a la casa y en hablar con Qin, en este momento su versión es tan importante como la de ella, necesitamos su ayuda para aclarar los hechos.

Jie Lin: - Es una niña señor… como una niña pudo… no entiendo…. No puedo, lo siento… no puedo.

Oficial: - Entiendo señora Lin, no se preocupe. Voy a darle unos minutos y podemos continuar cuando se haya calmado. Tome un poco de agua por favor.

(Descanso de 10 minutos. Continúa.)

Oficial: - ¿Puede continuar?

Jie Lin: - Sí, creo que sí…

Oficial: - Bien. ¿Qué sucedió después del ataque inicial con la silla?

Jie Lin: - Bueno, al parecer, Zhou perdió el conocimiento con el golpe… Entonces Qin sintió miedo de que si despertaba nos contara lo que había sucedido.

Oficial: - ¿Zhou despertó?

Jie Lin: - No… disculpe… antes de que Zhou despertara, Qin buscó cosas en la cocina… ¡Oh qué sufrimiento ha caído sobre nuestras familias…! Esto no tiene explicación señor.

Oficial: - Intente calmarse, señora Lin. Por favor continúe. ¿Qué buscó Qin en la cocina?

Jie Lin: - Buscó… varias cosas… un cuchillo, sacó una botella de cerveza del refrigerador y la vació… unas tijeras y un cortapapeles que guardamos en un cajón de la sala.

Oficial: - Tome agua y respire un poco, señora Lin.

Jie Lin: - Gracias.

Oficial: - Por favor, cuénteme qué hizo Qin con esos objetos.

Jie Lin: - Atacó a Zhou... la cortó, la mató... se arrojó sobre ella y la mató mientras estaba en el piso... esto es muy duro, señor.

Oficial: - Continúe por favor.

Jie Lin: - Le hizo heridas en el cuello y la cabeza... ella estaba muerta en el piso... señor, por favor, son sólo niñas.

Oficial: - Entiendo que es muy difícil, de verdad lo lamento, pero necesitamos que continúe.

Jie Lin: - Cuando Qin golpeó a Zhou tenía miedo de que al despertar nos contara lo que había hecho... entonces después de atacarla temió que la descubrieran, y se deshizo de ella... Oh señor... tomó el cuchillo y cortó su cabeza y luego los brazos... tiene doce años señor, dígame cómo es posible algo así... después buscó unas bolsas, la recogió e intento limpiar la sangre.

Oficial: - ¿A qué hora llegó usted a la casa?

Jie Lin: - Alrededor de las ocho, creo que no eran más de las ocho.

Oficial: - Por favor, describa lo que encontró cuando llegó a la casa.

Jie Lin: - Qin estaba en la sala... todo fue muy extraño... cuando me vio comenzó a hablarme, yo no entendía lo que me decía, había un olor raro, le dije que se calmara.

Oficial: - ¿Qué le estaba diciendo Qin?

Jie Lin: - Que Zhou se había ido a su casa antes de tiempo y que por eso no estaba ahí… yo le pregunté de qué estaba hablando y repetía que Zhou se había ido a su casa en la tarde… Le pregunté qué había pasado y por qué olía así… Qin no paraba de hablar, estaba muy nerviosa y repetía las mismas cosas, dijo que algo se había caído y que Zhou estaba en su casa… entonces vi una mancha.

Oficial: - ¿Una mancha de qué?

Jie Lin: - Me pareció que era de sangre pero en el momento pensé que tenía que ser otra… usted me entiende… no entendía lo que estaba pasando.

Oficial: - Por favor, continúe.

Jie Lin: - Yo comencé a ponerme nerviosa, le pregunté a Qin qué había sucedido, estaba un poco molesta y le hablé fuerte.

Oficial: - ¿Qué le dijo exactamente?

Jie Lin: - Le dije que se callara y que me explicara bien lo que había pasado.

Oficial: - ¿Y cuál fue la reacción de Qin?

Jie Lin: - Al principio no quería decir nada, seguía repitiendo que algo se había caído y que Zhou estaba en su casa… pero yo la regañé, la amenacé con contarle todo a su madre y le dije que no podía esconder lo que había pasado… Entonces Qin comenzó a llorar y a taparse la cara, se acostó en el sofá y se tapó la cara, no quería decir nada.

Oficial: - ¿Y usted que hizo?

Jie Lin: - Me senté con ella y le dije que podía contarme cualquier cosa, que era mejor decir la verdad porque las mentiras siempre se descubren… le dije que si me contaba no le diría nada a su madre… yo no sabía, usted me entiende.

Oficial: - Entiendo. Continúe, señora Lin.

Jie Lin: - Bueno, después de estar un rato así, comenzó a contarme lo que había hecho, yo la presioné para que hablara… primero dijo que había peleado con Zhou y la había golpeado, me dijo que ella no quería que nos enteráramos… al principio pensé que por eso Zhou se había ido a su casa… pero cuando le pregunte: "¿Qué hiciste? ¿Qué le hiciste a Zhou?", me dijo que la había matado, yo no entendía nada.

Oficial: - Continúe, por favor.

Jie Lin: - Yo le preguntaba qué había pasado, no entendía nada. "¿Cómo que la mataste?", le dije y ella repitió que la había matado y la había escondido… yo perdí el control y comencé a gritar, quería llamar a Wei y a los padres de Zhou… yo le pregunté dónde estaba, se lo pregunté varias veces… entonces me dijo lo de las bolsas y comencé a buscarla por toda la casa, estaba desesperada, no entendía nada.

Oficial: - ¿En dónde la encontró?

Jie Lin: - Las bolsas estaban en el cuarto de limpieza, yo sentí que me iba a desmayar…

Oficial: - ¿Y qué hizo cuando encontró las bolsas?

Jie Lin: - Llamé a Wei varias veces, pero no pude hablar con ella, entonces llamé a la policía… no fui capaz de llamar a los padres de Zhou, no entendía nada, yo le preguntaba a Qin qué había hecho, sólo eso.

Oficial: - ¿Qué le respondió Qin?

Jie Lin: - Nada, ella se quedó en el sofá, estuvo ahí todo el tiempo, callada… después dijo que odiaba a Zhou porque era más bonita que ella, pero eso no me lo dijo a mí, se lo dijo a los oficiales.

Julio de 1519, México

"Y cada uno de estos principales tienen a la entrada de sus casa, fuera de ella, un patio muy grande, y algunos dos y tres y cuatro muy altos, con sus gradas para subir a ellos, y son muy bien hechos, y con estos tienen sus mezquitas y adoratorios y sus andenes, todo a la redonda muy ancho, y allí tienen sus ídolos que adoran, unos de piedra, y unos de barro, y unos de palos a los cuales honran y sirven en tanta manera y con tantas ceremonias, que en mucho papel no se podría hacer todo ello a vuestras reales altezas entera y particular relación; y estas casas y mezquitas donde los tienen son las mayores y menores más bien obradas y que en los pueblos hay, y tiénenlas muy atumadas con plumajes y paños muy labrados y con toda manera de gentileza, y todos los días, antes que obra alguna comienzan, queman en las dichas mezquitas incienso, y algunas veces sacrifican sus mismas personas, cortándose unos las lenguas, y otros las orejas, y otros acuchillándose el cuerpo con unas navajas, y toda la sangre que de ellos corre la ofrecen a aquellos ídolos, echándola por todas las partes de aquellas mezquitas, y otras veces echándola hacia el cielo, y haciendo otras muchas maneras de ceremonias; por manera que ninguna obra comienzan sin que primero hagan allí sacrificio. Y tienen otra cosa horrible y abominable y digna de ser punida, que hasta hoy visto en ninguna parte, y es que todas las veces que alguna cosa quieren pedir a sus ídolos, para que más aceptación tenga su petición, toman muchas niñas y niños y aun hombres y mujeres de más mayor edad, y en presencia de aquellos ídolos los abren vivos por los pechos y les sacan el corazón y las entrañas, y queman las dichas entrañas y corazones delante de los ídolos, ofreciéndoles en sacrificio aquel humo. Esto habernos visto algunos de nosotros, y los que lo han visto dicen que es la más terrible y más espantosa cosa de ver que jamás han visto. Hacen estos indios tan frecuentemente y tan a menudo, que según somos informados, y en parte habernos visto por experiencia en lo poco que ha que en esta tierra estamos, no hay año en que no maten y sacrifiquen cincuenta ánimas en cada mezquita, y esto se usa y tienen por costumbre desde la isla de Cozumel hasta esta tierra adonde estamos poblados; y tengan vuestras majestades por muy cierto que según la cantidad de la tierra nos parece ser grande y las muchas mezquitas que tienen, no hay año que en lo que hasta ahora hemos descubierto y visto, no maten y sacrifiquen desta manera tres o cuatro mil ánimas."

Estados Unidos, 1863

"Un día, cuando toda nuestra familia había ido a trabajar como siempre, y solo yo y mi querida hermana nos quedamos en casa, dos hombres y una mujer pasaron sobre nuestros muros, y en un momento nos agarraron a los dos, y sin darnos tiempo de gritar o resistirnos, nos taparon la boca y corrieron con nosotros hacia unos arbustos cercanos. Ahí amarraron nuestras manos y nos llevaron tan lejos como pudieron, hasta que llegó la noche, donde encontramos una casa pequeña en la que los ladrones se detuvieron para refrescarse y pasar la noche. En poco tiempo nos separaron y fuimos vendidos a distintos dueños, cinco o seis, y nunca volví a ver a mi hermana. Todavía recuerdo la noche del rapto, y escucho su llanto mientras dormíamos abrazados. Cuando desperté ya se la habían llevado."

Octubre de 1932, Ucrania

"Y le dijeron a mi padre que bajara las campanas de la iglesia. Mi padre dijo: 'Yo no las subí y yo no las voy a bajar'. Entonces le dieron una golpiza y lo encerraron en una celda. No lo vimos en más de dos semanas, y cuando llegó, murió casi de inmediato. Cuando el trigo o el centeno eran cosechados, ellos usaban máquinas, y dejaban espigas en el campo. Entonces mi madre, camino a casa, recolectaba las espigas para cocinar algo. Un brigadier la descubrió, le quitó las espigas y le dio una paliza. Mi madre llegó a casa, se acostó en la cama y nunca volvió a levantarse. No recuerdo cuánto tiempo estuvo acostada ahí, pero así fue como murió."

Octubre de 1520, México

"En este desbarato mataron los contrarios treinta y cinco o cuarenta españoles y más de mil indios nuestros amigos, y hirieron más de veinte cristianos, y yo salí herido en una pierna; perdióse el tiro pequeño de campo que habíamos llevado, y muchas ballestas y escopetas y armas. Los de la ciudad, luego que hubieron la victoria, por hacer desmayar al alguacil mayor y Pedro de Albarado, todos los españoles vivos y muertos que tomaron los llevaron al Tatelulco, que es el mercado, y en unas torres altas que allí están, desnudos los sacrificaron y abrieron por los pechos, y les sacaron los corazones para ofrecer a los ídolos: lo cual los españoles del real de Pedro de Albarado pudieron ver bien de donde peleaban, y en los cuerpos desnudos y blancos que vieron sacrificar conocieron que eran cristianos."

Sudán, 1905

"El espectáculo del Mercado era un verdadero horror. Casi todos eran niños y niñas muy jóvenes, algunos sólo bebés, calaveras con la piel enferma que apenas cubría sus huesos, las cavidades de los ojos eran prominentes por la ausencia de carnes alrededor, los pechos hundidos y doblados, las articulaciones hinchadas de forma antinatural y terriblemente anudadas, las voces secas y ásperas, como en una pesadilla.

Pero nada era más terrible que la exhibición de eunucos, niños entre nueve y doce años alineados con sus miembros completamente mutilados y cauterizados, los hombres se acercaban para examinarlos como si fueran mercancía, metían los dedos en sus bocas, inspeccionaban sus ojos y cada parte del cuerpo. Cuando se decidían por alguno de los niños, los compradores, que siempre eran hombres, se lo llevaban amarrado, algunos los tomaban de la mano o pasaban el brazo sobre sus hombros, era repugnante ver cómo la propia transacción parecía formar parte de su satisfacción sexual."

Agosto de 1944, Polonia

"Los canales, en mi opinión, representan lo peor del Alzamiento. Imagina un túnel angosto con forma de huevo, y tener que correr renco con cada pie en las cáscaras internas de ese huevo, sobre el sedimento de químicos tóxicos y cuerpos en descomposición de muchos que habían muerto allá abajo, por sofocación o los gases de carburo que usaban los alemanes. Una vez, mientras me movía, mi pie se quedó atrapado en algo. Intenté tirar pero estaba atorado en un cuerpo descompuesto; cuando logré liberarlo estaba cubierto en carne podrida."

1519, México

"Entonces dio órdenes a los que tenían el cargo de vigilar, los que guardaban sus principales cosas. Les dijo: 'Aun cuando durmiendo esté, avisadme: Ya llegaron los que enviaste a la mar'. Pero cuando fueron a decirlo, dijo al momento: 'Aquí no los quiero oír. Los oiré allá en la Casa de la Serpiente. Que allá se vayan'. Y viene a dar orden, dice: '¡Que se tiñan de greda dos cautivos!'... Y luego fueron a la Casa de la Serpiente los enviados. También él, Motecuhzoma. Luego a sus ojos fueron los sacrificios. Abrieron el pecho a los cautivos: con su sangre rociaron a los enviados. La razón de hacer tal cosa es haber ido por camino muy difícil; por haber visto a los dioses; haber fijado sus ojos en su cara y en su cabeza. ¡Bien con los dioses conversaron!

En este tiempo precisamente despachó una misión Motecuhzoma. Envió todos cuantos pudo, hombres inhumanos, los presagiadores, los magos. También envió guerreros, valientes, gente de mando. Ellos tenían que tener a su cargo todo lo que les fuera menester de cosas de comer: gallinas de la tierra, huevos de éstas, tortillas blancas. Y todo lo que aquellos (los españoles) pidieran, o con que su corazón quedara satisfecho. Que los vieran bien. Envió cautivos con que les hicieran sacrificio: quién sabe si quisieran beber su sangre. Y así lo hicieron los enviados. Pero cuando ellos (los españoles) vieron aquello (las víctimas) sintieron mucho asco, escupieron, se restregaban las pestañas; cerraban los ojos, movían la cabeza. Y la comida que estaba manchada de sangre, la desecharon con náusea; ensangrentada hedía fuertemente, causaba asco, como si fuera una sangre podrida. Y la razón de haber obrado así Motecuhzoma es que él tenía la creencia de que ellos eran dioses, por dioses los tenía y como a dioses los adoraba. Por esto fueron llamados, fueron designados como 'Dioses venidos del cielo'. Y en cuanto a los negros, fueron dichos: 'Divinos sucios'."

1854, Barbados

"Al día siguiente nuestro amo se unió a los turcos, que estaban regresando a Kordofan, y de ese modo se selló nuestro destino de no volver jamás a nuestra tierra natal. En dos días llegamos al lugar señalado, y ahí nuestro amo nos entregó a un árabe, con quien vivimos por dos o tres días. De ese árabe pasamos a las manos de un turco. Mi tiempo con esos tres amos fue empleado haciendo nada. El señor turco encontró trabajo para todos; y todo lo que puedo decir es que era uno de los hombres más crueles que existen. Por comer un pedazo de azúcar, algunos eran cruelmente azotados, o golpeados en la cara para sacarles los dientes. Algunos de los más fuertes, a menudo, eran reprendidos, y se endurecían y se hacían estúpidos por tantas palizas y azotes, o a veces eran forzados a trabajar hasta que se desmayaban. Cuando descubrían que habían cometido alguna falta, eran castigados a modo de ejemplo. Algunos me contaron que les habían sacado los dientes para asustar a los otros y para impedir que comieran algo en el futuro."

1933, Ucrania

"Estuvimos en la estación de tren por bastante tiempo. Mi padre había desaparecido por unos días y mi madre fue a buscarlo. Lo recuerdo como si fuese hoy, ella regresó con un documento y lo leyó. El documento decía que habían encontrado a mi padre en la calle. Estaba muerto y ya lo habían enterrado. Así fue como nos enteramos que mi padre no iba a volver. Mi madre quedó sola, sin comida que darnos, o algo para cambiar por comida. Se quitó su anillo y los zarcillos y fue a cambiarlos. Nosotros esperamos por ella, y mi madre nunca regresó. Después de un rato, unos oficiales vinieron y nos dijeron que nuestros padres se habían ido y que teníamos que irnos con ellos. Los oficiales tiraron todas las cosas que teníamos con nosotros; todavía recuerdo el sombrero de mi padre. Nos llevaron al vagón de un tren que estaba lleno de niños. Yo tomé a mi hermano pequeño que aún no sabía caminar. Nos dieron un pedazo de pan y un pedazo de azúcar. Los comimos y nos fuimos a dormir. En la mañana cuando me desperté, mis dos hermanos se habían ido. Pregunté dónde estaban Vasyl y Sashko, el pequeño. Él probablemente creció sin tener idea de quién era. La mujer me dijo que se los habían llevado a una escuela, pero que yo era muy pequeño para ir a una escuela, así que me llevaron a un orfanato. En el orfanato me enfermé de tifus, y los niños morían en el hospital. Desde el balcón los miraba traer carretillas llenas de cuerpos que lanzaban en una fosa. No me dejaron contactar a mi familia a propósito. ¿Por qué? Ellos querían que yo olvidara, pero todavía recuerdo un poco. Mi hermano pequeño probablemente no, pero yo recuerdo. Ésa era su meta. Ellos debían haber sabido de quiénes éramos hijos. Cuando Stalin estaba vivo, e incluso después de su muerte, no tenías derecho de buscar a nadie. Porque no existió la Hambruna, y nadie escuchaba a los pocos que quedaron. Antes de morir me gustaría conocer a alguien de mi familia, voy a morir sin tener a nadie."

8 de septiembre de 1944, Polonia

"Yo vivía en el distrito Wola, en el número 8 de la calle Elekcyjna. A las 10 de la mañana del 5 de agosto, un destacamento de la SS y hombres de Vlassov entraron. Nos sacaron de los sótanos y nos llevaron cerca del parque Sowinski en Ulrychow. Nos dispararon cuando pasamos. Mi esposa murió al instante: nuestro hijo estaba herido y lloraba por su madre. Entonces un ucraniano se acercó y mató a mi hijo de dos años como un perro; luego se acercó a mí con algunos alemanes y me disparó en el pecho para ver si estaba vivo o no. Yo fingí estar muerto para que no me mataran a mí también. Uno de los asesinos cogió mi reloj, lo escuché recargar su arma. Pensé que iba a rematarme pero siguió adelante pensando que estaba muerto. Permanecí acostado desde las 10 am hasta las 9 pm, pretendiendo estar muerto y observando otras atrocidades. Durante ese momento vi a otros grupos que eran llevados y ejecutados cerca del lugar en el que estaba acostado. El montón de cuerpos se hizo todavía más grande. A aquellos que daban señales de vida les disparaban. Yo estaba enterrado entre otros cuerpos y estuve a punto de asfixiarme. Las ejecuciones duraron hasta las 5 pm. A las 9 pm un grupo de polacos llegó para llevarse los cuerpos. Les di una señal de que estaba vivo. Me ayudaron a levantarme y reuní fuerzas suficientes para llevarme con ellos el cuerpo de mi esposa y de mi hijo al parque Sowinski, al que llevaban a todos los muertos."

1521, México

"Pues ahora ya llevan los mexicanos a sus cautivos al rumbo de Yacacolco. Se va a toda carrera, y ellos resguardan a sus cautivos. Unos van llorando, otros van cantando, otros se van dando palmadas en la boca, como es costumbre en la guerra. Cuando llegaron a Yacacolco, se les pone en hilera, en filas fueron puestos: uno a uno van subiendo al templete: allí se hace el sacrificio. Fueron delante los españoles, ellos hicieron el principio. Y en seguida van en pos de ellos, los siguen todos los de los pueblos (aliados de ellos). 125 cabezas de españoles y caballos sacrificados. Cuando acabó el sacrificio de estos, luego ensartaron en picas las cabezas de los españoles; también ensartaron las cabezas de los caballos. Pusieron éstas abajo, y sobre ellas las cabezas de los españoles. Las cabezas ensartadas están con la cara al sol. Pero las cabezas de los pueblos aliados, no las ensartaron, ni las cabezas de gente de lejos."

1933, Ucrania

"Dos hermanos, Mushunsky y Harasym, que luego se convirtieron en líderes de la granja colectiva, vivían en casas separadas no muy lejos del consejo del pueblo. Makar tenía un hijo de ocho años de cabello rubio. Él venía con frecuencia al consejo. Un día su hijo desapareció. El director del consejo lo buscó, sin saber qué hacer. Le preguntó a todo el mundo si habían visto al niño el día anterior. Una mujer le dijo que había visto el niño en la calle donde la familia Kalenyk vivía. Kalenyk había muerto, su esposa estaba hinchada, casi muerta, y su hija Olena, que tenía 18 o 20 años, ella se había unido al Somsomol. Bukharsky, el director del consejo fue a su casa, la inspeccionó, y encontró carne hervida en una olla dentro del horno. Junto a una bodega de papas, vio un hueco cubierto recientemente. Bukarsky tomo la pala y sacó la cabeza de un niño. Bukharsky tomó la cabeza y la carne, y llevó a la chica al consejo del pueblo. Yo vi la cabeza de ese niño y a la chica. El director llamó al GPU. En la noche un agente de la policía vino, se llevó a la chica y ordenó que se enterrara al niño. Olena nunca regresó al pueblo."

29 de agosto de 1944, Polonia

"Mientras procuraba salir del pueblo desde Wola pasé por la calle Gorczewska. Esto fue el 7 de agosto. Cuando pasamos por el número 9, una casa que pertenecía a monjas, fuimos llamados dentro de la casa y se nos ordenó que sacáramos y enterráramos los cuerpos que estaban ahí. El patio era una visión terrible, era un lugar de ejecuciones. Pienso que deberían haber estado recolectando cuerpos ahí por varios días, porque algunos estaban hinchados y otros acababan de morir. Había cuerpos de hombres, mujeres y niños, todos con disparos detrás de la nuca. Es difícil decir exactamente cuántos estaban ahí, había varias capas de cuerpos amontonados sin mucho cuidado."

"Los que estaban cantando y danzando estaban totalmente desarmados. Todo lo que tenían eran sus mantillos labrados, sus turquesas, sus bezotes, sus penachos de pluma de garza, sus dijes de pata de ciervo. Y los que tañen el atabal, los viejecitos, tienen sus calabazos de tabaco hecho polvo para aspirarlo, sus sonajas.

A estos, los españoles primero les dieron empellones, los golpearon en las manos, les dieron bofetadas en la cara, y luego fue la matanza general de todos estos. Los que estaban cantando y los que estaban mirando junto a ellos, murieron.

Nos dieron empellones, nos maltrataron por tres horas. En donde mataron a la gente fue en el Patio Sagrado.

Luego se meten los españoles dentro de las casas del templo para matar a todos: a los que acarreaban el agua, a los que traían la pastura de los caballos, a las que molían, a los que barrían, a los que estaban de vigilancia.

Pero el rey Motecuhzoma acompañado del Tlacochcálcatl de Tlatelolco, Itzcohuatzin, y de los que daban de comer a los españoles, les dicen:

"Señores nuestros… ¡Basta! ¿Qué es lo que estáis haciendo? ¡Pobres gentes del pueblo…! ¿Acaso tienen escudos? ¿Acaso tienen macanas? ¡Andan enteramente desarmados…!

Cuando llegó acá el capitán, ya nos había matado El Sol. Hacía veinte días que el capitán había partido para la costa cuando nos mató a traición El Sol."

Febrero de 1933, Ucrania

"Mi hermana murió a mi lado y yo ni siquiera me di cuenta de que había muerto. Mi madre quería darle algo de comer y la llamó: 'Ksenya, Ksenya'. Yo dije: 'Está durmiendo". Mamá se acercó a ella y ya estaba fría. Imagina el estado en el que me encontraba, no entendía nada. El hambre mata. Quien no ha tenido hambre puede no entenderlo, pero el hambre mata tu memoria."

1528, Guatemala

"(…) y estando el Sandoval y el Francisco de Lugo y Andrés de Tapia con Pedro de Alvarado contando a cada uno lo que le había acaescido y lo que Cortés mandaba, tomó a sonar el tambor muy doloroso del Huichilobos, y otros muchos caracoles y cometas, y otras como trompetas, y todo el sonido de ellos espantable, y mirábamos al alto cu en donde las tañían y vimos que llevaban por fuerza las gradas arriba a nuestros compañeros que habían tomado en la derrota que dieron a Cortés, que los llevaban a sacrificar; y desque ya los tuvieron arriba en una placeta que se hacía en el adoratorio donde estaban sus malditos ídolos, vimos que a muchos de ellos les ponían plumajes en las cabezas y con unos como aventadores les hacían bailar delante del

Huichilobos, y desque habían bailado, luego les ponían despaldas encima de unas piedras, algo delgadas, que tenían hechas para sacrificar, y con unos navajones de pedernal los aserraban por los pechos y les sacaban los corazones buyendo y se los ofrescían a sus ídolos que allí presentes tenían, y los cuerpos dábanles con los pies por las gradas abajo; y estaban aguardando abajo otros indios carniceros, que les cortaban brazos y pies, y las caras desollaban, y los adobaban después como cuero de guantes, y con sus barbas las guardaban para hacer fiestas con ellas cuando hacían borracheras, y se comían las carnes con chilmole, y de esta manera sacrificaron a todos los demás, y les comieron las piernas y brazos, y los corazones y sangre ofrescían a sus ídolos, como dicho tengo, y los cuerpos, que eran las barrigas y pies, echaban a los tigres y leones que tenían en la casa de las alimañas."

1932, Ucrania

"No podías salvarte recolectando espigas porque había guardias en los campos, y quien era atrapado con esas espigas le disparaban o, si era un niño, recibía una terrible paliza. A veces los niños no volvían a sus casas después de eso. Los viejos estaban asustados porque sabían que serían castigados. Cuando mi hermana llegó a casa al final del verano, me dijo que en su pueblo de mil quinientos, solo un tercio había sobrevivido. Habían cavado grandes fosas en las que arrojaban los cuerpos. Mi hermana dijo que algunos niños que sobrevivieron fueron lanzados ahí, porque la fosa permanecía abierta por mucho tiempo, recolectaban los

cuerpos y los lanzaban, y cuando la fosa se llenaba, la
cubrían."

1874, Brasil

"Pero debo reconocer, para vergüenza de mis propios
compatriotas, que fui inicialmente secuestrado por algunos
de mi misma complexión, que fueron la causa de mi exilio y
esclavitud; pero si no existieran compradores no existirían
vendedores. Tan lejos como puedo recordar, algunos de los
africanos en mi país han tenido esclavos, que son llevados a
la guerra o para pagar deudas; pero esos que mantienen son
bien alimentados y se les cuida bien; y en cuanto a sus
vestidos, difieren dependiendo de la costumbre de cada país.
Pero puedo decir con toda seguridad que toda la pobreza y
miseria que cualquiera de los habitantes de África encuentran
entre sí mismos, es muy inferior a esas inhóspitas regiones de
miseria que consiguen en las indias Occidentales, donde sus
capataces despiadados no reconocen las leyes de Dios ni la
vida de sus semejantes."

Agosto de 1944, Polonia

"Entonces fuimos al número 60 en la calle Wolska, donde,
de ambos lados del patio yacían más de 100 hombres, hasta
donde podíamos juzgar, víctimas de ejecuciones en masa. En
el jardín de la misma casa encontramos una maraña de
cuerpos con más de una docena de mujeres, niños y bebés
con disparos detrás de la cabeza. De una casa en la calle

Plocka, entre Wolska y Gorczewska, nos llevamos unos cien cuerpos. En una de las casas encontramos el cuerpo parcialmente quemado de un hombre sosteniendo a dos niños en sus brazos. Cuando regresamos al número 60 de la calle Wolska, hicimos una plataforma de madera en la que colocábamos a los muertos; y luego limpiamos todos los rastros de crímenes alemanes, como documentos o ropas que colocamos en la pila de los muertos. Rociamos todo con petróleo y le prendimos fuego. Mientras quemábamos los cuerpos, un oficial de la SS borracho llegó en un auto. Eligió a tres hombres entre veinte o treinta de un grupo de refugiados que pasaban frente a nosotros. Les disparó por detrás de la cabeza mientras conversaba 'amistosamente con ellos."

Agosto de 1944, Polonia

"En uno de los días siguientes nos llevaron al parquet Sowinski, donde nuevamente la mayoría de los cuerpos eran de mujeres y niños, incluso encontré una mujer embarazada. La posición de los cuerpos que yacían en fila parecía probar que había sido una ejecución en masa. Entonces nosotros quemamos más de mil en dos piras. Ellos nos hicieron registrar los cuerpos y entregarles todos los objetos de valor a los hombres de la SS. En cuanto al dinero en papel, nos ordenaron quemarlo todo, junto con otras evidencias del crimen. Trabajamos ahí todo el día. Al día siguiente nos llevaron al número 24 de la calle Wolska, de donde trajimos cuerpos al sector entre las calles Mlynaarska y Karlkowa y quemamos más de doscientos cuerpos."

"Pues así las cosas mientras se está gozando de la fiesta, ya es el baile, ya es el canto, ya se enlaza un canto con otro, y los cantos son como un estruendo de olas, en ese preciso momento los españoles toman la determinación de matar a la gente. Luego vienen hacia acá, todos vienen en armas de guerra.

Vienen a cerrar las salidas, los pasos, las entradas: la Entrada del Águila, en el palacio menor; la Acatl iyacapan (Punta de la Caña), la de Tezcacoac (Serpiente de Espejos). Y luego que hubieron cerrado, en todas ellas se apostaron: ya nadie pudo salir.

Dispuestas así las cosas, inmediatamente entran al Patio Sagrado para matar a la gente. Van a pie, llevan sus escudos de madera y algunos los llevan de metal y sus espadas.

Inmediatamente cercan a los que bailan, se lanzan al lugar de los atabales: dieron un tajo al que estaba tañendo: le cortaron ambos brazos. Luego lo decapitaron: lejos fue a caer su cabeza cercenada.

Al momento todos acuchillan, alancean a la gente y les dan tajos, con las espadas los hieren. A algunos les acometieron por detrás; inmediatamente cayeron por tierra dispersas sus entrañas. A otros les desgarraron la cabeza: les rebanaron la cabeza, enteramente hecha trizas quedó su cabeza.

Pero a los otros les dieron tajos en los hombros: hechos grietas, desgarrados quedaron sus cuerpos. A aquellos hieren en los muslos, a estos en las pantorrillas, a los de más allá en pleno abdomen. Todas las entrañas cayeron por tierra y habían algunos que aún en vano corrían: iban arrastrando los intestinos y parecían enredarse los pies en ellos. Anhelosos de ponerse en salvo, no hallaban a dónde dirigirse."

1846, Estados Unidos

"Nuestros sufrimientos eran sólo nuestros, no teníamos a nadie con quien compartir nuestros problemas, nadie que se preocupara por nosotros o que al menos nos dijera una palabra de consuelo. Algunos eran lanzados por la borda antes de morir; cuando pensaban que alguno no viviría, se deshacían de ellos de esa manera. Sólo dos veces durante todo el viaje nos permitieron subir a la cubierta para lavarnos: una vez mientras estábamos en el mar, y de nuevo justo antes de entrar al puerto."

Julio de 1932, Ucrania

"Los hombres de Stalin recolectaban a los muertos, y si había algunos a punto de morir, como no querían volver a buscarlos al día siguiente, los llevaban a la fosa de entierros, todavía vivos. Hubo incidentes en los que personas se arrastraban fuera de la fosa en la noche. Era un poco más fría en la noche y de algún modo ellos lograban arrastrarse y salir."

Mayo de 1933, Ucrania

"Yo era el hermano mayor en la familia. Tenía hermanos menores: Iván, Wasyl, Anatoliy, y una hermana menor, María. Todos ellos, y mi abuela, murieron frente a mis ojos de inanición. Yo corría y recolectaba cualquier cosa que sirviera para comer: puercoespines, carne de caballos muertos, y los llevaba a casa para ellos. Cuando no quedaba nada más y todos habían muerto de hambre, entendí que yo también iba a morir. Así que me fui y empecé a merodear las granjas. Había banderas negras colgadas en las granjas porque todos habían muerto de hambre. Dos niños fueron comidos en nuestro pueblo, pero las autoridades del distrito cerraron el caso. Yo sé que una madre se comió a sus dos hijos pero las autoridades soviéticas cerraron el caso y prohibieron cualquier conversación o rumores sobre la hambruna y el canibalismo."

18 de mayo de 1781, Perú

"Sentencia pronunciada en el Cuzco por el visitador D. José Antonio de Areche, contra José Gabriel Túpac Amaru, su mujer, hijos y demás reos principales de la sublevación.

'En la causa que ante mí pende y se ha seguido de oficio de la Real Justicia contra José Gabriel Túpac Amaru, cacique del pueblo de Tungasuca, en la provincia de Tinta, por el horrendo crimen de rebelión o alzamiento general de los indios, mestizos y otras castas, pensado más ha de cinco años, y ejecutado en casi todos los territorios de este virreinato y el de Buenos Aires, con la idea (de que está convencido) de quererse coronar Señor de ellos, y libertador de las que llamaba miserias de estas clases de habitantes que logró seducir, a la cual dio principio con ahorcar a su corregidor D. Antonio de Arriaga. Observados los testimonios de las leyes en que ha hecho de acusador fiscal el Dr. D. José de Saldívar y Saavedra, abogado de la Real Audiencia de Lima; y de defensor, el Dr. Miguel de Iturrizarra, también abogado de la propia Audiencia. Vistos los autos y lo que de ellos resulta:

(…) DEBO CONDENAR Y CONDENO a José Gabriel Túpac Amaru a que sea sacado a la plaza principal y pública de esta ciudad, arrastrado hasta el lugar del suplicio, donde presencie la ejecución de las sentencias que se dieren a su mujer Micaela Bastidas, sus dos hijos Hipólito y Fernando Túpac Amaru, a su tío Francisco Túpac Amaru, a su cuñado Antonio Bastidas, y algunos de los principales capitanes y auxiliadores de su inicua y perversa intención o proyecto, los cuales han de morir en el propio día; y concluidas estas sentencias, se le cortará por el verdugo la lengua, y después amarrado o atado por cada uno de los brazos y pies con cuerdas fuertes y de modo que cada una de estas se pueda atar o prender con facilidad a otras que prendan de las cinchas de cuatro caballos, para que puesto de este modo o de suerte que cada uno de estos tire de su lado, mirando a otras cuatro esquinas o puntas de la plaza, marchen, partan o arranquen a una voz los caballos, de forma que quede dividido su cuerpo en otras tantas partes, llevándose este, luego que sea hora, al cerro o altura llamada de Picchu, adonde tuvo el atrevimiento de venir a intimidar, sitiar y pedir que se le rindiese esta ciudad, para que allí se queme en una hoguera que estará preparada, echando sus cenizas al aire, y en cuyo lugar se pondrá una lápida de piedra que exprese sus principales delitos y muerte, para sola memoria y escarmiento de su execrable acción. Su cabeza se remitirá al pueblo de Tinta, para que estando tres días en la horca se ponga después en un palo a la entrada más pública de él; uno de los brazos al de Tungasuca, en donde fue cacique, para lo mismo, y el otro para que se ponga y ejecute lo propio en la capital de la provincia de Carabaya, enviando igualmente, y para que se observe la referida demostración, una pierna al pueblo de Livitaca en la de Chumbivilcas, y la restante al de Santa Rosa en la de Lampa, con testimonio y orden a los respectivos corregidores o justicias territoriales para que publiquen esta sentencia con la mayor solemnidad por bando, luego que llegue a sus manos y en otro igual día todos los años subsiguientes, de que darán aviso instruido a los superiores gobiernos, a quienes reconozcan dichos territorios.

Que las casas de este (Túpac Amaru) sean arrasadas o batidas y saladas a vista de todos los vecinos del pueblo o pueblos donde las tuviere o existan.

Que se confisquen todos sus bienes, a cuyo fin se da la correspondiente comisión a los jueces provinciales.

Que todos los individuos de su familia que hasta ahora no hayan venido ni vinieren a poder de nuestras armas y de la justicia que suspira por ellos para castigarlos con iguales rigurosas y afrentosas penas, queden infames e inhábiles para adquirir, poseer u obtener de cualquier modo herencia alguna o sucesión, si en algún tiempo quisiesen o hubiese quienes pretenda derecho a ella.

Que se recojan los autos seguidos sobre su descendencia en la expresada Real Audiencia, quemándose públicamente por el verdugo en la plaza pública de Lima, para que no quede memoria de tales documentos. Y de los que sólo hubiese en ellos testimonio, se reconocerá y averiguará adonde paran sus originales, dentro del término que se asigne, para la propia ejecución.'

Hacia los meses de mayo la salud de Túpac Amaru se encontraba muy deteriorada, por lo que se aceleraron los trámites judiciales. El fallo fue dictado el 15 de mayo de 1781 y la sentencia llevada a cabo tres días después. El 18 de mayo, un día viernes para que las ejecuciones fueran recordadas.

En el centro de la gran plaza del Cuzco se colocó una horca de cuatro caras sobre un tabladillo. En todo momento estuvo resguardada por soldados con fusiles y bayonetas caladas. Los condenados salieron metidos en bolsas de piel, detrás de los caballos acompañados por sacerdotes y milicianos.

Llegados al lugar señalado para el cumplimiento de la sentencia entraron sucesivamente uno detrás de otro. Berdejo, Castelo, Bastida y el negro Oblitas fueron ahorcados en forma corriente. Lo mismo se hizo con Hipólito, hijo mayor de Túpac Amaru y su anciano tío Francisco, con el añadido de cortarle a éste último la lengua.

Cuando llegó el turno de doña Micaela fue conducida hasta el tablado y 'no desmintiendo en aquel trance su entereza se resistió a sacar la lengua, que hubo de cortarle el verdugo después de muerta'. La sentencia también estipulaba la pena del garrote, pero la condenada tenía el cuello muy delgado y el torno no lograba ahorcarla. Por este motivo, los verdugos procedieron a castigarla propinando patadas en el estómago y en los senos. Entonces llegó el momento de ejecutar la sentencia sobre el caudillo.

Se le sacó a media plaza: allí le cortó la lengua el verdugo, y despojado de los grillos y esposas, lo pusieron en el suelo: atáronle a las manos y pies cuatro lazos, y asido estos a la cincha de cuatro caballos, tiraban cuatro mestizos a cuatro distintas partes: espectáculo que jamás se había visto en esta ciudad. No sé si porque los caballos ni fuesen muy fuertes, o el indio en realidad fuese de fierro, no puedieron absolutamente dividirlo, después de un largo rato lo tuvieron tironeando, de modo que le tenían en el aire, en un estado que parecía una araña. Tanto que el Visitador, movido de compasión, porque no padeciese más aquel infeliz despachó de la Compañía una orden, mandando le cortase el verdugo la cabeza, como se ejecutó. Después se condujo el cuerpo debajo de la horca, donde le sacaron los brazos y los pies..."

1933, Ucrania

"Llegaron con unas varillas especiales con las que buscaban en la tierra para asegurarse de que no hubiésemos enterrado nada. Yo fui con mi hermana a recolectar espigas en el campo cerca de casa y el guardia que patrullaba el campo nos disparó. No teníamos derecho a recolectar granos. No sé por qué nos disparó, pero me dio en la pierna, y más tarde las heridas comenzaron a pudrirse ¿Con quién podíamos quejarnos? Yo tenía ocho o nueve años y recolectaba aquellas espigas. Él nos disparó, yo estaba gritando y él nos atrapó."

1932, Ucrania

"No teníamos sábanas, colchones ni nada. Éramos niños pequeños, y no había nada de comer, y dos de mis hermanas murieron en un día. Una murió en el día, la otra en la noche. Recuerdo dos funerales, y no había nada con qué vestir a mi hermana. Así que mi madre coció, de su falda, un pequeño vestido para ponérselo a mi hermana. No había nada en qué enterrarlas, así que rellenaron la tumba con periódicos y así es como fueron enterradas."

1568, Guatemala

"Porque tenían muchachos vestidos en hábitos de mujeres que andaban a ganar en aquel maldito oficio, y cada día sacrificaban delante de nosotros tres o cuatro o cinco indios, y los corazones ofrescían a sus ídolos, y la sangre pegaban por las paredes, y cortábanles las piernas y los brazos y muslos, y lo comían como vaca que se traen de las carnecerías en nuestra tierra, y aún tengo creído que lo vendían por menudo en los tianguez, que son mercados."

1833, Estados Unidos

"Yo, John Joseph, el sujeto de esta narrativa, soy nativo de Ashantee, en África Occidental. Nací de padres respetables, mi padre era Jerarca de una de las tribus. Era un hombre de gran agilidad y fortaleza. Cuando yo tenía tres años, mi padre se involucró en una guerra con una de las tribus, y en un encuentro desafortunado con el enemigo fue completamente derrotado, y muchos de nuestra tribu fueron tomados como prisioneros. El enemigo saqueó la vivienda de mi padre, y salvajemente nos arrancaron a mí y a mi amada hermana de los brazos de nuestra querida madre. Fuimos llevamos a la costa, junto a trescientos prisioneros de guerra, donde fuimos colocados a bordo de un barco de esclavos, enviados a Nueva Orleans, estado de Luisiana, y vendidos ahí como esclavos. Yo fui comprado en una subasta pública por Mr. Johnstone, un fabricante de algodón de Nueva Orleans. Luego fui encerrado por él en un calabozo o prisión (un lugar para mantener a los esclavos cuando son traídos de África, y también a esclavos que han intentado escapar). Me tuvieron ahí hasta que tuve edad suficiente para trabajar, y luego me llevaron a una plantación de algodón. Mis tareas ahí eran prensar el algodón bajo la vigilancia de lo que llaman el operador de negros, quien frecuentemente me castigaba con severidad por la más mínima falta, de la forma más cruel e inhumana, como los siguientes testimonios mostrarán. Él amarraba mis muñecas con una cuerda y la lanzaba sobre una viga. Entonces me levantaba por los brazos, tan alto como fuera posible, sin alzar mis pies del suelo porque estaban asegurados con algo que había preparado en el piso, y en esta postura forzada, este monstruo inhumano, este demonio con forma de hombre, me azotaba con un látigo corto, y mientras sangraba desde la cabeza a los pies, mi espalda lacerada era lavada con sal y agua. Después de este castigo inhumano, me colocaban pesadas cadenas en la noche para evitar cualquier posibilidad de escape de este agujero de horror, y en una ocasión, protestándole a mi cruel verdugo, me golpeó en la boca con la culata de su látigo y me tumbó tres dientes frontales."

Agosto de 1944, Polonia

"Cuando me encontraba herido en el hospital, cerca de la mitad de agosto (no puedo recordar la fecha exacta), un grupo de veinte o treinta hombres y mujeres fueron ingresados. Estaban terriblemente quemados. Habían sido evacuados de los refugios debajo de algunas casas en la calle Wolska. Cuando fueron llevados a la calle, los hombres de Vlassov les arrojaron un líquido inflamable y los condujeron a través de las casas incendiadas. Sus ropas inmediatamente se prendieron en fuego, especialmente los vestidos ligeros de las mujeres, y muchos de ellos no podían seguir adelante. Los otros continuaron terriblemente quemados. Cuando no pudieron avanzar más, fueron llevados al hospital. Sus sufrimientos fueron atroces; los ojos de algunos estaban quemados, sus rostros quemados, otros tenían heridas abiertas en todo el cuerpo. Sólo un tercio de estas víctimas sobrevivió, los demás murieron luego de sufrimientos inhumanos."

1860, Estados Unidos

"El hedor del calabozo mientras estábamos en la costa era tan intolerable y repugnante que era peligroso permanecer ahí por cualquier cantidad de tiempo, y a algunos de nosotros se nos había permitido quedarnos en la cubierta por el aire libre. Pero ahora que toda la carga del barco había sido reunida, la pestilencia era absoluta. El encierro del lugar, y el calor del clima, añadido al número dentro del barco, que estaba tan repleto que cada uno apenas tenía lugar para voltearse, casi nos sofocaba. Esto producía copiosas transpiraciones, a tal punto que el aire se hacía no apto para respirar, por la variedad de olores repulsivos, y esto trajo enfermedades entre los esclavos, de los cuales muchos murieron, cayendo víctimas de la avaricia, como yo la llamo, de sus compradores. Esta miserable situación fue nuevamente agravada por la colocación de las cadenas, que pronto se hacían insoportables; y la suciedad de las cubetas de desechos, dentro de las cuales los niños caían con frecuencia y casi se ahogaban. Los gritos de las mujeres, lo lamentos de los moribundos, hacían que la escena de horror fuese casi inconcebible."

Mayo de 1933, Ucrania

"Te estoy diciendo la verdad honestamente. En nuestro pueblo, nuestro vecino, Wasyl, se hinchó por el hambre, no podía caminar más, y se acostó a esperar la muerte. Su hermana, Yevdoshka, no podía llevarle comida porque ella misma estaba famélica. Por alguna razón, las mujeres lo soportaron mejor que los hombres. Los hombres eran más vulnerables a la hambruna. Cuando Wasyl murió, su hermana Yevdosjka cortó carne de su muslo, la cocinó y poco después, también murió. Yevdoshka no abandonó la casa, y su primo, que vivía al lado, fue y encontró los dos cuerpos. Encontraron carne cocinada en una olla y creyeron que la hermana había muerto por comer la carne de su hermano. Hubo canibalismo, y mi madre solía decirnos que no nos alejáramos de la casa porque habían robado niños para cocinar su carne."

1872, Congo

"En muchos lugares de África es común que los esclavistas elijan algún pueblo débil para arrasarlo y adueñarse de las víctimas. Atacan rápido y matan a los hombres más jóvenes y fuertes, a los viejos los matan o los abandonan. Las mujeres y los niños son transportados a los distintos mercados de esclavos a través de distintas rutas. Esto es muy antiguo, mis antepasados tenían esclavos, los usaban para pelear y como parte del servicio, y los árabes han vendido esclavos desde que yo recuerdo, y mucho antes de eso. Cuando los blancos llegaron fue peor porque con ellos es mucho más difícil escapar, te llevan tan lejos que no hay posibilidades de volver a casa. Conocí a un árabe que atrapaba y vendía esclavos, me contó que morían tres o cuatro por cada uno que vendía, por el calor o por caer enfermos, los viajes suelen ser muy largos. Algunos se hicieron ricos, como Tippu Tip, pero esa riqueza está manchada con la sangre de inocentes. Lo llaman Tippu Tip por el sonido de sus pistolas. Los blancos no entran a buscar esclavos, ellos esperan que otros negros o los árabes los capturen para luego comprarlos y llevárselos en sus barcos."

Agosto de 1944, Polonia

"Había unas veinte personas en nuestro grupo, la mayoría niños entre 10 y 12. Había niños sin padres y también una mujer anciana paralizada que iba cargada en la espalda de su yerno. A su lado estaba su hija con dos niños de 4 y 7 años. Todos fueron asesinados. La anciana fue asesinada sobre la espalda de su yerno, y él junto a ella. Nos llamaron en grupos de cuatro personas y nos llevaron al final del segundo patio hacia una pila de cuerpos. Cuando los cuatro llegaban a este punto, los alemanes les disparaban en la parte de atrás de la cabeza con sus revólveres. Las víctimas caían en el montón y los otros venían. Viendo cuál iba a ser su destino algunos intentaban escapar, lloraban, rogaban y rezaban pidiendo piedad. Yo estaba en el último grupo de cuatro. Yo le rogué a los hombres de Vlassov a mi alrededor que me salvaran a mí y a los niños, y me preguntaron si tenía algo con lo que comprar mi vida. Yo tenía una gran cantidad de oro conmigo y se los entregué. Ellos lo tomaron y querían llevarme lejos de ahí pero los alemanes supervisando la ejecución no se los permitieron. Cuando le rogué a él que me dejara ir me empujó, gritando: "¡Más rápido!". Caí al piso cuando me empujó. También golpeó y empujó a mi hijo mayor gritándole: "Apúrate, bandido polaco". Entonces llegué al lugar de las ejecuciones en el último grupo de cuatro, con mis tres hijos. Tome a mis hijos menores con una mano y al mayor con la otra. Los niños estaban llorando y rezando. El mayor, viendo la masa de cuerpos grito: "Van a matarnos" y llamó a su padre. El primer disparo le dio a él, el segundo a mí; los siguientes dos mataron a mis dos hijos menores. Yo caí del lado derecho. El disparo no fue fatal. La bala penetró la parte de atrás de mi cabeza desde el lado derecho y salió por mi mejilla. Escupí varios dientes, sentí que el lado izquierdo de mi cuerpo comenzaba a entumecerse, pero estaba consciente y veía todo lo que estaba pasando a mí alrededor. Fui testigo de otras ejecuciones, acostada ahí entre los muertos. Más grupos de hombres fueron traídos. Escuché llantos, ruegos, quejidos y disparos. Los cuerpos de esos hombres cayeron sobre mí. Yo estaba cubierta por cuatro cuerpos. Entonces de nuevo vi un grupo de mujeres y niños, y así continuó con grupos tras grupo hasta tarde en la noche. Ya estaba muy oscuro cuando las ejecuciones se detuvieron. En intervalos en medio de los disparos, los asesinos caminaban sobre los cuerpos, los pateaban, y los volteaban terminando de matar a aquellos que daban alguna señal de vida, y también robaban objetos de valor. Ellos cogieron un reloj de mi muñeca pero no di muestras de vida. No tocaban los cuerpos con las manos, las cubrían con trapos. Mientras cometían estas atrocidades, cantaban y tomaban vodka. Cerca de mí, estaba un hombre grande y alto que llevaba un abrigo marrón de cuero. Estaba vivo, yo podía escuchar su estertor. Le dispararon cinco veces antes de matarlo. Uno de estos disparos hirió mi pie. Permanecí acostada muy entumecida por mucho tiempo, en una piscina de sangre aplastada por los muertos. Yo estaba, sin embargo, consciente de todo y sabía lo que me estaba sucediendo. Más tarde logré empujar los cuerpos que estaban sobre mí. Es imposible imaginar cuánta sangre había a mi alrededor. Al día siguiente las ejecuciones cesaron."

Agosto de 1944, Polonia

"Lo que siguió a continuación fue monstruoso. La SS tomó al director de la compañía de imprentas junto a su esposa embarazada. La violaron frente a su esposo, le arrancaron el feto con una bayoneta, lo sostuvieron frente al padre para que lo viera y finalmente lo mataron."

0:26

"Algunos de los restos hallados en las excavaciones datan de aproximadamente 300.000 años, otros entre 24.000 y 35.000 años, un grupo alrededor de 7.500 años, y otros pertenecen a un período más reciente, cerca del año 1.325 de nuestra era. En las fosas comunes, ubicadas en distintos puntos geográficos, había huesos de hombres, mujeres y niños. La mayoría de ellos presentaban heridas en la parte posterior de la cabeza, algunos fueron mutilados, decapitados y quemados, mientras otros yacían con el cuero cabelludo arrancado.

Dos hombres jóvenes, entre los veinte y treinta años de edad, fueron encontrados en el fondo de una zanja, enterrados bajos los escombros calcinados de la empalizada. Uno de ellos recibió una flecha en la espalda mientras sostenía a un niño en sus brazos, que murió aplastado cuando el hombre cayó de bruces al piso.

Casi la mitad de los cincuenta hombres, mujeres y niños enterrados en el cementerio tenían proyectiles de piedra alojados en su esqueleto. Varios adultos tenían hasta veinte heridas de flechas, y las heridas de los niños estaban todas localizadas en la cabeza o el cuello, lo cual indicaba que habían sido ejecutados.

Rodeaban las casas de sus enemigos justo antes del amanecer y asesinaban a los ocupantes arrojando lanzas a través de las paredes endebles, o disparando cuando las victimas huían de las viviendas que habían sido incendiadas. Mataban tanta gente en el territorio de los perdedores, que el hedor de los cuerpos en descomposición permanecía en los distritos derrotados semanas después de la batalla.

La fosa común contenía los restos de más de quinientos hombres, mujeres y niños que habían sido masacrados, mutilados y arrancados sus cueros cabelludos durante un ataque a su aldea, un siglo y medio antes de la llegada de Colón a América.

En la tumba de Talheim se hallaron treinta y cuatro esqueletos, de los cuales dieciséis eran de niños, nueve de hombres, siete de mujeres y dos adultos cuyo sexo no pudo ser determinado. Todos los esqueletos exhibían traumatismos craneales que fueron separados en tres categorías: 18 cráneos poseían marcas causadas por el borde afilado de las azuelas, 14 tenían heridas producidas por el borde romo del mismo instrumento, y 2 fueron heridos por flechas. Los esqueletos no ofrecieron evidencia de heridas defensivas, lo que parece indicar que los miembros del grupo estaban huyendo cuando fueron asesinados.

La tribu acostumbraba capturar guerreros y torturarlos durante el viaje de regreso. Cuando el grupo llegaba a su aldea los prisioneros eran golpeados y soportaban el acoso de todo el pueblo. Aquellos que sobrevivían eran trasladados al consejo, donde eran distribuidos entre las familias que habían perdido a algún miembro durante la guerra. Luego de ser adoptados por medio de un ritual y recibir el nombre del miembro de la familia que había muerto, eran torturados por varios días hasta que morían. Se esperaba que la víctima demostrara gran fortaleza durante estos tormentos desafiando a sus verdugos y expresando desprecio por sus esfuerzos. Cuando el prisionero finalmente fallecía, algunas partes de su cuerpo eran comidas, usualmente el corazón.

Si la oportunidad se presentaba, el guerrero victorioso machacaba el cuerpo de su enemigo con un pesado mazo, luego realizaba un corte amplio en el cuerpo de su víctima y lo vestía como un poncho, a modo de trofeo.

Se hallaron treinta y tres calaveras cuidadosamente ordenadas en forma de círculo, como huevos en un nido. Diecinueve de ellas pertenecían a niños, diez a mujeres y solo cuatro a hombres. Junto a las calaveras se encontraban, en la mayoría de los casos, las dos vértebras superiores del cuello, los cuerpos no fueron hallados.

Los guerreros solían abrir las barrigas de sus víctimas para liberar sus espíritus, protegiendo a los asesinos de la contaminación y la locura. Para expresar el desprecio por el enemigo, los miembros del grupo mutilaban el pene de la víctima y lo colocaban en su boca, o en el clímax de la batalla, cortaban el cuerpo en pedazos con hachas. Distintas tribus mutilaban los cadáveres de sus rivales de manera característica como una especie de firma. Algunos cortaban cuellos, otros los brazos y las narices. En muchos casos se infligían heridas después de la muerte con hachas y flechas. Mutilaciones similares se encontraron en cuerpos de los siglos XIV, XVIII y XIX.

Varios cuerpos de adultos, tanto hombres como mujeres, mostraban evidencia de haber recibido impactos de entre quince y veinticinco flechas. Los cráneos revelaban múltiples heridas de hacha, hasta seis o siete, cuando sólo una habría bastado para causar la muerte. Algunos cacicazgos conservaban la piel de sus enemigos muertos. Con frecuencia las mujeres acompañaban a sus hombres al campo de batalla y desollaban a las víctimas. Un grupo incluso rellenaba las pieles y moldeaba los rasgos del rostro con cera sobre los cráneos, colocaban armas en sus manos y llevaban las figuras a sus hogares, donde eran dispuestas en bancos y mesas especiales."

"El jefe tomó la cabeza decapitada y le dijo: 'Querías huir ¿no es así? Pero mi mazo pudo más que tú. Después fuiste cocinado y te convertiste en comida para mi boca. ¿Y dónde está tu padre? Está cocinado. ¿Y dónde está tu hermano? Nos lo comimos. ¿Y dónde está tu esposa? Ahí está sentada, una esposa para mí ¿Y dónde están tus hijos? Ahí están con cargas en sus espaldas, llevando comida, esclavos para mí'."

Leí hasta que al parpadear aparecían miembros amputados y decapitaciones, cuerpos parcialmente quemados en fosas comunes; pueblos abandonados que habían desaparecido en la nada del olvido. No he podido dormir, cuando lo hago tengo sueños de este tipo, no sé si 'sueño' sea el término correcto. Diría que son visiones del infierno pero no sé muy bien lo que eso significa, le da un aire de irrealidad y no es así en lo absoluto, es tan mundano como estar escribiendo aquí y ahora en mi cama, insomne y medicado. Me arden los ojos, me arde la parte posterior de los globos oculares. Tengo vasos rotos en la esquina interior del ojo derecho, está lleno de sangre. Me cuesta concentrarme, he tenido que revisar varias veces las fechas y los lugares para asegurarme de que los había escrito bien. A veces leía cinco veces la misma línea, se me cerraban los ojos y soñaba por un par de minutos, luego despertaba otra vez. Pero en realidad no estoy dormido ni despierto, es una especie de limbo. Hice en siete meses lo que podría haber hecho en uno o dos. Repito cosas, creo ver algo que después desaparece, escucho ruidos en medio del silencio. Me conozco y he conseguido manejarlo, no doy nada por sentado, confío con reservas en mis percepciones.

Últimamente he pensado mucho en mi padre, algunas cosas empiezan a tener más sentido ahora. Tal vez él vivió algo parecido a esto o algún miembro de su familia, de nuestra familia. Un niño, un hermano, un abuelo. Nunca lo hablamos, él no hablaba de casi nada, me habría gustado preguntarle, quizás habría hecho alguna diferencia, no puedo saberlo pero quiero pensar que sería así, a veces el dolor compartido nos salva.

Con mi padre murió la última ventana hacia el pasado, probablemente esto sea todo lo que vaya a conocer sobre mis orígenes, una reconstrucción basada en la experiencia colectiva. Esa tampoco es la palabra, lo que quiero decir es que aunque nuestros destinos sean similares, mi familia y mi vida fueron marcadas, condicionadas incluso por una serie de eventos con nombres, caras, olores y lugares que no corresponden a ninguna otra historia. Me consuelo pensando en que aunque yo no pueda conocerla, alguien todavía la recuerde, que en algún archivo se encuentren nuestros nombres, la familia retratada en una fotografía, la tragedia registrada en algún diario. Nosotros existimos. De otro modo sería como si nunca hubiera sucedido y no significaría nada. No sé por qué me importa, no estoy seguro de sentir algo por mi padre, pero él es un puente hacia algo que nos trasciende a los dos.

Un día comenzó a quejarse de dolores de cabeza, más de
lo normal, decía que tampoco podía respirar, se sentía
agotado y desorientado. Yo lo mandaba a descansar, lo
ayudaba acostarse, le daba una pastilla y encendía el televisor,
se perdía en la pantalla sin comprender lo que estaba
pasando. Por unos meses no hubo cambios, pero después
comenzó a empeorar, ahora también tosía. Apenas
hablábamos en esos días. Siguió quejándose y decidí llevarlo
al hospital para que se encargaran de él. Cuando se estabilizó
me preguntaron qué quería hacer. Pregunté cuáles eran las
opciones. Me explicaron que con ciertos cuidados podía estar
tranquilo en casa, pero sin la estructura adecuada era mejor
que fuera atendido en otro lugar, sin embargo, recomendaron
la cercanía con la familia, decían que contribuía a detener el
deterioro. Tenía diabetes y enfisema pulmonar, lo demás eran
males menores. Ese día regresé al apartamento y pensé en lo
que quería hacer, no en lo que debía, porque eso ya lo sabía.
Cuando le dije que iba a vivir en un hospicio, no reaccionó; si
sintió algo, no lo demostró. Yo estaba más amargo y distante
que nunca, no lo soportaba, pensaba que se había enfermado
para convertirse en víctima, para demostrarme cuánto sufría
y que yo había salido ileso de la muerte de mamá y de todo.
Resistió casi un año.

La casa tenía dos pisos, había diecisiete pacientes
incluyendo a mi padre, era humilde pero limpia, mucho
mejor de lo que esperaba haber encontrado. Al entrar había
un pequeño recibo con dos sillas, el tapizado era imitación de

gamuza verde, las paredes eran blancas. Luego había una pequeña sala donde veían televisión, siempre era el ambiente con mayor cantidad de gente. Los viejos se arrastraban hasta los sillones y observaban la pantalla en silencio. Los enfermeros traían a algunos que no podían caminar y miraban desde la silla de ruedas. A la izquierda un pasillo conducía hacia la cocina y varias habitaciones, una de ellas era la de mi padre. Estaba solo, no la compartía con nadie. Cuando llegaba, lo encontraba acostado mirando el techo con la mirada perdida, vestido para salir. Si le preguntaba por qué no estaba en la sala de televisión con los otros respondía que no sabía. Luego preguntaba cuándo iba a llevarlo al apartamento, me decía: "¿Cuándo voy a vivir contigo?". Yo le explicaba que necesitaba que alguien lo cuidara, él asentía sin replicar nada. Un par de veces salimos al patio, caminaba tomando mi brazo, no decía mucho, preguntaba cómo estaba o comentaba algo sobre Benigno y tenía que recordarle que había desaparecido. Le gustaba mucho comer, siempre estaba comiendo algo: frutas, dulces, helados, jugo. No tenía que ver con el hambre, era ansiedad. Los demás hacían lo mismo, repetían las mismas cosas. Algunos me preguntaban si había venido a buscarlos o si conocía a alguno de sus parientes. Con el tiempo mi padre se iba pareciendo más a ellos en los gestos, en las frases y el olor característico de la casa que compartían, como si para subsistir tuvieran que fusionar sus porciones de existencia. Se agrupaban y hacían todo juntos, como un organismo que intentaba no desaparecer. Entonces me pareció que era feliz, ahora creo que estaba vacío, que no le quedaba nada por dentro. Me gustaría habérselo preguntado. "¿Cómo te sientes, papá? ¿Cómo te sientes de verdad?" Me habría confirmado que el entumecimiento es la mejor forma de existir, había olvidado a Polonia y a su familia, a la guerra y quizás a mamá. Hay poco más a lo que pueda aspirar un hombre que al olvido.

Cuando murió no pudieron avisarme, llamaron y fueron a verme, pero yo no estaba en el apartamento o estaba durmiendo. Podía pasar días enteros durmiendo. Tomaba pastillas y bebía, cerraba las cortinas y las ventanas, desconectaba el teléfono. Me quedaba acostado hasta que no podía dormir más. Le decía a Carpio que estaba enfermo o pedía vacaciones. Él sabía lo que hacía y nunca dijo nada. No sé si agradecerle la discreción o pensar que es un bastardo egoísta. En fin, enviaron una notificación escrita comunicándome que el sepelio se había realizado y que debía finiquitar personalmente los trámites correspondientes, esa fue la expresión que utilizaron. Firmé unos papeles y me entregaron sus pertenencias, eso fue todo. Me quedé con su reloj y una pluma, que es con la que escribo, y les dije que podían hacer lo que quisieran con el resto.

Imagino versiones alternativas de estos momentos, de nuestras vidas, en las que las cosas fueron diferentes y empiezo a cuestionarme si alguna vez tuvimos una oportunidad, a dudar si realmente habría sido posible. El destino es un espacio vacío en medio de la oscuridad y estamos en el centro del abismo. Cuando elegimos un punto, se enciende como una estrella, y de su radio se asoman tenues ramificaciones, una por cada elección posible. Cuando escogemos, hay alternativas que se cierran, también nuevos caminos se abren con cada decisión. Nosotros lo construimos, superando los límites de nuestra voluntad, porque no siempre somos conscientes de las implicaciones ni estamos listos para asumirlas. Nadie es absolutamente responsable de las circunstancias y consecuencias que configuran su existencia. Las decisiones de los otros, en una red complejísima de sincronías y colisiones, también pueden transformarlo todo, como una tela de araña que se fabrica a sí misma y se actualiza en cada instante por medio de patrones que la mente percibe como caos y probabilidad. Todo, en distintos grados, niveles y condiciones, está conectado. Lo que sucede y lo que somos es esta red, y lo que es más susceptible de pasar se encuentra contemplado, no hay sorpresas en el destino. Mi padre y yo seríamos completamente otros, el mundo y su historia desconocidos, no seríamos nosotros mismos, y así qué punto tiene. Es la esperanza ciega de alinear la realidad con nuestras expectativas de la vida, más allá de lo que es razonable y concebible. Más valdría que aprendiéramos a soportar el peso; la melancolía es el descubrimiento de que la vida es lo que es y no lo que queremos. La sangre y las vísceras derramadas no pueden recogerse, los niños no volverán a llorar, las mentiras no serán expiadas. El origen es la primera piedra, el cráneo sangrante de Abel, el arma empuñada por el primer homínido, el misterio es la elección del mal abierta en todos los hombres, la herida por la que hemos de sangrar.

Lucas y yo hablamos varias veces sobre esto, él pensaba que el ser humano es fundamentalmente bueno, que en la gran mayoría de las ocasiones prefiere hacer el bien y evitar la confrontación. Los malos son los menos, pero hacen más ruido, repetía eso. Yo hablaba de la esclavitud, la guerra y el dinero, le enseñaba historias para demostrarle que los laberintos del corazón humano son oscuros y traicioneros. Cuando empezaba a deprimirse, me pedía que habláramos de otra cosa, del amor o de Renata, que eran nombres distintos para el mismo tema. La había encontrado de nuevo, pero ella se había negado a verlo. Había estado saliendo con su psicoanalista, un hombre veinte años años mayor que ella. Para Lucas era obvio que estaba enferma, que había empeorado con los años, se había vuelto más errática y obsesiva. Cuando tenía una de sus crisis periódicas, Renata lo llamaba y fantaseaba con huir con él, pero no lo hacía, era sólo un escape temporario.

He mencionado que Lucas me visitó un par de veces en el estudio. Una noche después de cerrar, volvimos a El Templo y pronto se convirtió en una especie de rutina, también nos reuníamos en su casa. Estoy dispuesto a admitir que él no era el único que se sentía solo, he estado solo por años y la costumbre me ha impedido ver que tal vez me ha afectado más de lo que me gustaría reconocer, pero eso es irrelevante ahora. Digamos que en aquel momento ambos necesitábamos que alguien nos escuchara. Hablábamos de lo que era importante para nosotros, siempre hablábamos de lo mismo, pero encontrábamos nuevas maneras de hacerlo.

Un día me avisó que debía cancelar el plan porque Renata lo había llamado, le dijo que era una emergencia. Le pedí detalles pero sólo contestó que no había nada que pudiera hacer, no insistí. Pasaron varias semanas sin que supiera de él, llegué a pensar que se habían ido juntos pero no parecía probable. De todas las teorías absurdas que podía concebir, la del suicido era la más razonable. Si Renata había muerto, Lucas tenía que estar destruido.

Una tarde me invitó a comer. Sugerí que nos encontráramos en el bar pero respondió que prefería no salir. Es difícil explicar esto; la aparente normalidad de Lucas era una especie de confesión. Abrió la puerta con un vaso en la mano, el arreglo de las cosas sobre la mesa era el mismo de siempre, pero el esfuerzo era evidente. Nada en aquel orden minucioso era natural, parecía usar la máscara del hombre que había sido. No dijo nada sobre Renata, pero tenía temas de conversación preparados para evitar los silencios, para no conceder espacios que me permitieran preguntar. Por supuesto hablamos de mí, estaba inusualmente interesado en mis cosas. Respondí todo lo que preguntó con detalles, sólo había que esperar, se estaba derrumbando. Tomamos y comimos durante horas, yo estaba un poco ebrio pero Lucas parecía intacto y no se callaba. Me levanté y le dije que iba al baño, en su mirada me pareció percibir que me lo agradecía. Me lavé la cara, mientras me miraba en el espejo imaginé a Renata en su cama, muerta por una sobredosis de pastillas. Me acerqué y tomé su pulso en la muñeca, estaba fría y desnuda bajo las sábanas.

Salí y recorrí la sala observando las cosas, Lucas estaba sentado y me miraba en silencio, apenas duró un instante. Propuse un brindis, pero en lugar de decir algo sólo miré a Lucas con mi vaso en alto apuntando hacia él. Él también me miró, hizo una mueca como queriendo imitar una sonrisa y tomó aire para decir algo, pero no pudo o no consiguió las palabras y permanecimos así varios segundos con los vasos alineados. Sus ojos se humedecieron sin dejar de mirarme y la sonrisa casi se había ido, pero no había desaparecido. Tocó mi vaso con el suyo y dijo: "Estoy tan cansado", y tomó un trago grande con los ojos cerrados. Yo no dije nada, solo tomé y sonreí. Si hubo algo que podría haber hecho, lo perdí, aquel había sido el punto de quiebre pero consiguió resistirlo. No volvió a hablar esa noche.

Cuando volvimos al bar todo había cambiado, no había máscara o yo no era capaz verla. En un momento le pregunté qué había hecho durante esas semanas y me dijo que había tenido que resolver 'ciertos asuntos familiares'. No me dio detalles pero insinuó que era un tema de dinero. Me pareció ver algo en sus ojos mientras lo contaba, era un movimiento rápido hacia los lados que no había visto antes, pero podía ser cualquier cosa. No hablamos sobre Renata, si quería averiguar algo iba a tener que encontrar otra manera, preguntar ya no era una alternativa.

Tomé el teléfono y llamé a su casa, eran cerca de las diez. Elegí esa hora porque si lo hacía de madrugada iba a ser demasiado obvio que era yo, él sabía que tenía problemas para dormir. Sonó varias veces antes de que contestara: "Hola… Hola, ¿quién habla?" Yo comencé a respirar para que pudiera oírme. "¿Hola?", esperó unos segundos y colgó. Poco a poco incluí variaciones en las llamadas, susurraba cosas para que apenas pudiera oírme. A veces colgaba de inmediato, otras me insultaba y esperaba en silencio, algunas llamadas duraron hasta cinco minutos. Esto siguió por unos meses y nunca me contó nada, era como si no estuviera sucediendo. Cuando volvimos a vernos había hecho al menos cuatro llamadas y no las mencionó. Había dos opciones: sospechaba que era yo o de verdad había hecho algo. En esos días comencé a pensar que la había matado.

Una noche fui a cenar y encontré una libreta con los teléfonos y direcciones de Renata a través de los años. No tuve tiempo para más. Llamé varios días al último número anotado pero nadie contestó, probé con los demás y pertenecían a otras familias. Lucas comenzó a descolgar el teléfono, cuando contestaba me amenazaba: "Ruega que no te encuentre, maldito". Le envié notas mecanografiadas con preguntas acompañadas por horas y días de la semana. "lunes, 12:59. ¿En dónde está?". Íbamos al bar y comíamos en su casa, el silencio se mantuvo. Si en algún momento se notaba que pasaba algo inventaba una historia con el trabajo o con sus padres. Las salidas se convirtieron en una rutina de conversaciones vacías que ya no bastaban para ocultar lo que ambos sabíamos. Era tenso, incómodo y patético. Me provocaba arrancarle la cabeza.

Las cosas cambiaron, si acaso nos veíamos una vez al mes. No dejé de llamarlo y comencé a enviarle notas al trabajo. Una vez sonó el teléfono, alrededor de las ocho o las nueve, contesté pero no había nadie del otro lado, sólo un vacío, como si alguien estuviera cubriendo la bocina, luego colgaron. Era él, me había descubierto.

Después de múltiples intentos obsesivos, el teléfono de Renata apareció desconectado y decidí ir a la última dirección anotada en la libreta. La calle era silenciosa y pasaban pocos autos, el edificio era viejo. Esperé junto a la puerta hasta que alguien saliera, unos minutos después bajó una pareja, no me prestaron atención y conseguí entrar. Decidí subir por las escaleras para evitar encontrarme con alguien más. Piso 6, apartamento B. Me acerqué a la puerta, probé la manija pero estaba cerrada. Golpeé un par de veces y luego toqué el timbre, adentro sonó con un leve eco. Me asomé por la cerradura y vi una sala sin muebles ni alfombras, el lugar estaba vacío. Cuando bajé, el conserje estaba en la entrada del edificio mirando hacia la calle, me pareció estúpido preguntar por Renata. Él no dijo nada, pero me observó al pasar.

Las cosas siguieron más o menos de la misma manera hasta que Lucas me llamó para que nos encontráramos en El Templo. Después de cerrar fui a verlo. Estaba sentado al fondo, en la última mesa, ya había ordenado algo. Cuando me vio, se levantó y me dio la mano, nunca había hecho eso. Me preguntó cómo estaba pero no escuchó mi respuesta, sólo estaba esperando el momento de hablar. Cuando comenzó, fue un monólogo, hablaba como si la ansiedad lo obligara a enfatizar cada sílaba. Tenía la piel de la cara brillante, como si sudara, aunque en el bar el ambiente era fresco. Me pidió disculpas por la distancia y por no haberme dicho antes lo que ahora iba a decir. Al principio no creyó que fuera algo importante, me dijo, por eso nunca lo mencionó. "Necesito ayuda, Elio". Desde hacía meses, ya no recordaba cuántos, lo habían estado llamando. Eran llamadas anónimas, siempre en la noche. No decían nada, pero cuando contestaba podía escuchar una respiración. Es un hombre, dijo. A veces susurra cosas y sé que es un hombre. Un tiempo después recibió una nota escrita con máquina de escribir y después recibió otras que eran variaciones de la primera. Más adelante comenzaron a llegar a su oficina también.

- Elio, tú tienes el proyecto, siempre estás investigando. Tenemos que hacer algo, yo necesito saber quién me está haciendo esto.

Casi sentí lastima. Le pedí algunos detalles irrelevantes sobre las llamadas y las notas y luego pregunté por qué.

- ¿Por qué necesitas saber, Lucas? No ha sido violento, en realidad no te ha hecho nada. Podrías haberlo denunciado en la policía y autorizar a que rastrearan tu teléfono, tú sabes eso, pero me llamas y me pides que te ayude. Y voy a hacerlo, pero dime por qué.

- Qué importa si ha sido violento o no, Elio, yo no puedo seguir así - respondió.

Tenía una servilleta en la mano, arrancaba pedazos y jugaba con ellos entre sus dedos sin dejar de mirarse las manos. Luego alzaba la cabeza y sus ojos seguían una secuencia para evitar encontrarse con los míos.

- Entonces denúncialo - le dije.

- No, no, olvídate de la policía.

Vi las palmas de sus manos marcadas como espectros sobre la mesa, en unos segundos desaparecieron de la superficie.

- Lucas -dije su nombre y agregué una pausa a propósito -. ¿Qué está pasado?

No contestó, negó con la cabeza como si estuviera pensando en algo que no podía o no quería decir. No insistí, él levantó la mano, pagó la cuenta y nos fuimos.

El teléfono sonó después de las doce.

- ¿Te desperté?

- No, estaba leyendo.

Escuché el sonido del hielo chocando en el vaso, y después su respiración.

"Renata me llamó ese día, estaba muy mal. Yo te llamé para decirte que no podía ir, no sé si lo recuerdas. Ella había discutido con Samuel. Llevaba varios días deprimida, estaba mal. Cuando está así duerme casi todo el día, deja de comer y no habla con nadie. Yo estuve con ella otras veces, me quedaba y la cuidaba, pero eso fue hace años. Ahora hablábamos poco durante sus crisis. Esta vez tenía los mismos síntomas, pero estaba muy alterada y agresiva. Respondía mal a cualquier cosa que yo le decía, aunque la rabia no era conmigo. Lo de Renata era autodestructivo. Yo intenté calmarla, dejé que hablara y se desahogara, pero no sirvió. Otras veces sí había servido. Hablamos toda la mañana y parte de la tarde ese día, fueron varias llamadas. Yo ya no me atrevía a pedirle que nos viéramos. Ella quería hablar, hablar y llorar. Dejé que lo hiciera. Cuando está así, habla del pasado y de su familia, sobre todo de cuando era niña. Dijo que ya no podía más, sabía que Samuel iba a dejarla y ella no había hecho nada con su vida. Dependía de él para todo, su mundo se había hecho cada vez más

pequeño. Casi no salía del departamento, sólo salía para ir a la terapia con él. Me dijo que su vida se había reducido a estar con una persona y que se sentía presa, que la idea de imaginarse sola le daba ganas de morirse. Lloró casi todo el tiempo. Odiaba a Samuel porque en vez de ayudarla la había convertido en una adicta para que se acostara con él. Dijo que él también estaba enfermo, que ambos lo estaban. 'Ninguna persona sana estaría conmigo, Lucas'. Me dijo eso, y después dijo que tenía que pagar por sus decisiones y por el daño que había hecho. 'Yo no merezco vivir, yo me tengo que morir', lo dijo con esas palabras, y también que Samuel le daba asco, que lo había aceptado porque era débil y por el miedo que sentía, un miedo a todas las cosas que la tenía paralizada. 'Soy de piedra, Lucas, sólo hay una forma de salir de este desastre. No puedo hablar más'.

Desde que colgó el teléfono tuve la sensación de que iba a hacerse algo, pero siempre que esto pasaba yo imaginaba que ella iba a suicidarse. Intenté distraerme y esperar, pero no pude. Pensé en su rabia. Nunca la había escuchado con tanto rencor… llena de odio, odio contra ella misma. Así que fui a buscarla aunque había jurado que no volvería a hacerlo. Toqué el timbre y no respondió, golpeé la puerta y la llamé. Le dije que era yo y que me abriera o iba a llamar a la policía. Era mentira, sólo quería asustarla. De repente escuché algo, como pasos acercándose. Me asomé por la cerradura y vi que el cuerpo de Renata estaba bloqueando la luz. No podía verla, sabía que era ella. Se apoyó en la puerta, yo me acerqué y también me apoyé para escuchar. La llamé, le pedí que me abriera. No respondió pero seguía ahí. Estuvimos así un rato hasta que le dije que iba a bajar para buscar a la policía, eso fue lo que se me ocurrió. Escuché la llave entrar y girar en la cerradura, pero la puerta no se abrió. La llamé varias veces. Después me di cuenta de que ya no estaba. Me asomé por la cerradura y vi que la llave estaba pegada, la había dejado así. Abrí y entré, no estaba en la sala ni en la cocina. Caminé hacia su habitación y la encontré acostada. Las ventanas y las cortinas estaban cerradas. Había papeles y servilletas por todas partes, también ropa en el piso y en la cama. Renata estaba acostada boca abajo, tenía los ojos cerrados. Le hablé y me acerqué para moverla. Tenía una caja de pastillas en la mano. Cuando la toqué reaccionó y me miró. Le pregunté qué había hecho y no me respondió. Le quite la caja. No estaba vacía, pero faltaban muchas pastillas. Le pregunté si se las había tomado y me dijo que sí. Le pedí que se levantara y la ayudé a caminar hasta la cocina. Le di agua. Le pregunté cuándo se las había tomado y me dijo que no sabía, casi no podía hablar. Le pedí que vomitara las pastillas, pero no quería, entonces la amenacé y la llevé al baño. Le metí el dedo en la boca, pero no pudo vomitar, sólo arqueaba sin expulsar nada, escupía en el lavamanos. Le lavé la cara, le mojé el cuello y la cabeza. Me dijo que se sentía mejor, le di más agua. Fuimos al cuarto y me pidió que la dejara acostarse porque necesitaba descansar. Después de media hora la desperté, seguía igual que antes. Abrió los ojos y me dijo que estaba mejor y que quería bañarse. La ayudé a levantarse y me dijo que podía caminar sola, no me dejó entrar con ella. Cerró la puerta y abrió la llave de la ducha. Desde afuera podía escuchar el agua. No sé cuánto tiempo pasó, pero pensé que se había tardado demasiado. La llamé pero no respondió. Toqué la puerta y no respondió. Entré y la vi vestida en la ducha, estaba acostada en el piso, llena de sangre. Ya estaba pálida. Le agarré la cara y traté de despertarla. Empezó a quejarse y a hacer ruidos, pero no se movió. Entonces pensé en lo que tenía que hacer, de verdad lo pensé. Me quedé sentado esperando y pensando. No sé cuánto tiempo pasó. Después me levanté y cerré la llave de la ducha. Regresé a la habitación y me acosté. No sé cuánto dormí, pero fue más de una hora. Entré a verla y seguía allí, no me acerqué ni la toqué, solo volví a *abrir la llave del agua. Salí del baño y busqué la cesta donde guardaba las llaves. Había muchos juegos de llaves distintos, pero logré encontrar una copia del departamento. Sólo saqué la llave de la puerta para poder cerrarla desde afuera. Después revisé que no quedara nada que pudiera involucrarme, limpié todo lo que pude y me fui. Bajé por las escaleras, nadie me vio entrar y nadie me vio salir, pero no sé si escucharon algo. Un tiempo después recibí la primera llamada, cuando las notas llegaron ya me habían llamado varias veces. Eso fue lo que pasó... No sé si están investigando o no, no sé nada. Pero alguien tiene que saber, no hay otra explicación. La policía no me ha contactado, no sé si su familia sabe que yo existo, no creo que Samuel lo sepa. Elio, ¿estás ahí...?"*

Podía imaginar el juicio. Los gritos y las voces enardecidas repitiendo la palabra asesino. Los puños alzados exigiendo justicia. Pobre mujer. Había sufrido toda su vida y lo último que recibió fue la indolencia de un hombre que no hizo nada por ella cuando más lo necesitaba, que se sentó a verla morir y tuvo el detalle grotesco de dormir en su cama mientras agonizaba con las venas abiertas.

Sería un linchamiento, la ejecución pública de un chivo expiatorio que no representa tanto un crimen como una ofensa a la vida. Es eso lo que no podrían perdonarle, que sembrara en sus mentes la duda y los obligara a considerar si debería haberla salvado, si valía la pena vivir como Renata o si es tan malo morir después de todo. Hay muchas cosas que este mundo es capaz de tolerar, pero no que amenacen su sagrado derecho a la vida. Pertenecemos a una cultura que teme tanto a la muerte que ha decidido tratarla como una enfermedad de la que debemos ser curados. La promesa es un futuro en el que no padezcamos la decadencia de nuestros cuerpos, frágiles y secos como cáscaras vacías. No aparecerán las manchas ni las escaras, las partículas de piel no flotarán en la habitación hasta que algún ácaro se alimente de ellas, no habrá videos de despedidas ni fotografías para el recuerdo, no diremos adiós por última vez en algún aeropuerto, no volveremos a callar porque no tuvimos tiempo.

Hombres y mujeres que cortan y estiran sus cueros para aparentar edades imposibles y disimular la presencia de la muerte, aunque la gravedad siempre gane. Alimentos, cosméticos, brebajes terapéuticos, aparatos reductores, escaladoras, cremas antiarrugas, vitaminas, antioxidantes, masajes, cirugías, fajas, tratamientos infrarrojos y electromagnéticos, químicos, inyecciones, maquillaje, semillas, gurús, instructores y ungüentos. Una legión para fabricar la juventud eterna.

Ante estos maniacos, Lucas espera su sentencia por la muerte de Renata, quien por su culpa perdió para siempre lo que el mundo habría podido ofrecerle. Reputados expertos en psicopatologías que aplican tratamientos con resultados dudosos sin estándares que permitan unificar el criterio de los diagnósticos. Antidepresivos y ansiolíticos aprobados por organismos estatales, gracias al cabildeo y las inversiones millonarias de laboratorios farmacéuticos, que luego son administrados por doctores sin otro argumento para justificar su elección más que el dinero que recibieron por prescribirlos. Una posición en una compañía de seguros, una firma de abogados o alguna empresa de equipos para aumentar la productividad de los negocios. Con suerte habría llegado a ser asistente ejecutiva, coordinando los compromisos del gerente, encargada de las fotocopias y el café en oficinas sin ventanas iluminadas artificialmente. Un apartamento de 40 metros cuadrados en las afueras de la ciudad con un crédito por veinte años y tasa fija de interés, cerca de la estación del metro en el que viaja dos veces al día triturada entre los cuerpos de cientos de miles que empujan, pisan y rozan, lubricada por el sudor de brazos y espaldas, respirando tan cerca que puede oler sus alientos. Calles colapsadas por peatones y automóviles, ríos de gentes que van y vienen de todas partes esquivándose en las aceras, siempre apurados entre la basura y los mendigos que duermen sobre cartones, entre los artistas callejeros y los niños que venden lápices y galletas. El ruido y el esmog, escombros y basura tapando los desagües, perros abandonados hurgando entre los restos de comida, las bocinas del tráfico paralizado y las consignas de unos manifestantes que no serán atendidos. Medios saturados de información banal e irrelevante que presentan la realidad como otra forma de entretenimiento. Héroes deportivos, celebridades y asesinos en serie. Escándalos, crisis y tragedias. El culto a la fama y el deseo de posteridad que son una manera más de negar la muerte. La cultura de masas como homogeneización del pensamiento, mentiras y dogmas convertidos en opinión pública por la repetición y el reciclaje, estilos de vida desarrollados en estudios y encuestas de mercado. Burócratas arropados bajo el ismo de turno manoseando abstracciones inexistentes como el pueblo y la patria para sumar votos. Salen unos, entran otros. Accionistas y presidentes, modelos y empresarios, la fauna urbana de personajes turbios que mueven los engranajes aceitados por la ingeniería del consenso. Un aparato de ortopedia social para producir cuerpos dóciles e influenciables. Sexo, restaurantes, drogas, limosinas y champán. Cumbres y encuentros de izquierda y de derecha, todas delirantes y corruptas. Láseres, microchips, tostadoras, televisores y computadoras. Secadores de pelo, yates y autos convertibles. Televisión por cable, videojuegos y lavadoras. Programas de concursos, comedias y telenovelas para normalizar la fantasía y el imperio del confort. Estudios científicos, índices, estadísticas y porcentajes de rentabilidad, proyecciones anuales, informes de costos marginales, algoritmos y deducciones. Legislaciones, permisos y probabilidades. Concesiones, monopolios, licitaciones. Inscripciones de gimnasios y tarjetas de cumpleaños. Comida rápida, hornos eléctricos y centros comerciales. Aire acondicionado y música ambiental. Ascensores, taxis y trenes. Lentes de contacto, ortodoncia, envases para el microondas. Flores de plástico, árboles de Navidad y nieve sintética. Fotos con Santa y domingos de fútbol. Brunch con titulares sobre guerras lejanas, espías y trabajadores explotados. Paraísos fiscales y la lucha contra el narcotráfico. Perros adictos y ballenas adiestradas. Circos, pesticidas y carne contaminada. Dictadores y tiranos, esclavistas y revolucionarios. Derrames petroleros y misiones al espacio. Estudia, trabaja. Reprodúcete y cría sustitutos.

Luego hay días en los que estás acostado en la cama sin pensar en nada, tendido en la arena mientras escuchas las olas romper sobre la orilla, y la espuma avanza por un instante antes de desaparecer. Entonces descubres ese espacio, ese vacío que no puedes llenar con cosas. Siempre está ahí, pero a veces te distraes, lo olvidas y sientes que podrías ser feliz. Por eso te cuesta tanto estar solo, porque sabes que espera por ti. Le temes al silencio porque con él aparece la angustia y comienzas a pensar en el futuro, en lo que has hecho con tu vida. Si eres un fracaso o has avergonzado a los demás, que nadie te toma en serio y no has conseguido nada importante, que en algún punto abandonaste lo que de verdad querías, los sueños que tenías cuando eras más joven. Viajar y empezar algún proyecto, conocer gente que pudiera entenderte o al menos hacerte reír y compartir un momento sin esperar nada a cambio. Sabes que está lejos, que nada resultó como esperabas, y sin embargo sientes que todavía es posible, que tienes fuerzas para volver intentarlo. No es demasiado tarde, sólo necesitas un plan. Vuelves a sentirte vivo, prometes esforzarte y hacer las cosas diferentes esta vez, pero con el tiempo llegan las horas y el impulso se diluye, las emociones se hacen turbias y la inercia sedimenta la ilusión, la normalidad regresa y de nuevo la oficina, la calle y los fines de semana. La tele, los reportes y la gente, el entumecimiento de los bienes substitutos, los días irrelevantes en los que no sucede nada y se repiten hasta que ya no puedes sentir. De vez en cuando vuelve la mirada al techo, imaginando el atardecer del mar con los ojos perdidos en las figuras que forman las imperfecciones de la pintura, deseando que fueran otra cosa, que tu vida fuera distinta, que no se apagara rumiando sobre lo que pudo haber sido, pero no puedes evitar caer en las trampas de la nostalgia.

La voluntad es sobre todo resistencia y adaptación, a lo imposible, a cualquier cosa. Insistimos porque es lo que sabemos hacer, queremos vivir o estamos programados para ello, por encima del dolor y del sentido, porque no queremos desaparecer, porque tenemos miedo. La duda y la presencia de la muerte, el horizonte en la distancia hacia el que caminamos de espaldas con los ojos cerrados. Si enfrentaras la profunda soledad, podrías admitir la desesperada necesidad de la pregunta.

¿Qué estoy haciendo con mi vida?

La cantidad de llamadas y notas fue disminuyendo con el tiempo, lo convencí de que quien hubiera estado acosándolo no tenía pruebas y sólo quería asustarlo. "Es una señal de cansancio - le dije -, si resistes van a parar por completo". A veces Lucas me preguntaba si de verdad podía estar tranquilo mientras alguien más supiera. Yo le decía que eso no significaba nada, sólo podía suponer que alguien conocía su secreto porque no tenía pruebas de ello. Asentía y decía que tenía razón, pero no lograba controlar la ansiedad.

Comenzó a soñar con una habitación, en el sueño sentía que era el departamento de Renata, pero en realidad era una casa en la que nunca había estado. Caminaba por un pasillo lleno de puertas y entraba en habitaciones que estaban vacías, todas excepto una. En ella veía a un hombre en un rincón, cabizbajo y de espaldas, que vestía un traje negro, como si guardara luto. Lucas se acercaba y ponía la mano sobre su hombro; cuando el hombre giraba, descubría que no tenía rostro. Lo observaba intentando descifrar los rasgos inexistentes hasta que volvía a darse vuelta y algo le prohibía tocarlo. Entonces salía de nuevo al pasillo y entraba en otras habitaciones hasta que volvía a encontrarlo. Despertaba de madrugada sudando, a veces llorando. Me preguntó si yo también tenía pesadillas, si era por eso que no podía dormir. Le dije que sí, pero en realidad no lo sabía.

- La gente dice que desaparecen con el tiempo.

- No - contesté -, te persiguen hasta que encuentras el origen o te vuelves loco.

- Entonces tengo que saber -, respondió.

Quise decirle la verdad, pero no supe cómo.

Pensé en muchas cosas durante esos días. Ninguna de las personas que conocí cuando era niño seguía siendo parte de mi vida, ya no conocía a nadie. Mis compañeros del colegio, los vecinos o la familia Riera. Incluso la gente que veía en la calle era diferente. Carpio es la persona que he conocido por más tiempo y no tiene ninguna importancia. Cuando conocí a Lucas en el bar estaba destruido porque Renata había desaparecido. Todo era igual, el cambio es la ilusión de que algo está sucediendo. Mamá murió, mi padre también, y mi vida siguió siendo lo mismo. La vida es esperar la muerte con la esperanza de que algo ocurra en el camino. Tenemos esta idea sobre un gran plan, acerca de un destino y un propósito que realizamos, creemos que somos especiales, que tenemos algo que nos diferencia del resto, que de algún modo un ser o una inteligencia superior se preocupa por lo que nos sucede y actúa por medios que trascienden los límites de nuestra comprensión. Hay tanto que aún no podemos explicar que sería arrogante no apostar por la posibilidad, pero ¿qué dicen las vidas que llevamos de nosotros mismos? ¿Qué dice lo que hemos hecho acerca de quiénes somos realmente, más allá de nuestras expectativas y promesas? En el estado actual de cosas, especialmente de las mías, es legítimo preguntar si vale la pena la apuesta, si la posibilidad justifica la espera.

Pensé en todo, imaginé distintos lugares y escenarios tomando en cuenta cada detalle. Lo hice mil veces en mi cabeza, anticipando las variables para que nada dependiera de la improvisación. No podría decir que tuviera un plan porque no lo había decidido, sólo estaba contemplándolo. Guardaba la bolsa en el bolsillo de una chaqueta y a veces salía con ella. Me imaginaba haciéndolo en el bar, en su casa, en el estudio. La primera vez que elegí un día, me sentí enfermo. Tuve que encerrarme en el baño para que no se diera cuenta, me senté a esperar y comencé a hiperventilarme, tenía las palmas de las manos sudadas y el corazón me martillaba el pecho. Abandoné la idea por un período indefinido, pero la bolsa se quedó en la chaqueta. Por un tiempo me olvidé de su existencia.

Esa noche fuimos al bar, entre otras cosas hablamos sobre la desaparición de Benigno. Lucas me había preguntado otras veces por qué no había ido a Córdoba, nunca pude darle una respuesta definitiva y en ese momento tampoco lo hice. Cuando me dijo que ese era su último trago, le pedí que nos quedáramos un rato más. Me contestó que no tenía efectivo para otro, me ofrecí a pagarlo pero no aceptó. Seguimos conversando y de repente propuso que tomáramos en su casa. Cuando salimos dijo que prefería caminar, yo quería tomar un taxi pero no dije nada. Me preguntó si alguna vez había viajado, negué con la cabeza. "¿Ni siquiera has salido de aquí?" No, nunca. Entonces comenzó a hablar de Buenos Aires y de otras ciudades en las que había estado, pero sobre todo de Buenos Aires. Mientras lo escuchaba sentía las gotas de sudor recorriendo mis piernas hasta los tobillos y la camisa adherida a mi espalda. Era lo único en lo que podía pensar, no había viento, estaba de mal humor. Caminé en silencio, observándolo y haciendo gestos para que creyera que lo estaba escuchando. Casi no había gente en las calles.

Entramos al apartamento y fui al baño. Me desnudé y me sequé las axilas y las piernas, busqué talco para los zapatos pero no había. Cuando salí me estaba esperando para preparar los tragos.

- ¿Qué quieres?

- Vodka o ron, si es blanco.

- Tengo éste - dijo, acercándome una botella. Nos sentamos en la mesa del comedor y comencé a sentir las gotas de nuevo. Me preguntó si tenía calor y le dije que estaba bien, me di cuenta de que había dejado la chaqueta en el baño pero no me levanté a buscarla.

- ¿Te acuerdas de Barcelona? Un mes antes del viaje, Renata se perdió por primera vez y no volvimos a hablar en meses. Te lo conté aquella vez en el bar, ¿verdad? Cuando nos conocimos.

Asentí con la cabeza.

- Hay algo que no te he dicho, no se lo he dicho a nadie. Yo no iba a ir, Elio, no tenía pasaje, no tenía nada. En el momento le dije que sí por la emoción y porque no podía responderle otra cosa, ¿me entiendes? Al principio iba decírselo pero después le seguí el juego, era lo que ella quería escuchar.

Las gotas llegaban a los talones a través de las medias, el aire era demasiado denso, no podía respirar.

- No entiendo, dije, y ¿si Renata hubiese ido?

- No sé, en ese momento no me importó, yo quería que pasara algo, acostarme con ella, qué se yo.

Fui al baño, la chaqueta estaba sobre el tanque del retrete. No sé cuánto tiempo estuve mirándome en el espejo. Quería pensar en todo. Faltaba el aire, pero comencé a olvidarme del calor, veía mi piel brillante en el reflejo pero ya no sentía nada, era como si no estuviera ahí. La historia de Renata, el rencuentro en Buenos Aires, me pareció todo tan falso ¿cómo no pude verlo antes? Pero no era solo ella. Benigno, el proyecto, el aneurisma de mi madre y especialmente estas líneas, todo había sido infectado por esa sensación de irrealidad. Esto ya había sucedido; el amor, la amistad y la verdad eran copias de otras copias en una secuencia infinita de repeticiones absurdas. Yo tenía que cumplir mi parte, aunque me empeñara en ejercer mi libertad, el destino había sido escrito. Éramos piezas de un reloj cósmico, segundos muertos en la eternidad del tiempo.

Cuando salí, Lucas estaba esperándome. Yo me acerqué y me quité la chaqueta para colgarla sobre la silla. Saqué la bolsa y desde atrás cubrí su cabeza, entonces sentí la enorme fuerza que era necesaria para someterlo. Sus manos desesperadas buscaban mi cara, yo me incliné hasta donde no podían alcanzarme. Comenzó a respirar muy fuerte y rasguñar mis brazos. Yo me abracé en la silla y me tiré al piso con él apoyándome en una de las patas. Cuando caímos dijo: "¿Qué estás haciendo, qué estás haciendo?" Yo cerré los ojos y tiré la cuerda de la bolsa tanto como pude, pero seguía respirando. Entonces solté una mano y comencé a golpearle la cara. No sé cuántas veces lo hice. Cuando sentí la bolsa húmeda dejé de pegarle. Me quedé acostado por un segundo recuperando el aliento, él no se movió. Después me levanté y busqué un bolso en la habitación principal. Abrí el closet y saqué algunas cosas, revolví todo, había camisas y medias en el piso, papeles y documentos, también le di vuelta a la mesa de noche. Hice lo mismo en la sala y en un armario del comedor. Me dolía la mano. Busqué las llaves y abrí la puerta, después las metí en el bolso. Cuando salí no había nadie en el pasillo, tampoco en la entrada del edificio. Caminé unas veinte cuadras sin rumbo hasta que vi el parque en la esquina de Independencia. Entré y dejé el bolso en uno de los bancos, luego tomé un taxi a casa. Al llegar me desvestí para revisar si tenía la ropa manchada de sangre y me di cuenta de que no tenía la billetera. Repasé la secuencia paso a paso, pero no estaba seguro de si la había dejado en el taxi o en el apartamento de Lucas.

Cuando regresé eran cerca de las cuatro de la mañana, la entrada principal estaba cerrada. Trepé el muro del estacionamiento y entré por una de las puertas externas que siempre estaban abiertas. Subí hasta el cuarto piso por el ascensor y el resto por las escaleras. Desde el pasillo la puerta del apartamento parecía estar como la había dejado, pero cuando me acerqué vi que estaba entreabierta, apoyada sobre el marco. Volví a las escaleras y esperé unos minutos, no escuché nada, el edificio estaba en silencio. Me acerqué despacio, caminando junto a la pared. El dolor de la mano había empeorado, estaba muy inflamada. Cuando empujé la puerta pensé que quizás podía morir.

Adentro todo estaba igual, pero el cuerpo de Lucas no estaba en el comedor. Fui a la cocina, al baño y a la habitación, no había nada. Escuché un ruido en el pasillo, como si alguien hubiese llamado al ascensor. Salí corriendo, pero recordé que no había buscado la billetera. Entré y revisé de nuevo el apartamento, pero no pude encontrarla. Las puertas se abrieron en otro piso. Bajé las escaleras, salté el muro y me fui a casa caminando, ya había empezado a amanecer.

Pensé muchas cosas, pensé en huir y en morir. La policía me interrogaba y yo confesaba, me vi en la cárcel, vi a Lucas matándome, lo vi en el hospital desfigurado, lo vi escondido esperándome y el cuchillo en la oscuridad; el ardor en la piel, la grasa blanca y la sangre, yo no quería resistirme, pero no podía evitarlo, el instinto me obligaba a salvarme. Vi las heridas defensivas en mis brazos, no lograba entender que era mi cuerpo, que estaba siendo lacerado y que pronto iba a dejar de existir, que probablemente ya estaba muerto y mi cerebro reproducía imágenes residuales. Encontré la billetera en el bolsillo de la chaqueta, pero antes no estaba ahí. Quizás alguien entró. El teléfono ha estado sonando desde hace días. Pensé en irme. Tomé pastillas para dormir.

El cráter tenía aproximadamente un kilómetro de diámetro. En el interior no había vegetación, había rocas, huesos y algunos esqueletos de animales abandonados, también había cráneos humanos. La tierra era árida y rojiza como la arcilla. El viento transportaba cenizas de un fuego lejano, una columna de humo se elevaba en el horizonte. El cielo era nebuloso y gris cobalto, las nubes se aglomeraban como tumores de una masa hipertrófica que amenazaba la continuidad de la existencia. El olor era de óxido y de una humedad mineral que recordaba al ambiente opresivo de las cavernas, un aire denso que no era apto para respirar.

Los doce jueces estaban sentados alrededor de una enorme mesa de piedra. Había copas y vasos volcados, costras de vino y restos de comida de procesos anteriores. El acusado estaba de pie frente a ellos, la audiencia esperaba el testimonio final. A sus espaldas la multitud ocupaba puestos atendidos por sirvientes con bandejas de sobras que se repartían con las manos. Los asistentes comían en platos comunes que circulaban por cada una de las mesas. Entre ellos había negros, blancos, asiáticos, aborígenes y mestizos. Algunos exhibían cicatrices y miembros amputados. No había distinción entre los comensales y la servidumbre, que también contaba con niños y ancianos.

El acusado meditó con recogimiento sobre lo que quería decir, pero especialmente sobre lo que debía decir, ahora que habían dispuesto escucharlo. Pensó en hablarles sobre su relación con el Método, cuyo objetivo esencial era el progreso a través del dominio de la naturaleza y de la vida humana. El Método ejercía una ortopedia social para que cada individuo aceptara el rol que le había sido asignado. Acumulaba recursos y concentraba el poder entre los miembros que promovían el desarrollo de sus estructuras. Era un engranaje piramidal basado en las interacciones jerárquicas de la selección natural, sostenido sobre la promesa del ocio amenizado por los productos de la técnica. La propaganda, diseñada para generar conexiones carismáticas con los líderes del Método, tenía como propósito garantizar el consenso a través de la unificación del pensamiento. Promovía consignas de moralismo universal proclamando la paz mundial y la justicia social, alentando iniciativas para la renovación y el cambio. Distinguidos voceros del Método publicaban informes con estadísticas irrefutables demostrando que los estándares de vida eran cada vez más altos y la población más feliz y próspera. Las modificaciones eran aprobadas únicamente cuando sus elementos habían sido asimilados por los esquemas del progreso y previamente alineados a los objetivos del sistema. La entropía designaba el inexorable final en trillones de años, pero había confianza en la posibilidad de arder para siempre.

Reflexionó sobre estas cosas, pero no sabía cómo expresarlas en palabras. Temía que su intervención fuera interpretada como una crítica al Método, pues sabía que era una manifestación de ellos mismos y de las decisiones que habían tomado, que no era posible destruirlo sino superarlo, y que para hacerlo debían asumir la tarea de reconfigurarse a sí mismos, de convertirse en algo más, en seres que no pudieran ser definidos con la palabra 'hombre'. Esto era lo que habría querido decirles, pero sabía que no serían capaces de entenderlo.

Permaneció de pie contemplando el rostro del Magister, que lo observaba con una sonrisa apenas perceptible y una expresión de complicidad desafiante, como si conociera cada uno de sus pensamientos y esperara con ansiedad el momento de aplastar su resistencia. En ese instante comprendió que la declaración no era más que otra manifestación del poder central, y se aferró por completo al silencio. Uno de los jueces se dirigió hacia el condenado y le preguntó si ejercería su derecho de palabra. Éste negó moviendo la cabeza, el juez volvió a sentarse y tras una breve deliberación, el Magister se dirigió a los asistentes para pronunciar la sentencia.

"El condenado tiene pleno conocimiento de que la Megápolis Boreal se encuentra en posesión del Artefacto. Una vez que haya sido activado será posible prolongar indefinidamente la vida, en la Tierra y en cada rincón del universo. El tiempo será abolido y con nuevas máquinas transmutaremos la realidad a nuestro arbitrio. Aun frente a este hecho indiscutible, las acciones coordinadas por las células subversivas han intentado desconocer la voluntad del soberano. Acerca de la participación del acusado y su responsabilidad en estos sucesos, el proceso ha sido concluyente. Por el poder embestido en mí a través del Consejo, el acusado es sentenciado a vivir hasta la activación del Artefacto. En el día señalado será ejecutado en conformidad con la Ley. Ahora vete, eres libre."

Uno de los guardias tomó su brazo para marcarlo con el sello del Consejo, con él sería localizado cuando se ordenara el cumplimiento de la sentencia. Luego fue escoltado hasta la entrada del cráter en medio de gritos e improperios aislados. La mayoría de los asistentes seguía comiendo y no había prestado atención a las intervenciones de los jueces.

27 de diciembre

Sabía que me estaban siguiendo. No era sólo el teléfono, que sonaba tarde en la noche o temprano en la mañana. Había ruidos en el pasillo, figuras y sombras pasaban frente a mi puerta. No se detenían, pero caminaban con una lentitud exagerada, casi anormal, como si supieran que yo estaba observándolos del otro lado. Pasos y susurros en las escaleras de conversaciones en las que se discuten detalles y se toman decisiones. El ascensor se abría pero nadie bajaba ni subía, a veces las ventanas vibraban con el viento y parecía que habían tocado la puerta. Me levantaba a observar por la mirilla pero nadie estaba ahí. Era prisionero de una fuerza que estaba afuera o adentro, ya no lo sabía. Había un peso, una densidad que me paralizaba. Decidí que probablemente estuviera adentro. No recuerdo cuántas semanas pasaron, diez o tal vez más.

Estaba mirando la ventana, las luces de la calle proyectaban sombras sobre el suelo y los muebles eran parches de oscuridad. Me asomé y me distraje con la gente que pasaba, hombres y mujeres, solos y en grupos, que salían de la estación. Volvían a sus casas, iban a comer con amigos o en familia. Mientras bajaba en el ascensor, imaginé que uno de ellos se acercaba, conversábamos y me invitaba a cenar. La mesa era enorme, de doce puestos, estaban ansiosos por conocerme y yo a ellos, preparaba las respuestas y hablaba sobre el proyecto y el trabajo en el estudio con Carpio, exagerando algunos detalles. Luego venían las historias de Benigno y Clemente Duschamp. Hacíamos planes, nos veíamos de vez en cuando y recordábamos cómo nos habíamos conocido por casualidad en la calle. Éramos amigos, el tiempo había pasado, cuánto habíamos cambiado.

Un viento fresco soplaba con fuerza, llevaba puesta una chaqueta, pero no me sentía bien abrigado. Una nube larga y delgada cubría la parte superior de la luna, la hacía parecer un gran ojo en el cielo. Tenía las manos en los bolsillos. Me distraje caminando varias cuadras sin rumbo específico, observando el tráfico, las tiendas, los rostros, los restaurantes. Me detuve en un semáforo y me di cuenta de que estaba cerca de El Templo. Era posible que Lucas estuviera ahí. Mi primera reacción fue caminar en dirección contraria, pero antes de dar el primer paso sentí la necesidad de enfrentar el momento. No era un acto de valentía, estaba esperando que algo sucediera. El corazón latía más rápido y fuerte, a pesar de mí mismo me sentía ansioso y emocionado. Conociendo lo caprichoso que suele ser el destino, pensé que el encuentro era inevitable, tenía que aparecer. Era lo que le daba sentido a estos impulsos, a esas intuiciones que anticipaban su presencia.

Cuando llegué, el lugar estaba vacío, parecía que acababan de abrir. Una mujer y un hombre conversaban en la barra, pero no había nadie sirviendo. En el rincón del fondo habían apartado varias mesas para hacerle espacio a unos instrumentos. Dos músicos estaban sacando cables y equipos de sus bolsos, preparando y organizando las cosas. Me acerqué y me senté en la primera mesa disponible frente a ellos. La mujer y el hombre me miraron al entrar, los músicos hicieron lo mismo cuando me senté, pero siguieron conversando sin prestarme atención. Poco después el barman salió de la cocina y se dirigió a la barra. Era nuevo, nunca lo había visto. Cuando se dio cuenta de que había alguien más me preguntó si estaba con ellos, señalando a los músicos. Respondí que no y me preguntó si podía esperar porque todavía no había abierto la barra. Dije que sí, el barman asintió con la cabeza antes de regresar a la cocina.

Durante la prueba de sonido llegó un grupo, se sentaron en la mesa de al lado. La mía estaba junto a la pared. A la izquierda tenía la mesa que ellos habían tomado, había una más en el extremo opuesto. El escenario, por llamarlo de una manera, estaba delimitado por las tres mesas que habían ubicado alrededor de los músicos.

En poco tiempo llegaron veinte o treinta personas. Una hora después el bar estaba lleno. Apagaron las luces, sólo quedó encendida una lámpara sobre la barra y dos bombillos pintados que habían colocado junto al escenario. Uno era color rojo sangre y el otro imitaba a los vitrales de las iglesias.

Nunca había escuchado en el bar música como la de esa noche, creo que la banda la había escogido. Después de la prueba, los vi hablando con el barman y se acercaron a la esquina donde se encontraban los interruptores de las luces y los equipos de sonido.

¿Cómo describirla? Sólo puedo decir que era bailable, o quizás sea mejor decir que inducia el movimiento del cuerpo. Todos se movían de distintas formas, aunque estuvieran sentados. Había una sexualidad primitiva y adolescente que llenaba el espacio convirtiéndolo en algo más, no estoy seguro de exactamente qué.

Ya no había mesas libres, todos bebían, reían y conversaban. Flirteando, olvidando, mintiendo. Había gente parada alrededor de las mesas, el lugar estaba repleto. Si alguien quería levantarse, tenía que pedir permiso antes de mover su silla. Esto de algún modo hacía que el lugar fuera mejor, como si estuviésemos ahí para presenciar algo importante, y nosotros hubiésemos sido elegidos.

Su mano tocó mi hombro, hizo una pregunta, pero no pude escucharla en medio del ruido. Me di vuelta y la observé confundido. "¿Puedo sentarme aquí?" Antes de que pudiera responder dijo: "Vine a verlos". Mis ojos se encontraron con la mano que señalaba al escenario. Sus dedos eran largos y delicados, tenía las uñas pintadas de un color oscuro que no pude ver o no recuerdo. Sin decir, nada comencé a mirar buscando una silla. Había una al final de la barra junto a la puerta de la cocina. Me levanté y le dije que se sentara en mi silla, sonrió y me dio las gracias mientras apoyaba su cartera sobre la mesa. Tomé la silla y la elevé por encima de mi cabeza, volví y logré hacer un espacio para sentarme.

- ¿Cómo te llamas? - preguntó inclinándose hacia mí.

- Elio - respondí, sentí que debí haber dicho algo más pero no supe qué.

- Gracias por la silla, Elio. Yo soy Paula, pero nadie me llama así, me dicen Poly.

Su rostro tenía una forma ovalada, bien delineada por una mandíbula esculpida con devoción, su piel era blanca como el mármol pero estaba invadida por miles de pecas diminutas. Los ojos de Poly eran largos y felinos, miraban como si hubiesen vivido mil años y guardaran secretos para protegerte y engañarte. La boca pequeña y delicada le daba una expresión de inocencia, labios que parecían incapaces de mentir. Su cabello era un río de cobre que se desbordaba hacia las regiones ocultas de su cintura. Las pecas y una nariz demasiado larga le daban a su belleza un realismo peculiar, como una criatura superior atrapada en un cuerpo humano que había perdido algo en el proceso. Estaba tan nervioso que pensé en irme. Pero ella no dejó de hablar y mantuvo la conversación a pesar de mis silencios incómodos.

Me pareció que lo correcto era invitarle un trago y le pregunte si quería algo. Señaló mi vaso y quiso saber qué estaba tomando, cuando le dije que era un *old fashioned*, contestó que prefería vino. Yo no sabía si pedir una copa o una botella; cuando llegó el mesonero, Poly pidió una botella de vino tinto sin mirar la carta.

Podría haber sido famosa. Mientras contemplaba su rostro, pensé que perdemos demasiado tiempo adorando falsos ídolos. Seguimos sus vidas aunque no sabemos quiénes son, si son diferentes, si lo merecen. Lo único que vemos son personalidades tan grandes como las pantallas que las transmiten. Pero eso no significa demasiado, cualquiera puede parecer grande en televisión.

El show de Strauss comenzó, tocaron poco más de una hora. Durante las primeras canciones, Poly no dijo nada, poco a poco se animó y comenzó a sonreír y bailaba en la silla. Me buscaba para que yo también lo hiciera. Estaba borracho y no quería irme, no quería estar solo y no quería pensar. Estaba cansado de ambas cosas.

La banda fue más intensa y frenética que en la prueba. Poly se sabía todas las canciones, cantaba las letras y me miraba buscando complicidad. Me estaba divirtiendo, miré a mi alrededor y los vi bailando, riendo, besándose. La comunión de la noche llama a la libertad, conjura la desinhibición. No existen problemas que no puedan desaparecer en la música y el alcohol. Al menos por unas horas fui liberado, por unos minutos no tuve que ser Elio. Había desaparecido en el golpe del cuero y el metal, en el choque de las cuerdas con los dedos, en las voces que cantaban invadiendo mi cabeza.

Por primera vez en muchos años pude olvidarme de mí mismo. Es curioso que después de cierto tiempo podamos experimentar algunas cosas como si fuera la primera vez. Y es como si ese fragmento de pasado no existiera. Sabes que sucedió porque hay una frágil impresión que permanece, pero es sólo una cáscara vacía. No significa nada, apenas ocupa un espacio dentro de ti.

Cuando el set terminó muchos se acercaron para hablar con los músicos. Estaban rodeados, mientras recogían las cosas saludaron y agradecieron, después entraron en la cocina con los bolsos y los instrumentos. Poly vació su copa y me preguntó si quería acompañarla. Pedí la cuenta y después de pagar nos abrimos paso entre la gente. Mientras avanzábamos Poly buscó mi mano para no perderme, pero yo pretendí que no la había visto. No sé por qué lo hice. He pensado muchas veces en ese momento y ahora desearía haber tomado su mano. Me pregunto si las cosas habrían sido diferentes. Probablemente no.

La cocina se encontraba exactamente detrás de la barra. Creo que tenían la misma longitud, pero el área de la cocina era más profunda. Estaba separada por una puerta que conducía hacia un pasillo muy amplio. En el extremo opuesto del pasillo había una cortina roja que ocultaba un acceso interno a los baños. En el centro había una puerta hacia una pequeña habitación en la que los músicos guardaban sus equipos. El lugar estaba repleto, era como una fiesta privada.

Poly señaló la habitación y nos acercamos al grupo de los músicos. Hablaban sobre una película o la música de una película, pero si sólo te enfocabas en la expresión de los rostros y los tonos de las voces podías pensar que discutían acerca de la existencia de Dios. Poly abrazó a uno de los músicos por la espalda. Él se dio vuelta por un segundo mientras hablaba para comprobar quién era. Sin sorpresa, estiró su brazo hacia atrás y rodeó el cuello de Poly. En ese momento alguien le preguntó a ella qué pensaba sobre una de las canciones. Poly respondió que la canción era 'una genialidad', pero no funcionaba en esa escena, y que después de la primera vez siempre había visto esa parte sin audio. Hubo gritos de indignación y aprobación.

Había algo particular en su forma de hablar. A veces tenía la sensación de que decía las cosas no porque las creyera sino porque era lo que se esperaba de ella. Como si se tratara de un personaje en un teatro, un teatro que los demás confundían con la vida, pero que Poly reconocía en su absoluta intrascendencia. Siguieron así un rato más hasta que alguien preguntó qué iban a hacer. Uno de los músicos contestó que ya podían ir a casa de Rizzo. En ese momento Poly me señaló y dijo: "Elio viene con nosotros".

Todos siguieron su mano y encontraron mi rostro, descubriéndome por primera vez. En sus expresiones no había nada, sólo me observaban como si frente a ellos se encontrara un objeto inanimado remotamente curioso. Alguien comentó: "Sabes que no puede entrar así". Poly contestó que Vicente necesitaba ir a su casa y que ahí podían darme algo. Varios asintieron porque también tenían que cambiarse. Vicente era uno de los músicos, cuando Poly le preguntó si podía prestarme ropa asintió y me miró sonriendo.

En el auto íbamos nosotros tres y el conductor, que se llamaba Pantin. El este era la única zona que aún no había sido invadida por los edificios y los proyectos gubernamentales fallidos para integrar a los sectores marginales. Las casas de las familias más antiguas y conocidas comenzaban en Montecristo y se extendían hacia el este, hasta que desaparecían poco a poco en los suburbios de San Pedro. La mayoría eran mansiones de estilo colonial pintadas de blanco, con jardines, fuentes y patios internos. Algunas habían sido modernizadas y resaltaban con sus estructuras de vidrio y acero.

Poly se sentó adelante y casi no habló durante el viaje. Observó el camino a través de la ventana y respondió con monosílabos a las preguntas de Pantin y Vicente. En un momento sentí que no estaba ahí realmente. Imaginé que no podían verme y tenía total libertad para mirar y escuchar. Hacía más de media hora que había tomado un trago. Ya no estaba tan mareado, pensé que quizás lo mejor era irme a casa, pero no me atreví a pedirles que detuvieran el auto. Odio las situaciones en las que tengo que dar explicaciones.

En casa de Vicente no había nadie, dijo que su familia estaba en una cena. Al entrar fuimos a la cocina, Vicente busco pan, queso y salsas para que cada uno se preparara un sándwich. Mientras comíamos, Vicente se levantó y dijo que iba a su habitación para cambiarse. "Trae algo para Elio", dijo Poly. Pantin también se levantó y salió con Vicente, un minuto después nos llamaron gritando para que fuéramos a la habitación.

Ambos se estaban cambiando. Vicente me entregó una camisa, un pantalón y un cinturón. Todo era negro. Me dijo que podía pasar al baño a cambiarme. El vestido de Poly también era negro, pero no lo había notado esta ese momento. Los tres sonrieron al verme porque la camisa y el pantalón me quedaban un poco grandes. Les dije que no sabía que íbamos a una fiesta de disfraces.

- No es una fiesta de disfraces. Tampoco es una fiesta exactamente - respondió Vicente.

- ¿Y entonces qué es? - pregunté.

Pantin levantó los brazos con las manos abiertas y dijo:

- ¡Decadencia, irreverencia!

Poly y Vicente se rieron.

- ¿Tienes las máscaras? - preguntó Pantin.

- Sí, aquí están. ¿Quieres la tuya? –- contestó Vicente.

- Sí, mejor dámela ahora, después se me olvida - dijo Pantin.

Vicente sacó dos cartas y le entregó una a Pantin. Eran naipes del Tarot, pero los personajes tenían máscaras. Es difícil describirlas, en parte porque no pude verlas bien. Parecían máscaras de carnaval pero no eran exactamente eso, pensé en ritos y bacanales. Había algo demoníaco en su expresión. Les pregunté si tenían una para mí y Vicente dijo: "No, estas son nuestras máscaras". Poly estaba arreglándose frente al espejo, Pantin le pidió que terminara en el auto porque se estaba haciendo tarde.

El viento golpeaba mi cara con fuerza mientras avanzábamos hacia el corazón del este. La música saturaba en los parlantes traseros. No sería exagerado decir que en

Colinas de Alcázar no vivían familias sino personalidades: políticos, deportistas, actrices, empresarios. Vicente sacó de su chaleco una pequeña botella con etiqueta roja y tapa de corcho. Me ofreció y dijo que era whisky alemán. Tomé un trago y se la di a Poly. Tenía muy buen sabor, era dulce y ahumado, con un toque de madera. Los tres estaban cantando, yo no conocía las canciones, pero estaba empezando a sentirme mejor.

Las colinas aparecieron en la distancia, no podía ver el tablero, pero íbamos muy rápido. En cada curva sentía que el auto luchaba por mantener su centro de gravedad. Vicente tocó el hombro de Poly y le pidió algo, Poly se inclinó hacia adelante y abrió la guantera. Luego de buscar por unos segundos agarró un pequeño recipiente redondo de metal, parecido a un pastillero. Abrió la tapa y sacó una especie de uña metálica que le entregó a Vicente. Vicente se la colocó en el dedo meñique y la utilizó para recoger una porción de polvo blanco. Asumí que era cocaína. Se llevó la uña a la nariz y aspiró. Se la entregó a Poly, ella la insertó en su dedo y le dio un poco a Pantin. Luego volvió a llenarla para ella misma. Cuando extendió su brazo para ofrecerme ya estaba preparado para rechazarla, pero cuando dije que no quería mi voz sonó extraña y sentí que había creado una distorsión en el ambiente. Como si hubiese roto un precario equilibrio entre nosotros, y con mi gesto hubiese demostrado que no quería formar parte del grupo, violando un ritual de iniciación implícito. Sonreí y tomé con fuerza el envase, casi arrebatándoselo de las manos. Permanecí unos segundos observándolo. Sobre la tapa del pastillero había un dibujo desgastado de una mujer tendida en un sofá fumando de una boquilla muy larga. El humo y la expresión de la mujer hacían pensar que estaba fumando opio en algún lugar de oriente. Levanté la mirada y mis ojos se encontraron con los de Poly y Vicente, todavía a la expectativa. Me coloqué la uña y la enseñé con un gesto de celebración, como si se tratara del cáliz que sellaba nuestro pacto. Ambos rieron mientras Pantin tocaba la bocina y aullaba como un lobo.

Mi nariz comenzó a gotear por dentro, cuando inhalé los fluidos apareció un leve ardor con sabor químico que no era desagradable. La boca se me secó un poco, tenía las encías y el paladar adormecidos. Me preguntaron si era mi primera vez y respondí que sí. Tenía miles de ideas en la cabeza y sólo quería hablar, hablar para siempre.

5:50 am

La casa era un museo habitable. Había pinturas, esculturas, candelabros, lámparas, enormes alfombras persas y muchas cosas más. Los muebles, las cortinas e incluso las ventanas, tenían un estilo que imponía reverencia. Traían a la mente el poder de la tradición, los fantasmas de viejas glorias familiares que insistían en brillar desde otros tiempos, consumidos por la ambición. La decoración espectacular no se sentía como una invitación, sino como una advertencia.

Llegamos a un salón muy amplio. Frente a nosotros se encontraban las escaleras hacia las habitaciones superiores, estaban cerradas por un cordón rojo. Había un grupo conversando junto una mesa redonda en el centro de la habitación. A la izquierda y a la derecha había puertas abiertas que conducían a otros salones. La mansión estaba a media luz, no puedo decir cuántas personas había. Más de cincuenta, tal vez. Todos vestidos de negro.

Hice comentarios sobre la casa y la decoración, pero ninguno de los tres me estaba escuchando. Pantin y Vicente se adelantaron y cruzaron la puerta de la derecha. Poly estaba buscando a alguien, me pidió que la siguiera y entramos en otro salón por el lado izquierdo. Lo cruzamos saludando gente que reconocía a Poly. Ella se detenía a besarlos y sonreía. Respondía con monosílabos y seguíamos caminando. Entonces dijo: "Ahí está", y nos acercamos a dos mujeres que estaban conversando. Me presentó a ambas pero no recuerdo sus nombres. Creo que una de ellas se llamaba Sara. Poly buscó en su cartera y le entregó un recipiente parecido al que usamos en el auto.

Nos ofrecieron, pero Poly respondió que no por los dos. Me dijo que no era lo mismo de antes, yo asentí y respondí que estaba bien. Me preguntó si quería dar una vuelta y contesté que sí. Tomó mi mano y caminamos hacia una puerta al final del salón. Entramos en un pasillo largo que llevaba a otra habitación, era una biblioteca. Reconocí a varias personas del bar. Había parejas de hombres y mujeres en los sofás y en los rincones. Dos tipos estaban en un sillón. Uno le quitó la camisa al otro, se metían las manos dentro de los pantalones y se abrazaban. Al lado de ellos un grupo conversaba sin siquiera mirarlos. Le pedí a Poly que buscáramos algo de tomar. Afirmó con la cabeza y buscó en su cartera, se había quedado con la botella de whisky alemán de Vicente. Tomamos un trago y seguimos recorriendo.

Las habitaciones tenían ambientes propios. La música era diferente en cada una y, aunque todas estaban poco iluminadas, el color cambiaba según el espacio. En el primer salón la luz tenía un tono rojizo, en el pasillo era amarilla, en la biblioteca era verde o azul. Entramos a una habitación más pequeña, era una sala para tomar té y recibir invitados. Las ventanas y las cortinas estaban cerradas, la luz era color púrpura o sangre. Poly sacó el recipiente de su cartera y me preguntó si quería aspirar un poco más. Le dije que si ella quería, yo también aspiraría un poco. Había un televisor y estaban viendo una película sin volumen. Tres hombres caminaban por las ruinas de una ciudad. Había edificios y coches abandonados, escombros de una guerra o un apocalipsis nuclear. Llegaron a un campo abierto que parecía una zona de exclusión. Uno de los hombres, calvo y de ojos tristes, les daba indicaciones a los otros dos. Los estaba llevando a alguna parte, buscando la salvación en un campo en el medio de la nada. Salimos de ahí, los demás estaban hablando, drogándose o durmiendo. Esta vez el efecto del polvo fue más intenso, mientras buscábamos qué tomar hablábamos como locos. Poly quería tomar champaña, yo acepté acompañarla. Encontramos una botella en el bar del salón principal, al que Vicente y Patin entraron cuando llegamos, pero ya no estaban ahí. En este salón había más gente que en los demás, era el único ambiente con música en vivo, aunque no era eso exactamente. Un tipo tenía un micrófono con efectos y cantaba y hacía ruidos sobre canciones que él escogía.

Agarramos dos vasos y nos sentamos en un sofá frente al hombre del micrófono. Llevaba lentes oscuros y cantaba con los ojos cerrados, perdido en la música. Cuando una canción estaba por terminar volvía en sí, cambiaba el disco y repetía todo exactamente de la misma manera.

Poco después llegó un amigo de Poly, dijo que se llamaba Jean Paul. Estaba borracho y estúpido. No se callaba, hablaba como si sólo Poly estuviera ahí. No me miró ni me dirigió la palabra, habló sobre unos juegos y mencionó gente que no me importaba ni conocía. Poly parecía aburrida así que le pedí que aspiráramos polvo otra vez. Por un instante, apenas un flash, perdido en el ardor y el sabor químico que me entumecía el paladar, vi la cabeza de Jean Paul entre mis manos. La estrellaba una y otra vez contra el piso hasta que su cráneo se rompía como un huevo podrido. Entonces penetraba a Poly desde atrás y la escuchaba jadear al ritmo que su cadera golpeaba contra la mía. Sentí que comenzaba a tener una erección. Al mismo tiempo estaba muy interesado en lo que Jean Paul iba a decir, así que me quedé mirando su boca fijamente esperando que salieran las palabras, pero nada de lo que decía tenía sentido y me distraje mirando a la gente.

Poly me dijo que iba al baño y me di cuenta de que yo también tenía que ir. Mientras me explicaba cómo encontrarlo llegamos al pasillo de las cortinas, no había nadie y estaba más oscuro que antes. Me acerqué a Poly y nos detuvimos junto a la pared, ella siguió hablando unos segundos más y luego guardó silencio. Tomé su mano, estaba muy fría. Acerqué mi cara a la suya y comencé a besarla, pero inclinó su rostro y me rechazó. "Tengo que ir...", repitió. Solté su mano y se alejó caminando. Si alguien hubiese entrado en ese instante habría pensado que Poly estaba sola, que ni siquiera nos conocíamos. Todavía podía ver su espalda en el pasillo, pero estaba a un millón de kilómetros de distancia.

Salí del baño y comencé a buscarla, como no dijimos dónde íbamos a encontrarnos deambulé por la casa. Escuché el sonido de campanas, pequeñas campanas parecidas a las que utiliza la servidumbre. Las hacían sonar mientras repetían: "¡Máscaras al coliseo, máscaras al coliseo!" En el cuarto de la televisión ahora había una película porno en blanco y negro. Se estaban masturbando, pisé la ropa tirada en la alfombra. El aire era denso y húmedo. "¡Máscaras al coliseo, máscaras al coliseo!" Había gente cogiendo en los sofás y en el piso, una comunión de egos disueltos, transmutados en risas, gritos y sexo. Yo no era uno de ellos. Seguí caminando y vi a Poly tirada en un sillón en el salón principal.

- ¿Poly, qué pasó? Te estaba buscando… - me miró con cansancio y respondió que los habían llamado a subir.

- ¿A los que tienen las cartas? ¿Y la tuya?

- No tengo, no me interesa. Los he visto mil veces.

- ¿Qué hacen allá arriba?

- ¿Por qué no te vas a tu casa, Elio? Busca a Gus, ellos van al centro y te pueden acercar -algo había pasado, pero no iba decírmelo. El tedio y la irritación en su voz demostraban que, si yo no era parte del problema, no era capaz de distinguir la diferencia.

- No sé quién es Gus… Poly, ¿estás bien?

Contestó negando con la cabeza. Le pregunté qué le pasaba pero no me respondió. Permanecimos unos minutos en silencio hasta que un tipo se acercó y le dijo algo al oído. Poly no reaccionó, pero el tipo se puso de pie y extendió su mano para que ella la tomara, no dudó y se levantó del sillón apoyándose en él.

- Busca a Gus, él puede llevarte. Dile que yo te avisé...

Poly y el tipo salieron del salón, mientras caminaban vi cómo le acariciaba el cuello y la espalda. Justo antes de que cruzaran y los perdiera de vista, me pareció que una mano intentaba subir por debajo de su vestido.

Yo también sentí que había perdido algo, pero ni siquiera ahora puedo explicar qué fue. Sin embargo, la sensación no era desconocida. Era el vacío que me drenaba y me paralizaba, que me hacía pensar en lo que no era, en lo que no había conseguido, en las oportunidades perdidas, en los momentos que podrían haber sido diferentes y no lo fueron. Pensé en el futuro y en el tiempo, me despreciaba a mí mismo y al destino que me había tocado. Sentí que mi vida no valía la pena, quería castigarme y hundirme, desaparecer y estar solo. Lo más patético es que, aunque solamente estaba imaginando la situación, esperaba que alguien llegara a consolarme y me entendiera, demostrando que me quería y le importaba. Quería que fuera Poly, pero cualquiera habría servido, sólo tenía que ser alguien.

No busqué a 'Gus'. Salí de la casa y caminé un largo rato. Cuando tuve suficiente, subí a un taxi. Estaba empezando a amanecer. Al llegar me desplomé en la cama, pero no pude dormir.

Aquellas semanas estuve analizando y repitiendo cada momento con atención obsesiva a los detalles, escribiendo y recolectando lo que recordaba. Busqué información sobre la familia Rizzo, pero no conseguí nada relevante. Negocios, rumores, escándalos en la prensa, lo usual. No tenía más nombres ni manera de conectarlos con las fiestas. Quizás había una historia y me habían excluido de lo más importante, de lo que valía la pena contar.

Regresé a El Templo, la razón principal era Poly, pero también me interesaba encontrar a alguien que hubiese estado en la fiesta o al menos en el bar esa noche. La verdad es que no sabía para qué quería ver a Poly ni qué iba a decirle si la encontraba. Esa noche me había convencido de que el grupo la presionaba, intentaban influenciarla y controlarla. Por eso había cambiado. Quería ayudarla y aumentaban mis ganas de verla, le daba un propósito, se convertía en un hecho necesario. Me sentía ansioso y anticipaba el momento, imaginando distintas versiones del encuentro.

Esperé en el bar tomándome un par de tragos. No había música en vivo, tampoco llegó nadie que reconociera. Después de una larga discusión interna y de infinitos juegos mentales para alargar la espera, volví a casa caminando. Consideré otras opciones pero el bar era la única posibilidad real que tenía. No tenía el número de Poly, tampoco sabía cómo llegar a la casa de Vicente. Recordaba la dirección de los Rizzo, pero no podía presentarme ahí, ni siquiera lo había conocido en la fiesta.

El sábado fui al bar cerca de la medianoche. El mesero me reconoció al verme, lo saludé en voz baja pero no contestó. Al principio me senté en una mesa, pero después me levanté y fui a la barra, desde ahí podía vigilar la puerta sin tener que voltearme. Además, me distraía observando a la gente. Una hora después sabía que aquella no sería la noche, pero me quedé de todos modos. No quería regresar a casa. Sé que he escrito otras veces sobre esto, recuerdo haberlo hecho, y me pregunto lo que significa no querer estar en el lugar al que se supone que perteneces. Uno debería construir un espacio propio, uno que pueda llamarse hogar. Cuando no lo tienes, siempre estás esperando, buscando eso que falta aun cuando no estás consciente de ello. Muchas de las cosas que haces, las haces por ese lugar, aunque no sepas muy bien cómo es ni que puede ofrecerte. Sólo sabes que necesitas pertenecer y dejar de arrastrar tus raíces sobre la tierra.

Antes de pagar le pregunté la hora al barman. "Más de las cuatro", dijo sin mirar su reloj. Estaba un poco mareado y tenía sueño, pero sabía que no iba a poder dormir, el cuerpo lo sabe. Hay sustancias y químicos que faltan, con el tiempo aprendes a reconocer ese estado de carencia, que es como un pozo seco y oscuro dentro de ti. Había pensado tomar un taxi, pero al salir a la calle me dieron ganas de caminar. La mayoría de lo que pienso y escribo ha nacido mientras camino.

El pasillo era el mismo de siempre, metí la mano en el bolsillo para agarrar las llaves y noté que había alguien sentado en la escalera. Me tomó unos segundos descubrir que era Lucas porque tenía la cabeza apoyada entre las manos y no se incorporó de inmediato. Mi cuerpo se detuvo. Algún instinto de conservación primitivo había suspendido mis movimientos para decidir si iba a correr, atacar o defenderse. Yo no era capaz de hacerme cargo de la decisión, no entendía qué estaba haciendo. Era el protagonista de un mal sueño que observaba desde adentro y desde afuera al mismo tiempo. Percibía las reacciones de mi cuerpo en la distancia, como si no estuviera ahí realmente. En las situaciones límite, en los momentos más duros y extremos, tenemos la sensación de que el mundo no es lo que parece, de que hay algo fundamentalmente falso en él. No sé si se trata de un mecanismo de defensa o de una intuición profunda sobre la naturaleza de la realidad. Lucas me obligó a regresar con sus palabras: "Vamos a tomar algo". Lo escuché, pero no respondí nada. Debo haberlo mirado sin reaccionar porque insistió repitiendo: "Vamos a entrar", y se puso de pie. Yo caminé hacia la puerta sin perderlo de vista. Las cosas habían cambiado, una nueva dinámica había desplazado el poder hacia su figura y lo que ella representaba. No se trataba de una tensión entre fuerzas opuestas, sino de una relación de autoridad. De algún modo, mi agresión había destruido un equilibrio hasta entonces invisible, él se había elevado y yo había descendido. Después de todo Lucas había venido a buscarme, y ahora me hablaba como un hombre le habla a un niño, con esa condescendencia que esconde la superioridad y el desprecio.

Cuando abrí la puerta entró y se sentó sin esperar una palabra ni un gesto de mi parte. No hizo comentarios sobre el lugar, su poder trascendía hasta los más mínimos protocolos sociales y eso era parte de lo que lo hacía real.

- ¿Qué tienes? - preguntó. Por un segundo dudé sobre el sentido de la pregunta, pero reaccioné antes de que pudiera notarlo.

- Creo que sólo hay whisky, tengo que revisar - dije.

- No importa, whisky está bien. Con hielo.

Preparé dos tragos y me senté frente a él después de apoyar los vasos en la mesa. Lucas se inclinó y tomó el suyo.

- Vamos a quitar esto del medio: no voy a joderte, ¿ok? No vine a eso... Estoy aquí por lo que hiciste.

Al escucharlo asentí con la cabeza. Lucas se detuvo para tomar un trago. Yo tenía el vaso entre las manos, la sensación del vidrio frío era agradable. Acerqué el vaso a mi boca y también bebí un poco.

- Sabes que por un tiempo pensé en lo que hiciste, en el por qué. Pensaba, pensaba mucho. Pero entendí que no era importante porque a lo mejor no había una respuesta. Quizás ni siquiera tú lo sabías... eres un tipo raro, sabes eso, ¿no? Esas ojeras, tu manera de hablar y de hacer las cosas. Esa maldita personalidad... incómoda, esa es la palabra, eres una persona incómoda. Igual eso ya no importa, en parte por eso vine... Podías haberme matado, ¿sabes eso, Elio? ¿Qué pensaste? ¿Creías que me habías matado, hijo de puta? Ni siquiera llamaste ni me buscaste, no hiciste nada. ¡Nada! No importa, está todo bien. Hoy me conformo con que sepas que eres un loco de mierda. No te lo digo en joda, es muy serio esto: ¿estás consciente de que eres un loco de mierda?

El vaso había enfriado mis manos y tenía menos sensibilidad en la piel. Observaba cómo el hielo se derretía lentamente mientras imaginaba el vaso estrellándose en su cara. Me pregunté por qué no hacía nada y reconocí que tenía miedo. Miedo de que pudiera hacerme daño. Entonces respondí y dije:

- Yo sé lo que soy.

Lucas sonrió y se inclinó hacia la mesa apoyando los codos en sus piernas.

- No tienes idea de lo que estás diciendo y está bien porque de eso se trata... Sabes que por un momento pensé que lo habías hecho por ella, se me metió esa idea en la cabeza. Y no entendía si había sido porque creías que te gustaba, algo así bien retorcido, o porque te parecía que era lo correcto. Entonces supe que tú habías hecho las llamadas y me habías mandado las notas. No me cabía en la cabeza pero sabía que era así y le daba vueltas y vueltas hasta que comencé a pensar en mí. Yo también tenía que pensar en mis razones... Y descubrí que no tenía respuesta, yo tampoco sabía. Hasta que encontré algo y cambió todo. No lo estaba buscando, podría decir que sólo sucedió... Y todo empezó a encajar como piezas que corresponden unas a otras, como un mapa que tenía enfrente y no podía leer porque no tenía la visión, ¿sabes?... Entonces volví a pensar en ti. Lo que hiciste había producido esta cadena de causas y efectos que cambió todo. Decidí que a pesar de toda la mierda quizás no éramos tan distintos.

Lucas tomó del vaso y se recostó en el sofá esperando que yo reaccionara mientras elegía las palabras para continuar. Lo noté satisfecho, las cosas habían salido mejor de lo que había anticipado. Yo estaba pensando en Renata, descubriendo la envidia que sentí porque él, y no yo, la había encontrado, porque ella le había entregado su confianza y necesitaba su apoyo. Pensé en las cosas que había dicho esa noche mientras caminábamos al apartamento, hablando de sus viajes y de lo que había hecho. Lucas creía que era mejor que yo, su tono era tan condescendiente. Era obvio que narraba los detalles consciente de que yo no había salido, de que siempre había estado aquí. Algunos focos de rabia ciega comenzaron a estallar en la boca de mi estómago. Pude reconocer que eran las mismas emociones de aquellos días, mientras describía cómo había engañado a Renata, pero en aquel momento no había podido darles un nombre. Estaban ahí pero no había sido capaz de señalarlas.

- Renata se murió y tú estás aquí. Hay una gran diferencia - dije. Lucas sonrió y volvió a incorporarse.

- Elio, tú no hiciste cálculos para no matarme, tú me dejaste en el piso y te fuiste sin saber qué había pasado, el resultado no importa. Sabías que la muerte era una posibilidad y de todos modos lo hiciste... Ojo, quiero que entiendas que esto no es un asunto de venganzas ni reclamos, yo no estoy aquí para cobrar. Esto se trata del reconocimiento y de lo que dijiste antes, saber lo que eres... Mira, Elio, hay cosas que no voy a explicarte ahora, de verdad es imposible. Por eso vine, sólo entiende que vas a poder asumir esto y darnos una respuesta que signifique algo.

La mente debería convertirse en un refugio ante el peligro y el sufrimiento, pero a veces funciona como un mecanismo de tortura. Sometida por los demonios que desfilaban frente a mí, las decisiones que me habían llevado a ese momento aparecieron para atormentarme. Mi mente era el caos. Lo que fuera que Lucas estuviera intentando, yo lo apoyaba destruyendo mis propias defensas. Quizás quería ser castigado, pero una parte de mí se resistía.

- No entiendo qué es lo que quieres que haga - dije -. Si esto es una oportunidad, entonces quiero que sea mi decisión, no la tuya. Ya dije que lo reconocía y lo repito: reconozco todo, lo admito. Si sirve de algo, te pido disculpas, pero ya está.

- ¡Tu palabra no vale nada! ¿Qué puedes hacer tú ahora? Cómo puedes arreglar esto si eres una maldita farsa. ¿Qué es lo que quieres decidir? ¿Quieres irte y hacer como si nada hubiese pasado? ¿Que ahora me despida y todo olvidado? Tú tienes que asumir esto, Elio. Puedes hacer lo que te dé la gana, sabes que las acciones tienen consecuencias. Si usas la cabeza, queda claro cuál es la única decisión posible. No estás en posición de decir 'ya está' ni de terminar nada... Te digo lo que vamos a hacer, creo que hablé muy en general, por ahí estuve filosofando demasiado. Qué carajo, no importa. Lo que vamos a hacer es lo siguiente: mañana voy a venir a buscarte y vas a estar listo. Te garantizo que vas a entender, ¿está bien? No pongas esa cara, Elio. Si quieres que esto se termine, haz que se termine. Mañana a las ocho... Algo importante: vístete de negro, camisa, pantalón, zapatos. De lo demás me encargo yo.

Frente a sus ojos, encendidos por un fuego que desfiguraba su rostro, pensé que Lucas estaba loco. Había diseñado un laberinto que me obligaba a atravesar para liberarme. No lo sabía entonces, pero me había convertido en su prisionero. Ni siquiera comprendía por qué aceptaba esta condición. Cavé, perforé y dinamité cada ensayo de respuesta, cada pensamiento que aparecía como excusa hasta que sólo quedó un núcleo indestructible: la culpa. Una culpa capaz de aplastar el orgullo y la dignidad de una persona, la mía. En Lucas se manifestaba con una determinación implacable, era una fuerza enorme contra la que no podía luchar. Desearía haber reaccionado de otra forma, pero no fue así.

Llegó un poco antes de las ocho. Yo estaba listo. Cuando bajamos, un auto nos estaba esperando. Lucas me presentó al chofer como un amigo, dijo que se llamaba Demian. Fuimos a la zona sur de Montecristo. De repente pensé en Poly y sentí un vacío en el estómago. Lucas no habló durante el camino, miraba hacia adelante y a veces apoyaba la cabeza en la ventana. Estaba ansioso, me sudaban las manos.

Demian manejaba en silencio, de vez en cuando me miraba a través del retrovisor, pero evitaba el contacto visual. Me pareció reflexivo, que incluso en ese momento iba pensando en muchas cosas y que dentro de él había un monólogo interior que no se detenía. La expresión de su rostro era tensa, como si luchara por ocultar reacciones subterráneas que intentaban filtrarse. Perdí el interés en él y dejé de mirar el retrovisor. Estaba pensando en las manos de Poly. Sus dedos eran largos y delicados; manos que escriben, manos que pintan, que hacen arte. Acariciaban su cuello apartando un hilo de cabello fuera de lugar. Las pecas y los lunares eran bosques observados desde el espacio. Aún no sabía qué iba a decir, si había algo que decir. Cada vez estaba más convencido de que el silencio era la expresión más elocuente. Era raro, incómodo. La observaba en la distancia, me acercaba poco a poco, tan lentamente que sentía que nunca podría alcanzarla. Lucas se dio vuelta y puso una carta sobre mis piernas. "Guarda bien esto, te la van a pedir para entrar. No la pierdas".

Yo, entre todas las personas, debería saber que estas cosas pasan. Es difícil asombrarse por la capacidad que tiene la vida para sorprenderte. En ocasiones lo que sucede parece tan planificado que el azar resulta ridículo en comparación con el destino. Creo que es una de las razones por las que la gente cree en Dios o al menos en la existencia de una fuerza superior, incomprensible y desconocida. Estaba emocionado, pero una parte de mí se aferró la incredulidad. La idea de volver a ver a Poly me impidió hacer las preguntas más importantes: ¿por qué Lucas me había traído a una fiesta?, ¿qué relación tenía con Poly y los demás?, ¿sabía que yo había venido o era una casualidad imposible?

Salvo el tamaño de la casa, que era mucho más pequeña, parecía la fiesta de Rizzo. Lucas buscaba a alguien, pero no lo encontraba. Había menos gente y muy pocas mujeres, sólo conté cuatro entre poco más de veinte personas. Por supuesto Poly no era una de ellas. Lucas dijo que buscáramos algo de tomar y esperáramos. Le pregunté qué había pasado y respondió que el juez no había llegado, íbamos a reunirnos con él.

Cuando Lucas me entregó la máscara, no quise asumir lo más obvio, pero era muy probable que Lucas supiera que yo había ido a la fiesta de Rizzo. Tenía que saberlo. También era posible que Poly se hubiese acercado a mi mesa porque se lo había pedido él. Lo demás había sucedido con un poco de suerte e improvisación. Muchas cosas tenían más sentido si asumía que nada era casual, pero no todas. La verdad es que no sabía qué estaba pasando y me veía a mí mismo completando los espacios. Tampoco quería perderme en una teoría de conspiración.

Pensé en irme y de repente recordé la noche que pasé en casa de Luis Manuel Gámez. Estábamos en su cuarto después de la discusión durante la cena y sabíamos que no íbamos a ver las revistas. No hablamos mucho, no recuerdo que dijéramos nada. Yo estaba acostado mirando el techo, pensando en las historias, imaginando los detalles de lugares que no había visto. A veces la diferencia es un segundo o un instante más pequeño. Esto es un hecho indiscutible pero es un poco banal.

Estamos marcados por lo memorable, por aquello que asociamos a la transformación. Nos obsesionan los agentes del cambio, los hitos y los puntos de quiebre. Sin embargo el tiempo, que es duración y cambio, es lineal y definitivo. Nada permanece, la vida son distintos estados de muerte, niveles sutiles de una decadencia inexorable. Cada instante del Universo es único e irrepetible. Es una verdad tan evidente y desconcertante que pierde su sentido en nuestras mentes ávidas de eternidad. Así elegimos estos momentos que atesoramos en la oscuridad como luciérnagas en una noche sin estrellas.

Pronto las imágenes de las historias desaparecieron y me invadió la ausencia de mis padres, buscaba esa sensación de resguardo y plenitud que sólo encontraba en mi casa, en mi habitación sabiendo que ellos estaban ahí. Pero era demasiado tarde, papá nunca me buscaría al menos que se tratara de una emergencia. Consideré crearla, imaginé alergias, fiebres e indigestiones que eventualmente eran descubiertas. Me quedé dormido convencido de que no podía esperar al día siguiente, pero lo hice y todo estuvo bien. Cuando desperté ya había amanecido y pude hacer la llamada.

Escuché a Lucas hablando, pero no estaba prestándole atención. Pregunté por qué todos estaban vestidos de negro y dijo: "Es parte de las reglas, es una tontería. Cuando venga el juez y hablemos vas a entender". Recordé el discurso de Jean Paul sobre Dionisos, la libertad, la tradición y el poder. Me pareció un gran ejemplo de cómo la teoría se degenera en la práctica, de cómo las ideas se degradan cuando interactúan con la realidad. Nunca somos todo lo que podríamos ser. Vivimos en ese intermedio, en esa distancia insalvable transcurre nuestra existencia. La carencia nos define, quizás por eso valoramos tanto el cambio. El progreso es la promesa de convertirnos en aquello que no somos.

El juez apareció en la distancia, algunas personas se acercaron a saludarlo mientras cruzaba la habitación caminando hacia nosotros. Era muy bajo, su altura era casi circense, no superaba el metro sesenta. Cuando pasó frente a nosotros Lucas lo llamó y estrechó su mano. Le mencionó la reunión acordada; el juez respondió: "Ahora no, ahora no", y siguió caminando. Demian también se acercó, pero no pudo saludarlo. Esperamos tomando en silencio, no teníamos nada de qué hablar y Lucas estaba irritado. Me hizo sentir incómodo, de algún modo parecía que nuestra presencia se había convertido en un trámite. Lucas intentó leer mis reacciones, pero no se atrevió a preguntarme qué pensaba de la fiesta. Es posible que mi expresión fuera de aburrimiento, no podía dejar de comparar. Sin lugar a dudas esta reunión era de menor rango: la casa era más pequeña, no había música en vivo ni distintos ambientes en las habitaciones, tampoco vi a ninguno de los principales. No habían venido

Pantin, Jean Paul ni Vicente. Recordaba a uno de esos eventos públicos que se celebran durante años en el mismo lugar, a la misma hora, con los empleados de siempre. La rutina y la repetición habían desgastado los rituales, estaban ahí porque se suponía que estuvieran.

El juez le hizo una señal a Lucas desde la distancia y lo seguimos hasta un estudio pequeño repleto de libros. Leí los títulos de algunos tomos y todos eran de leyes. Entendí que estábamos en la casa del juez. Era gracioso verlo sentado tomándose el asunto tan en serio. Parecía un niño usurpando a su padre. En el estudio sólo había tres sillas libres para sentarse, Demian esperó un gesto del juez para levantar los libros que estaban amontonados en una de las sillas, pero el juez no se dio cuenta y tuvo que quedarse de pie. El juez extendió los brazos sobre el escritorio como si intentara alcanzarnos, me señaló mirando a Lucas y preguntó: "¿Éste es el nuevo?". Lucas respondió que sí. Los ojos del juez se enfocaron en mí, estaban bien abiertos, como si quisieran salirse de sus órbitas. Me observó por unos segundos antes de hablar. "Ya es tarde y van a hacer la primera llamada, no hay mucho tiempo. Esto que te voy a decir es importante, es lo más importante, lo demás te lo puede explicar Lucas". Cuando terminó la frase el juez señaló a Lucas con el dedo. "Él es tu tutor y tienes que hacer lo que te diga. No hagas nada que no te pida, haz todo lo que te pida. Cuando escuches la llamada, síguelo y sigue las instrucciones. Entrega la máscara después de escuchar la llamada, no le digas tu nombre a nadie. Si tienes preguntas, habla con tu tutor. Después de la llamada sólo puedes comunicarte con él.

Vamos a seguirte de cerca porque es tu primera vez. Si no obedeces las leyes, va a haber consecuencias, recuerda que esto no es una fiesta. Bueno… tengo que irme, nos vemos adentro".

Tuve que hacer un esfuerzo para no reírme, la seriedad y el respeto con el que Lucas y Demian escucharon al juez hacía la escena todavía más ridícula. Realmente tenía autoridad sobre ellos. Al salir de la habitación, Lucas me pidió que lo siguiera para que pudiéramos hablar. Entramos en una habitación que sólo estaba iluminada por la pantalla de un televisor. Pasaban una película en blanco y negro. Los actores hablaban, pero no había audio ni subtítulos. A pesar de eso, había gente mirando con atención. Demian se sentó en un sofá frente a la pantalla.

Lucas tenía detalles, pero no fue muy específico. Habló de las familias, dijo que años atrás habían comenzado a organizar estos 'eventos', antes incluso de que llegaran escapando de la Gran Guerra. Tenían jerarquías y agendas definidas, no había nada improvisado. Era un culto a los instintos primitivos, a la violencia y el sexo, sofisticado por el uso de drogas y arte como catalizadores estéticos. Rituales de iniciación, ceremonias de castigo. Tortura, sumisión. Juegos, repitió varias veces la palabra juegos. La diferencia, dijo, es que quieren estar aquí, es voluntario. Entraban sabiendo que podían quemarlos, patearlos o asfixiarlos. El precio de la libertad era la sumisión absoluta, la entrega contra natura. "No has visto algo así, Elio. Tanto poder y miedo. Pero es un miedo que te libera, cuando desaparece sólo permanece tu fuerza". Había cosas que sabía de segunda mano, rumores que circulaban y se habían convertido en parte de la mitología. Habló de safaris humanos, de supuestas fiestas secretas en las que torturaban y mataban a prostitutas y anónimos. No sabía si estaban involucrados en el tráfico de personas o tenían otros mecanismos de reclutamiento. Nunca había ido a un safari, pero creía que existían. Sólo las cabezas de las familias tenían acceso. Para los hijos, como el juez y los demás, estos años eran de iniciación, el resto tenía que conformarse con imaginar.

Tenía un millón de preguntas. En la primera fiesta Poly había dicho que iba a ver cosas sobre las que iba a querer escribir, como si hubiese existido la posibilidad de que entrara al Coliseo. Pero yo no tenía máscara, era obvio no iba subir. Quizás Poly supiera que yo vendría a otra fiesta, quizás se refería a lo que íbamos a ver esa noche en la casa o pensó que volveríamos a vernos y no tuvo nada que ver con Lucas. Tal vez sólo fue algo que dijo y no significó nada. Me sentí perdido, las cosas no eran como había imaginado. Nunca lo son, es algo obvio. Pero en el momento tendemos a confiar demasiado en nuestra percepción de la realidad. A veces la diferencia no está en lo que no sabes, sino en lo que crees que sabes que resulta no ser cierto. Sonaron las primeras campanas, todos en la habitación levantaron sus miradas como si buscaran el origen del sonido, un origen que los convocaba para anunciar que habían sido elegidos. Cuando la voz comenzó a llamar, ya habían empezado a levantarse. "¡Máscaras al Coliseo! ¡Máscaras al Coliseo!"

Lucas me dijo que debíamos entrar, volvió a recordarme que siguiera sus indicaciones, repitió que era muy importante. Demian se acercó y los tres salimos de la habitación.

Afuera la gente estaba caminando hacia un pasillo. Había una puerta en el fondo, y a medida que se acercaban el lugar se hacía más silencioso. Lucas estaba a mi lado, caminaba con la confianza de saber lo que se encuentra del otro lado. Fue extraño, aunque una parte de mí reconocía que todo era un poco adolescente, sentí que formaba parte de lo que iba a suceder. Yo también había sido elegido. Al menos en ese momento, las máscaras nos convertían en lo mismo. No era nadie, sólo tenía que ser una máscara.

La puerta conducía a un jardín muy amplio sembrado de árboles y flores. Aunque la iluminación era escasa, el patio estaba lleno de color y de vida. Pensé que sólo una mujer podía cuidar y mantener algo tan hermoso. Pensé en la madre del juez y me pregunté dónde estaría. Mientras seguíamos el camino hacia la construcción que ocupaba el espacio central sentí que éramos ridículos. La exuberancia de la naturaleza dejaba en evidencia la falta de substancia de la oscuridad. No es más que una fachada, siempre es menos de lo que parece. Detrás de los protocolos de intimidación y los excesos, lo que había era un grupo de muchachos disfrazados con demasiado tiempo y dinero.

El juez nos estaba esperando. Su silla estaba sobre una tarima de aproximadamente un metro y medio de altura. Había un ayudante de cada lado, a quienes daba indicaciones para organizar el grupo mientras entrábamos entregando nuestras cartas. El espacio era grande, los techos eran de doble altura y de ellos colgaban unas lámparas de hierro antiguas que estaban apagadas. Las utilizaron para amarrar las telas que delimitaban el área del Coliseo. Llegaban hasta el piso y ocultaban el resto de la habitación. En algún momento las telas habían sido blancas, pero estaban curtidas por manchas y marcas acumuladas durante años. La luz era débil y ocre, provenía de cuatro cilindros de mármol con velas colocados en cada una de las esquinas. Los ayudantes nos ubicaron para formar un círculo. Lucas estaba entre Demian y yo, no hablamos en ningún momento, apenas dio algunas indicaciones como "sígueme", "camina por tu derecha" o "no hables ahora". Todos guardaban silencio y sabían lo que tenían que hacer. El recogimiento y la compenetración le otorgaban una solemnidad inesperada. Los rituales legitimaban la ceremonia y establecían su autoridad. Recordé las palabras del juez y me sorprendió cómo el contexto podía transformar su significado. Esto no es una fiesta.

Cuando el círculo se completó el juez se puso de pie para iniciar los juegos. Dijo unas palabras en latín que no comprendí. Lucas dijo que había olvidado el significado, aunque siempre comenzaban de la misma forma.

Luego el juez señaló a uno de los ayudantes, quien obedeció, bajó de la tarima y cruzó las telas para ir al lado oculto de la habitación. Comenzó a sonar una percusión, desde donde estábamos los parlantes no eran visibles, pero su sonido nos envolvía. El ayudante regresó por la entrada principal con un hombre tomado del brazo. Tenía la cabeza cubierta con una funda de cuero. Ambos ingresaron al círculo y se detuvieron en el centro, de cara al juez. El ayudante se inclinó para hacer una reverencia, el hombre de la funda lo imitó con inseguridad en sus gestos. El juez inclinó su cabeza aceptando el saludo, se puso de pie nuevamente y dijo: "El que quiera entre vosotros llegar a ser grande, será vuestro servidor, y el que quiera entre vosotros ser el primero, será vuestro siervo; así como el Hijo del Hombre no vino para ser servido, sino para servir y dar su vida en rescate por muchos". Al concluir las palabras, el otro ayudante bajó de la tarima y se colocó detrás del invitado. Comenzaron a desvestirlo sin prisas, le quitaron la camisa, el pantalón y la ropa interior. Quedó completamente desnudo excepto por la funda. El juez tocó una pequeña campana y los ayudantes tomaron al hombre por la espalda y acompañaron su movimiento hasta el piso. Quedó apoyado sobre las rodillas y las palmas de las manos, como un animal en cuatro patas. Con un nuevo golpe de la campana, los ayudantes subieron a la tarima y comenzaron a preparar una bandeja. Colocaron varias tazas pequeñas con platos y una jarra grande. El hombre de la funda esperaba en la misma posición con la cabeza agachada, mirando al piso. Los ayudantes sirvieron algo que parecía té, desde donde estaba pude observar las tazas humeantes.

Uno de ellos cogió la bandeja y la colocó con cuidado sobre la espalda del hombre. El ayudante se aseguró de que la bandeja se encontrara en la mejor posición de acuerdo a la forma de su espalada, la acomodó como si quisiera encajarla. Al terminar, se apartó y con un golpe de la campana del juez, el hombre comenzó a recorrer el círculo con la bandeja en la espalada. Avanzaba lentamente para que las tazas no se derramaran. El ritmo se aceleró, la percusión era tribal, como una marcha de guerra. Todos observábamos al hombre de la funda desnudo realizando el recorrido, algunos empezaron a tomar tazas de la bandeja y las sostenían en sus manos mientras el hombre avanzaba.

No sé cómo sucedió exactamente, el hombre tropezó o se tambaleó, cuando me di cuenta las tazas estaban a punto de desbordarse. Las mareas de té eran como tsunamis en miniatura. La tapa de la jarra, que ya estaba inclinada, cayó en la bandeja golpeando una de las tazas. Parte del té hirviendo alcanzó la espalda desnuda del hombre, que se retorció y lanzó un grito de dolor. Intentó mirar el lugar de la quemada, pero en esa posición y con la funda puesta era imposible. Se detuvo y bajó la cabeza, otras tazas se derramaron pero no dejó caer la bandeja. Los demás empezaron a insultarlo con un odio desmedido. No lo tocaron, pero se acercaron a centímetros de su rostro cubierto. Parecía que querían lincharlo, la bandeja se los impedía pues funcionaba como un escudo invisible. Le gritaban porque había derramado el té y no se movía. "¡Sírvenos hijo de puta! ¿Qué crees que haces?" "¡Muévete basura, maldito animal!" "¡Te voy a dar hasta que se te rompa la espalda!".

El juez, que había estado observando desde su silla en silencio, se levantó y sonó varias veces la campana. Las máscaras se callaron de inmediato y se apartaron para formar el círculo nuevamente. Me sorprendió que aun en medio de la euforia cada uno regresara al lugar que había ocupado antes. Unos segundos después, el hombre comenzó a moverse para continuar el recorrido. Los tambores golpeaban y generaban la expectativa de que el hombre de la funda siguiera el ritmo, pero era demasiado rápido para él. Algunas de las máscaras volvieron a gritar, sin la misma intensidad. La mayoría observaba al hombre, los elegidos tomaron sus tazas hasta que no quedó ninguna en la bandeja. Le pregunté a Lucas por qué solo unos habían agarrado tazas y dijo que antes de los juegos se anunciaba quiénes iban a beber la cicuta. Entonces sabía que Sócrates había muerto envenenado, pero no conocía los detalles, por lo que la revelación de Lucas no significó nada para mí.

Finalmente, el hombre completó el círculo y se detuvo. En la bandeja sólo quedó la jarra y el té que se había derramado. Siete máscaras sostenían siete tazas en sus manos. El juez le dio un golpe a la campana y el hombre de la funda avanzó hasta el centro del círculo sin dejar caer la bandeja. Tras una señal, los ayudantes se acercaron, uno recogió la jarra y el otro escurrió la bandeja en la espalada del hombre antes de llevársela. El juez bajó de la tarima y entró al círculo, alzó la campana y la mantuvo sobre su cabeza por unos segundos. Luego la hizo sonar con fuerza, inundando la habitación con timbres y vibraciones. Uno de los ayudantes regresó con la jarra llena y sirvió té en las tazas que se habían derramado para que todas tuvieran la misma cantidad. Las siete máscaras bebieron, unos tomaban pequeños sorbos, otros las vaciaron de un trago. El juez se acercó para verificar que las tazas estuvieran vacías. Al terminar la inspección, los ayudantes retiraron las tazas y el círculo se cerró alrededor del hombre de la funda, yo seguí los movimientos de Lucas con toda la precisión de la que era capaz. Con una señal, el juez invitó a las siete máscaras a acercarse al hombre, se inclinaron ante él y apoyaron las manos sobre su espalda desnuda. Los ayudantes también se acercaron y entregaron a cada uno un azote de cuero. Los azotes tenían el mango recubierto y varias tiras largas con nudos en las puntas. El hombre de la funda miraba al frente y a los lados, nadie hablaba ni conversaba, cada gesto y cada movimiento formaban parte de la ceremonia.

Al unísono, como un coro telepático, las máscaras, los ayudantes y el juez entonaron un himno dionisíaco. Todos cantaban excepto el hombre de la funda y yo, el inocente y el sentenciado. Las siete máscaras se pusieron de pie y, mientras cantaban con fervor las estrofas, comenzaron a azotarlo.

> "Dioniso, Evio,
> de espesa cabellera,
> de hermosos viñedos,
> que excita a las orgías,
> celoso, muy colérico, receloso
> que procura bienes envidiables,
> mitigador, bebedor de voz agradable."

Los azotes golpeaban la espalda, los brazos y las piernas del hombre. También en el cuello, incluso en la funda. El hombre se retorcía, pero no intentaba cubrirse ni escapar.

> "El taurino,
> que participa en el festín,

provisto de cuernos,
ceñido de hiedra, ruidoso
Dios del lagar,
que hace olvidar las penas,
que disipa las preocupaciones
iniciador en los misterios,
el que inspira, dador del vino
que toma mil formas,
el Dios de las fiestas nocturnas."

La sangre apareció en la espalda del hombre, estaba inflamada, cubierta de marcas y laceraciones. En algunas partes era visible la forma de los nudos y las puntas de los azotes talladas en la piel. Me acerqué a él, podía escuchar su respiración, quería tocarlo y consolarlo, pero mis puños estaban cerrados, pensé en patear su cabeza y ahorcarlo. Quería destruirlo y aplastarlo… Volví al apartamento, Lucas tenía la bolsa en la cabeza, sus exhalaciones hacían subir y bajar el plástico alrededor de su boca. Cuando me acerqué, noté que me observaba, todavía cantaba. No pude ver sus ojos a través de la funda, pero sentí una complicidad animal que me arrastraba, como un abismo que se abría frente a nosotros y Lucas había esperado para invitarme a saltar. Cerré los ojos y me entregué a la monotonía del himno. Quería matar a ese maldito hombre.

"Gran bebedor, errante
ceñido por muchas guirnaldas,
que preside festines abundantes,

que destruye la razón, tierno
que se retuerce bailando,
vestido con piel de oveja."

Algo rompió la sincronía, como un remolino en medio de un océano furioso. El clímax del caos había sido interrumpido. Uno de los azotes era débil e irregular, apenas alcanzaba el cuerpo del condenado. Seguí la mano que lo empuñaba y vi a una máscara perdida, tambaleándose entre los demás. Las voces del coro no callaron, pero los azotes terminaron. El hombre de la funda colapsó y se tendió en el suelo, acurrucado como un feto frente al juez que observaba a la máscara que estaba a punto de caer. Los demás retrocedieron y regresaron a sus posiciones. El juez se dio cuenta de que el hombre se había echado frente a sus pies y le indicó a los ayudantes que se lo llevaran. Lo levantaron y lo vistieron, salió por la puerta principal acompañado por uno de los ayudantes. En ningún momento intentó quitarse la funda.

La máscara se agachó, permaneció unos segundos en cuclillas y se sentó en el piso. Tenía la cabeza entre las manos, apenas podías sostenerla. El juez subió a la tarima y ocupó su puesto. Con un golpe de campana indicó al otro ayudante que debía continuar. Éste asintió y atravesó la cortina del fondo. Poco después se escuchó el sonido de algo que se arrastraba en la parte de atrás. El ayudante apareció detrás de la cortina empujando un barril de madera. Tenía casi la mitad de su altura y al menos un metro de diámetro.

Mientras lo arrastraba iba derramando agua que señalaba el camino del barril, el ayudante lo llevó hasta el centro del círculo. Luego se turnaron para sostener a la máscara y sumergir su cabeza, dándole golpes en el cuerpo cuando forcejeaba demasiado.

No pensé demasiado en ese momento, tampoco cuando llegué al apartamento horas después. La verdad es que estaba intoxicado, tanto que no fui capaz de reconocerlo. Las ideas que tuve, las cosas que imaginé, mi disposición hacia quienes habían entrado al Coliseo. Ese sentimiento de complicidad producto de la prohibición, sellado en la transgresión y en el sometimiento del otro, un poder tan descomunal y grotesco como la escisión del átomo. Me pregunto si es la ilusión del control sobre la vida y la muerte lo que nos hace codiciarlo. No tenemos poder sobre nuestra eternidad, pero sí sobre la mortalidad de los otros. No es exactamente lo que Freud llamaría una sublimación, es un sustituto invertido y retorcido. La violencia es el engendro de la libertad, residuo de su pérdida prematura y deforme.

Cuando el juego terminó, ayudaron a la máscara a levantarse. Estaba tan débil que apenas podía mantenerse de pie. Lo llevaron al fondo, detrás de la cortina, y no volvimos a verlo. Aun al momento de retirarse, el protocolo fue respetado, caminando en fila y en silencio. Recorrieron el jardín con la misma parsimonia de antes y entraron a la casa en formación. ¿Cuánto tiempo habían estado haciendo esto? Entonces pensé en el efecto de los rituales. Era mi primera vez, y exceptuando la conversación con el juez, desconocía el protocolo. La conducta del grupo me había condicionado, me sentí obligado a mantener el orden. Era una coerción fundada tanto en el miedo como en el respeto y la pertenencia a la comunidad, en el compromiso con un código y unos principios, por absurdos e inmorales que fueran. Yo había ido esperando el caos. Esta ceremonia aséptica era perturbadora, fría y brutal en su normalidad, con un Dionisos burócrata y aburguesado como patrón, contento y aburrido de sí mismo. El tedio es la diferencia entre la costumbre y la tradición.

Salimos de la casa sin despedirnos. En el auto, Lucas estaba más relajado, encendió la radio y conversó un poco. Dijo que la primera vez era 'especial' y que no quería influenciar mi experiencia hablando de lo que había pasado, tenía mucho que pensar y procesar por mi cuenta. Demian asintió y me miró por el retrovisor. Le respondí que estaba de acuerdo, pero necesitaba hacerle una pregunta. No tenía que ver con la experiencia en sí, sólo era algo que no entendía y me estaba rompiendo la cabeza.

- ¿Por qué el hombre de la funda y la máscara? ¿Cuál era el criterio de selección?

- Depende de lo que sea - dijo Lucas -. El servicio con la bandeja fue una iniciación. La cicuta en la taza fue un juego punitorio, igual no siempre le toca a un culpable; entre los que toman a veces hay voluntarios.

- Pero, ¿por qué no intentaron escapar? Ni siquiera se resistieron, el hombre de la funda estaba sangrando y no se defendió. ¿Entiendes lo que digo?

- Es lo que te decía, por eso tienes que procesarlo. Aguantan porque nada se compara con estar ahí, esa libertad, el poder de no sólo joder a otro sino el chance de que te lo hagan a ti también. Es saber lo que puede pasar y elegir hacerlo, es una decisión que no toma cualquiera, tú vas ahí y no sabes qué te va a pasar esa noche.

- ¿Tú hiciste la iniciación?

- No, yo no...

- ¿Y cómo te dieron la carta?

- Le hice un favor a Lautaro, el juez.

Por supuesto le pregunté qué había hecho, pero no quiso hablar al respecto. Antes de bajarme del auto, dijo que me llamaría cuando la nueva fecha estuviera confirmada. Fue la última vez que vi a Demian.

La verdad es que no pensé demasiado en lo que pasó. Quizás sin el prólogo con Poly y Vicente, la noche habría sido más impresionante. Aunque no sabía que iba a entrar al Coliseo cuando Lucas fue a buscarme (eso sí fue una sorpresa), ya había imaginado cómo sería y tenía expectativas que no se cumplieron. Lo que me interesaba era lo que no podíamos ver, el poder real que organizaba safaris humanos. Recordaba haber guardado algo sobre cultos y sectas, cuando llegué al apartamento saqué las cajas y me senté a revisar los papeles. Encontré reportajes sobre comunas hippies involucradas en escándalos sexuales, consumo de drogas duras y otras 'depravaciones'. Era lo usual: grupos de jóvenes de clase media desafiando al sistema en busca de un espacio vital alejado de la ciudad y el ruido, libre de posesiones y leyes absurdas. Sin políticos, sin oficinas ni iglesias, sólo amor y el deseo de celebrar la vida que regresa a la naturaleza, el origen donde se encuentra la verdadera esencia del hombre. Era una dramatización del mito del buen salvaje, pero ellos no lo sabían o no querían verlo. La utopía amenazada por el sentimiento de represión, por la urgencia de la desinhibición que quería ejercer su libertad hasta las últimas consecuencias. Sin templos ni principios, lo que esperaba en el campo, bajo la tierra, era el descubrimiento de que la naturaleza no era Dios y que sólo podía ser lo salvaje. Detrás de lo salvaje no había nada, los esperaban la caída y el abismo. El paraíso era un lugar peligroso sin conocimiento, y el hombre nuevo había decidido entregarlo todo para volver a comenzar. No lo sabía, pero por primera vez estaba solo. Las orgías y las sobredosis se consumieron a sí mismas. Con los conflictos, los incendios y la muerte de sus líderes, las comunas se disolvieron, el sueño se convirtió en un experimento social.

Lo que me llamó la atención fue que cuando un grupo determinado alcanzaba cierto nivel de popularidad, los nombres de celebridades y políticos empezaban a aparecer. Entonces comenzaban los escándalos en la prensa por las fiestas y los excesos, las deserciones por la degeneración de los ideales. El poder encontraba la manera de asimilar las semillas de su destrucción y el desencanto eventualmente se apoderaba de todo.

Luego estaban las crónicas de sectas que practicaban rituales satánicos y de magia negra. Secuestros, torturas y asesinatos. Fosas comunes en casas abandonadas y terrenos en las afueras de la ciudad. Gente de suburbios. Policías, alcaldes y personajes públicos con títulos de propiedad involucrados en sobornos y amenazas, llamadas anónimas, vigilancia y espionaje. Corrupción, tráfico de drogas y de personas, eventos privados en la mansión de algún líder espiritual, de un artista que fundó su propia comunidad clandestina. Mucho sexo y dinero, concesiones, contratos y permisos de construcción. Estrechan sus manos mientras reciben sexo oral en una piscina con el pito flácido por la cocaína. El poder siembra semillas de destrucción y vende sus flores, tomamos el fruto porque somos un rebaño de huérfanos famélicos y trastornados.

La mayor mentira de la historia de la humanidad es la clasificación de las personas en buenos y malos. La vida no es una batalla épica y binaria entre las fuerzas del bien y del mal. Es algo mucho más caótico y complejo. Es el ego y la infinita estupidez humana, la obsesión con la trascendencia y el progreso. La voluntad de poder y el miedo a la muerte. La banalidad y el aburrimiento, el culto a la fama y la adicción al entretenimiento. El animal que traiciona y guarda secretos, creador del verbo y la mentira. Sufre porque quiere más de lo que puede.

Entonces tuve una idea loca, una idea de Benigno: si el poder estaba involucrado en esos grupos, dándoles estructura y moviendo los hilos desde las sombras, tal vez era posible recorrer el camino inverso. Siguiendo la red de influencia de los padres del juez, de Rizzo y los demás, podría averiguar qué grupos se encontraban dentro de esa esfera. Era poco probable pero posible que el mapa condujera a Joshua y la hermandad de Erks. Aunque no estuvieran directamente relacionados con las familias, quizás alguien tenía un nombre, un rumor, un lugar. Necesitaba que Lucas me ayudara a conseguir una máscara, tenía que entrar de forma permanente. El pasado era un riesgo que tenía que asumir, pero a medida que pasaba el tiempo parecía cada vez menor. La venganza de Lucas era más sofisticada de lo que imaginaba, iba a convertirse en mi mentor para hacerme parte de algo que en otros tiempos y en otras circunstancias habría considerado una vergüenza. Ya me había manchado, sólo necesitaba un propósito para terminar de hundirme. Si existía al menos una remota posibilidad de encontrar información sobre lo que había pasado con Benigno, no hacía falta mucho más.

Volví a los papeles buscando cualquier cosa que pudiera servir. Entre los apuntes de Benigno había nombres asociados a las historias que había investigado, también guardó registros de los datos de algunas fuentes. Había direcciones y números de teléfono con indicaciones sobre los días y horarios en los que podía llamar y los que había descartado. Me concentré en las notas de la época en la que conoció a Charly y entrevistó a Duschamp, necesitaba un nombre que pudiera conectar de algún modo. Había leído esos papeles muchas veces pero no recordaba los nombres. En ese momento no significaban nada, cuando no estás buscando algo es muy fácil pasarlo por alto. Sabía que un nombre conectaba a Joshua con las familias, yo era uno, por ejemplo. Pero no lo encontré, quizás no estuviera en los papeles pero tenía que existir.

El teléfono sonó tarde en la noche. La voz de Lucas fue un recordatorio de que las cosas habían cambiado. Su esfuerzo por mantener distancia era un mensaje en sí mismo. Parco y serio, casi histriónico, quería dejar en claro que no era una llamada como las de antes. Ya no éramos amigos. No importaba cuántas espaldas hiciera sangrar, ya no volvería a ser lo mismo.

- Elio, el sábado a las diez, nos vemos en la estación de Montecristo. No llegues tarde.

- Sábado a las diez, en Montecristo. Está bien. ¿Por qué no vamos en auto, no viene Demian? ¿A dónde vamos?

- Es una casa en Alcázar, una mansión, mejor dicho, los hijos de puta tienen un castillo.

Estuve a punto de preguntarle si íbamos a la casa de Rizzo, pero presentí que era un error y no lo hice. Tampoco insistí en saber qué había pasado con Demian.

- Lucas, dime cómo conseguiste la máscara. ¿Qué hiciste?

- Ya me preguntaste y te lo dije.

- Sólo dijiste que le habías hecho un favor al juez. ¿Qué hiciste?

- Por eso, es lo único que necesitas saber, qué te importa lo que hice, ¿por qué sigues con eso?

- ¿Qué te importa decirlo? La necesito, Lucas, quiero saber qué tengo que hacer. Quiero una carta, ser miembro o como lo llamen.

- Te lo dije, no hay nada como esto. Igual no funciona así, no puedes hacer nada.

- Pero contigo fue así, ¿o no? Ni siquiera tuviste iniciación. Dime qué hiciste.

- Ayudé al papá de Lautaro, lo ayudé con algo que necesitaba. ¿Feliz? No te sirve, no puedes hacerlo.

- ¿Qué hiciste, mataste a alguien?

- Maldito imbécil. El sábado a las diez, lleva la misma ropa.

Me imaginé no yendo a la estación. Repetía las escenas en mi cabeza y ensayaba distintas alternativas. Consideré mudarme a otra ciudad y escapar a otro país, construí despedidas con personas a las que en realidad no les importaba si me iba o me quedaba, pero en el sueño estaban ahí para regalarme ese momento. Fui a la policía a denunciar las fiestas con una investigación que no existía, el detective me hacía preguntas sobre Benigno y Poly. Presentaba pruebas irrefutables, explicaba que mi relación con ella no había condicionado mi decisión, a lo que el detective respondía: "Tu sólo quieres salvarla, Gorski". Me presenté en el apartamento de Lucas, de noche y sin anunciarme, de la misma manera que él había hecho conmigo. Le dije que sabía todo, que ya había ido a las fiestas en la mansión de Rizzo. "Si quieres una venganza - le dije -, vas a tener que tomarla ahora". Horas interminables perdido en estos laberintos, fabricando salidas que no encontraba, actuando como el héroe que no era. ¡Qué inútil, qué consuelo! Pero fui feliz, los sueños y los fantasmas tienen ese poder.

Llegué unos minutos antes de las diez a la estación. Lucas estaba esperando. Le pregunté por mi máscara y dijo que iban a entregármela cuando llegáramos. Me pareció raro porque dijo que tampoco tenía la suya. Tomamos un taxi frente a la estación, por suerte el taxista era de esos que no hablan y conducen odiándote en silencio. Las manos de Lucas estaban inquietas, hacían ritmos sobre sus rodillas, revisaban los bolsillos, tocaban el vidrio. Las secaba sobre el pantalón y acariciaba las palmas con los dedos para comprobar que el sudor había desparecido. Pensé que lejos de la casa del juez, en un lugar distinto, Lucas no estaría tan cómodo.

Su situación era irregular, no pertenecía a ninguna de las familias y no había tenido iniciación. Era probable que Vicente, Jean Paul y los demás lo supieran. No había duda de que Lautaro no tenía la misma jerarquía, sin su influencia los privilegios de Lucas estaban condicionados. Tenía la cabeza apoyada en la ventana e imaginé que iba pensando en esas cosas mientras nos acercábamos.

Sólo porque algo tiene sentido no quiere decir que es cierto. Resulta obvio, pero algunos de nuestros errores más grandes son consecuencia de olvidar esto. En el pasado podemos mirar cuán equivocados estamos, por eso es capaz de avergonzarnos, de hacernos querer regresar.

Reconocí un árbol junto a una curva, a pocos metros de la entrada. Todavía no estaba seguro, pero el corazón ya golpeaba con anticipación y miedo. Las rejas de la mansión aparecieron frente a nosotros, Lucas le ordenó al taxista que se detuviera frente a ellas. Bajamos del auto para anunciarnos y entramos caminando. Lucas debió haber visto algo en mi expresión, porque mientras recorríamos el camino hacia la entrada principal dijo: "Yo también estaba así la primera vez". Él también había estado interpretando mis reacciones, es curioso cuán equivocados estábamos respecto a las intenciones y pensamientos del otro. Teníamos secretos, y eso había convertido nuestras mentes en un territorio inaccesible. ¡Qué ingenuidad pensar que sólo yo tenía cosas que ocultar! La confianza es el olvido de un universo desconocido que emana de la voluntad de los otros. Apenas unas horas después iba a estar tendido sobre un charco de mi sangre, experimentando la disolución del ego a través del dolor. Lo que sigue es un ejercicio de memoria colectiva en busca de una versión aproximada de la realidad.

"Llegaron alrededor de las diez y cuarenta y cinco. Ambos estaban vestidos con camisa y pantalón negro. No tenían máscaras, por lo que asumimos que no eran iniciados. Sin embargo, Lucas conocía a los integrantes del comité por su relación con Lautaro. Nadie tenía claro cuál era su estatus. A las once y media se reunieron en el estudio del primer piso con los miembros principales. Entre ellos se encontraban Míchel, Vicente, Lautaro y Rizzo. Es conocido que asistieron otros más pero no hay un consenso acerca de los nombres. Se realizaron las presentaciones correspondientes, la más relevante fue la de Lucas como tutor de Elio, con el aval de Lautaro. También conversaron sobre

generalidades de los juegos y definieron la hora exacta de la llamada al Coliseo, a las doce y cuarto. Los miembros del grupo ya tenían sus máscaras, Lucas y Elio las recibieron al final de la reunión. Eran las cartas de El Juicio y El Colgado. Por último, celebraron el brindis de Judas, que es una ceremonia ritual punitoria. Las copas de absenta se sirvieron con una cuchara ornamentada y un cubo de azúcar para mitigar el sabor amargo del ajenjo. La copa de El Colgado contenía una dosis de escopolamina que fue añadida por el tutor sin su conocimiento. Durante el brindis, los asistentes vaciaron sus copas. Unos minutos antes de la llamada, Elio presentó los síntomas iniciales, estaba confundido y tenía dificultades para coordinar sus movimientos. Estuvo a punto de caer sobre una mesa en el salón principal, pero recibió ayuda y fue acomodado en una silla. Unos instantes después, Lucas y una de las máscaras lo llevaron hasta las escaleras, fueron los primeros en subir. Entonces sonó por primera vez la campana. El Coliseo se inauguró con el juego punitorio. Lucas le ordenó a Elio que le entregara la máscara y él obedeció. Pronunciaba palabras incomprensibles mientras se balanceaba, dando pequeños pasos hacia adelante y hacia atrás. Lucas tomó a Elio por la espalda a la altura de los hombros y le dijo unas palabras en voz baja. Los asistentes se acercaron y lo ayudaron a desvestirlo, al principio Elio se resistió pero después intentó sentarse en el piso. Lucas y los dos asistentes lo sostuvieron y lograron quitarle la camisa y el pantalón sin dificultades. Elio quedó completamente desnudo, seguía balbuceando. El movimiento fue súbito, Lucas tenía una capucha de cuero en la mano y desde atrás cubrió la cabeza de Elio, antes de arrojarlo al piso. Elio no tenía reflejos, por lo tanto no utilizó las manos al caer. El sonido del cráneo fue seco, no había sangre, sus brazos estaban estirados hacia arriba y los dedos se movían en distintas direcciones, como si buscaran una salida invisible. Lucas se sentó encima de él, tomó ambos brazos y los inmovilizó con sus rodillas. Elio intentó *liberarse moviendo la cabeza hacia los lados. Lucas comenzó a golpearlo en la cara, algunos de sus puños también alcanzaron el cuello y el pecho. Lo único que se escuchaba en la habitación eran las exhalaciones de Lucas y el impacto de los nudillos contra la funda. Las llamadas de la campana dirigían la ceremonia. Cuando recibió la indicación, Lucas se detuvo de inmediato, como si su jornada hubiese terminado. Los ayudantes se encargaron de Elio, salieron con él de la habitación y no volvimos a verlo."*

Hablé con Poly esa noche. La vi en el salón principal mientras esperaba que nos llamaran a la reunión. Me pareció que había estado llorando, pero no lo mencioné. Estaba sorprendida y molesta por verme. No sé si sea la palabra adecuada, estaba incómoda. Le expliqué que había venido con Lucas, que habíamos estado en el Coliseo de Lautaro y que él nos había invitado a la fiesta. No le gustó, no le gustaba Lautaro, ni siquiera sabía que venía. Me preguntó qué carta me había tocado, le dije que todavía no me la habían entregado. Le pareció extraño y me pidió que tuviera cuidado. Me miraba cuando hablaba, pero estaba pensando en otra cosa, decidiendo si iba a decir lo que realmente quería decir. "¿Confías en Lucas?", preguntó. Respondí que sí porque no quería hablar de eso. No quería contarle lo que había pasado ni intentar explicarlo. Quería acercarme pero era imposible, sus ojos de vidrio eran como los visores de un mirador perdido en la niebla helada, contemplando la tormenta que anuncia la avalancha. Entonces comenzó a hablar, pero no era una conversación sino algo parecido a un derrumbamiento. La angustia de su expresión exigía mi silencio, yo estaba dispuesto a perderme porque intuía que era lo único que podía hacer con ella.

- No tiene que ver con esto, ni con nada en realidad…. yo sé, yo me doy cuenta de cómo me miras, y entiendo por qué quieres seguir viniendo. Pero las fiestas no son lo que parecen, nosotros no somos tus amigos. Yo no soy lo que tú crees. No deberías volver, Elio, y menos si lo estás haciendo por mí. Quiero contarte algo, no digas nada, solo cállate y escúchame ¿sí?... Mi familia tiene una casa en El Solar a dos horas de aquí. Cuando era pequeña, íbamos todos los años en vacaciones. Pasábamos una semana ahí, a veces sólo un fin de semana, pero no dejábamos de ir. A mí me encantaba porque podíamos hacer lo que quisiéramos. Tengo un hermano tres años mayor que yo. Íbamos a un lago que estaba cerca de la casa y nos bañábamos y pescábamos. Mi hermano no jugaba mucho conmigo, pero cuando estábamos en El Solar nos volvíamos amigos secretos. Mis papás preferían que no lleváramos a nadie porque era nuestro tiempo familiar. Así que para divertirnos teníamos que hacer cosas juntos. Para mí era lo máximo, me sentía grande y creía que mi hermano y yo éramos los mejores. Pensaba que si los demás supieran las cosas que hacíamos, habrían querido estar con nosotros. Nos subíamos a los árboles, cazábamos saltamontes y lagartijas, hacíamos competencias nadando, jugábamos a las escondidas y nos quedábamos dormidos contando historias de terror. Años después hablábamos de los días en El Solar y mi mamá decía: "Cuando éramos felices y no lo sabíamos". Yo no la entendía, ahora sé exactamente lo que quería decir. Bueno, cuando tenía once años fuimos a pasar un fin de semana en la casa. Mi abuelo estaba enfermo, había tenido un derrame cerebral leve unas semanas atrás. En el hospital descubrieron un aneurisma gigante y le dijeron que necesitaba operarse lo más rápido posible. Yo no sabía lo que tenía, sólo sabía que estaba enfermo y que algo estaba mal con su cabeza. Adoraba a mi abuelo y tenía mucho miedo de lo que pudiera pasarle, pero no hablé con nadie, ni siquiera se lo dije a mi mamá. Empecé a tener una pesadilla que se repetía una y otra vez. Mi abuelo estaba muerto y toda la familia y sus amigos estábamos reunidos junto a él en una capilla. Estaba acostado en una cama de piedra, sin ataúd, como si estuviera durmiendo. Algunos pensaron que mi abuelo estaba descansando, pero yo sabía que estaba muerto. Traté de explicarles, pero no me escuchaban y comenzaron a salir de la habitación. Yo gritaba buscando a mi papá y a mi hermano, sabía que estaban ahí, aunque no podía verlos. Cada vez se iban más personas y entendí que lo estaban dejando solo. Comencé a llorar de impotencia, estaba desesperada. La habitación se estaba vaciando y tampoco podía encontrar a mi mamá. De repente los vi a los tres, saliendo juntos de la habitación: mi mamá, mi papá y mi hermano. Quería correr hacia ellos y no podía, al final desaparecían y mi abuelo y yo nos quedábamos solos en la habitación. Entonces me despertaba… Esa vez fuimos a la casa por la insistencia de mi papá, quería que mi mamá descansara, ella se había encargado de llevar a mi abuelo al hospital, a las citas y a buscar los medicamentos. Él había tenido que hacerse unos exámenes antes de la operación y estaban esperando los resultados, por eso mi mamá aceptó. Llegamos a la casa el viernes en la noche. El sábado en la mañana mi mamá nos dijo que el abuelo venía a visitarnos, no podía quedarse a dormir pero iba a pasar la tarde. Me acuerdo de que mi hermano le preguntó por qué venía y mi mamá nos dijo que la operación era el próximo miércoles, quería estar con nosotros y cambiar de aires. Yo tenía mucho miedo, mi mamá se dio cuenta y habló conmigo, pero no le dije nada. La habitación me atormentaba, veía a mi abuelo muerto y estábamos solos en la capilla. No importaba que estuviera despierta, estaba ahí todo el tiempo. Después de almorzar, mi hermano subió a su cuarto y se quedó dormido. Yo sabía que cada vez faltaba menos, que en cualquier momento iba a llegar. Tenía tanto miedo. Sin que nadie se diera cuenta, salí de la casa y caminé hacia el lago, le di la vuelta y me quedé mirando los peces. No sé cuánto tiempo estuve ahí, tengo imágenes de mi reflejo sobre la superficie del lago y los peces moviéndose en el fondo. Pensé que sería demasiado fácil encontrarme, quizás mi hermano ya se había despertado y me estaba buscando. Caminé hacia los árboles detrás del lago, caminé hasta que me dolieron las piernas. No sabía muy bien dónde estaba, desde ahí ya no podía ver el camino hacia la casa. Sentí miedo de los animales y de estar sola, pero no quería regresar. Por suerte no vi nada, sólo había hormigueros y se escuchaba el sonido de los pájaros. El miedo pasó y me senté a los pies de un árbol. Tenía que esperar el anochecer para estar segura. En un momento, mientras tenía los ojos cerrados, me pareció escuchar sus voces, sentí que me estaban buscando. Encontré un árbol con ramas bajas y me subí para vigilar mejor. Todo estaba en silencio, era como si nadie en el mundo hubiese descubierto mi lugar. Una parte de mí quería que me encontraran. Me sentí sola; lo peor era que el tiempo pasaba muy lento. No tenía reloj, pero creía que a veces se detenía para castigarme por lo que había hecho. Sabía que estaba mal y que estaban preocupados. Varias veces pensé en regresar, pero en mi mente había pasado el punto en el que las cosas podían arreglarse. Cuando el sol se ocultó, bajé y comencé a caminar a la casa. No estaba muy segura de si era la dirección correcta, por suerte las luces aparecieron entre los árboles y sólo tuve que seguirlas. Mi hermano estaba afuera vigilando y gritando mi nombre, él me vio primero. Mi papá estaba en la parte de atrás buscando linternas para volver a salir. Mi mamá estaba adentro llamando por teléfono. Estaban desesperados, creían que me había perdido. Nunca antes había visto llorar a mi papá. Me sentí tan mal, sentí que era la peor persona en el mundo. No pude contarles lo que había hecho, mentí y les dije que me había perdido y no supe cómo regresar a la casa. Me creyeron, por supuesto. Yo también estaba llorando, tenía tanto miedo del poder que había descubierto. Fue la primera vez que mentí. Nos abrazamos y me prometieron que todo iba a estar bien. Pregunté por mi abuelo y mi mamá me dijo que había salido más temprano, estaba muy angustiado y casi lo obligaron a irse. Quería quedarse para ayudar a buscarme. Mi mamá dijo que me había dejado algo en la habitación. Sobre la cama encontré una cadena con una pequeña medalla de oro, tenía mis iniciales. Me sentía tan mal, desde ese día amé la medalla con todas mis fuerzas, pensaba que era mi perdón. Durante la semana no pude ver a mi abuelo, mi mamá fue al hospital, pero no quiso llevarnos. El miércoles lo operaron y, aunque salió bien, dijeron que se encontraba en estado crítico. Su cuerpo no resistió y murió el viernes en la tarde. Nunca volví a verlo, no quise asomarme al ataúd en el velorio. Mi mamá estaba mal, pero estaba resignada porque sabía que iba a pasar. Pienso que era la injusticia de la vida lo que le molestaba. Yo creía que en iban a descubrirme y que merecía estar castigada para siempre. A pesar de la culpa y el miedo, no hablé; jamás confesé nada. Lo peor es que algunas personas conocen la historia, yo se las conté así como te la estoy contando a ti. No sé qué haría si alguien le dijera algo, creo que negaría todo. Mi mamá sabe que son capaces de inventar cualquier cosa y no les creería; mi papá y mi hermano tampoco, por eso no me preocupa tanto. Antes de que me preguntes por la medalla, la perdí. La perdí aquí, en una fiesta. ¿Entiendes lo que te estoy diciendo? No sé cómo ni dónde exactamente, me desperté y no la tenía, nadie la había visto, ya sabes. Es como si no hubiese existido, como si nada hubiera pasado. Pero yo me acuerdo, yo sé lo que hice y lo que soy.

No sabía por qué Poly me había contado su historia, no supe qué decir. Quería consolarla, hacer algo, pero me quedé paralizado. Ahora entiendo que eso no era lo que ella esperaba. Era lo que yo quería, yo necesitaba hacer algo. Pienso que parte de su consuelo, o su único consuelo, era recordar y sentirse miserable. Exponerse frente a mí era parte de un mecanismo de tortura, así la autocompasión quedaba libre de culpa. Entonces dije una frase genérica, pronuncié el primer cliché que se me ocurrió. Le dije que era una niña, que no podía juzgarse por algo que había pasado cuando no tenía consciencia. Repetí que los niños no saben lo que hacen y pueden ser crueles, pero no son responsables. No son responsables. Me miró como si me hubiese escuchado miles de veces antes, aburrida y cansada de mis palabras. Mi reacción era un lugar común, pero era lo único que podía ofrecerle. Lo peor es que ignoraba su sentido, si era una confesión o tenía un significado, si lo que había dicho guardaba algo para mí. Creo que me equivoqué.

Lucas se acercó y me aviso que debíamos ir al estudio. Poly y yo nos despedimos como si fuéramos a vernos otra vez. Nunca sucedió. Subí con Lucas al primer piso y nos reunimos con los demás. Hablaron de los juegos y me presentaron. Brindamos y vacié mi copa como el idiota que se suponía que era. A pesar de la conversación con Poly, admito que en ese momento no sospeché de ellos, pero cuando comencé a sentirme mal todo fue muy obvio. Cualquiera puede ver los puntos después de que se han conectado. Cuando Lucas terminó, me llevaron a un apartamento. No sé en dónde estaba. Las imágenes son débiles y fragmentarias. A veces no estoy seguro de qué pasó realmente y qué construí con lo que me contaron. Me limpié y me dejaron acostarme. Me ofrecieron agua, había dos personas conmigo. Bebí y después dormí como no había dormido en muchos años.

Algunas cosas suceden tan desesperadamente al azar, que resulta difícil creer en coincidencias. Luego de meses de terrible ansiedad, decidí salir del apartamento el ocho de mayo. Esa mañana recibí una extensa carta de Eleonora Vittesi, la esposa de Hernán Vittesi, el supuesto contactado que desapareció antes de viajar a Córdoba con el grupo. Explicaba que había intentado comunicarse por distintos medios y hasta ahora ninguno había funcionado (la posibilidad de que las llamadas fueran suyas contribuyó a aliviar mi creciente paranoia). Decidió escribir la carta porque había conseguido mi dirección a través de la familia Riera, pero no se atrevía a visitarme. Comenzaba hablando de su esposo, de los peligros de la vida espiritual y de las fuerzas oscuras que se encuentran entre nosotros. De algún modo, se había convencido de que mi relación con Benigno era una especie de señal y su mayor esperanza para conseguir la liberación de Hernán. Quería conocer los resultados de mi investigación, toda la información relevante sobre el caso, especialmente aquello que no hubiera comunicado a las autoridades. Luego, y éste era el verdadero motivo de la carta, me preguntaba si había contemplado realizar un viaje a Córdoba. De forma indirecta se ofrecía a costear los gastos y aportar fondos para los recursos que considerara necesarios, pero antes de decidir nada me pedía que fuera a visitarla. Se despidió con bendiciones y dejó sus datos de contacto esperando una pronta respuesta.

Respiro y pienso.

Desconocía los planes que Lucas tenía conmigo, tampoco sabía si el juez y los demás tenían un interés en mí o si sólo le habían hecho un favor. No sabía qué esperar, no sabía si mi deuda había sido saldada. Quise llamarlo, buscarlos en el bar, presentarme en la casa. Estaba paralizado, sólo era capaz de escribir y esperar. Justo ahora aparecía Eleonora Vittesi. La pregunta obvia era por qué había utilizado la palabra 'liberación', por qué después de tanto tiempo me contactaba para convencerme de que fuera a Córdoba. La respuesta más coherente era que había encontrado algo importante, pero no era la única alternativa. De ser así, podría haber contratado a un investigador o darle la información a la policía. No tenía sentido que me buscara, ¿por qué confiaría en mí para encontrar a su esposo? Mi relación con Benigno y su 'mayor esperanza' eran un anzuelo emocional. Vittesi me había estado siguiendo, si no ahora, al menos lo había hecho en algún momento. Conocía el episodio con Lucas y mi contacto con el grupo. Tal vez quisiera negociar su silencio a cambio de mi ayuda. ¿Era posible? ¿Podía suceder algo así sin que yo me diera cuenta? Su nombre nos conectaba a todos. Era absurdo, nada de lo que había pasado me hacía capaz de encontrar a nadie. Ni siquiera la carta estaba justificada, una mujer como ella se habría presentado personalmente, ¿por qué no se atrevía a verme? La clave era Lucas, pero no podía explicar cómo se relacionaba con esto. Podía tratarse de algo completamente distinto. Quizás la Hermandad de Erks quería recuperar las entrevistas de Duschamp y habían presionado a Vittesi. Sabían que Benigno me las había entregado antes de irse, pero ¿para qué las querían? En cambio, Lucas insistió tantas veces, me cuestionó por no haber ido y me hizo sentir culpable, intentando convencerme de que aún era posible. "Tienes que ir a Córdoba, esa es tu historia".

Creí estar frente a algo, aunque no era capaz de identificar patrones ni formas, para mí era imposible unir los puntos. En aquellos días tuve la sensación, vívida como nunca antes o después, de que la realidad era una construcción de percepciones y que no existía un camino hacia la verdad sino distintas versiones de ella. Lo que hasta ahora había considerado como hechos, aparecían como un nudo de interpretaciones y subjetividades etéreas, inalcanzables. No había nada que pudiera darme una certeza, la tierra había colapsado bajo mis pies ahogándome en la vorágine. Los vi, como por primera vez, y no pude reconocerlos. Nunca me sentí tan solo y perdido como en aquellos días, ni siquiera era capaz de decidir si me importaba Benigno. No sabía qué hacer, no sabía absolutamente nada, si tenía una oportunidad, si mi padre había sido desgarrado por la guerra, si mamá fue feliz por tenerme, si algo de lo que alguna vez creí era cierto.

Córdoba podía esperar, lo demás podía esperar. La ciudad, la gente, el juego. Pensé en matarlo y matarme después, pero no significaba nada. Tampoco viajar y aferrarme a una promesa remota. Antes de tomar una decisión tenía que resolver si era posible encontrar un sentido a este ímpetu ciego de estar vivo, a esta programación ineluctable de vida, algo más consistente y definitivo, o al menos el coraje para abandonar la máquina. Renunciar a todo acto de voluntad, consagrarme a la búsqueda de alguna forma de plenitud en el vacío. Huir y desaparecer en el anonimato, olvidado como tantos otros. Querer nada. Soñar nada. Esperar nada. La verdadera derrota es el fracaso por dotar de sentido a un mundo que aparentemente no lo tiene, la contingencia y la fatuidad subyacen en todo lo que hacemos. El estigma no es la crueldad de nuestros corazones, sino la incapacidad de sostenernos a nosotros mismos, de darle un propósito permanente a la vida sobre el cual podamos fundar el consenso. Lo sentimos en las entrañas, lo vemos en las calles y en el espejo cuando nos atrevemos a mirar lo suficiente: el gran artificio de la cultura humana, catalizador del engaño y de los protocolos de la apariencia. No hay secretos, sólo omisión colectiva. La sospecha es que la más grande, y tal vez única verdad, es el silencio de la nada. Por ahora resistimos y seguimos, es lo que sabemos hacer mientras espera el destino.

"En una ciudad del norte un terremoto ocasionó graves daños en el sistema de enfriamiento de dos reactores nucleares. Debido al sobrecalentamiento, se reportaron explosiones químicas y escapes significativos de material radioactivo. A pesar de que el fenómeno natural fue el desencadenante, se determinó que las causas y consecuencias del incidente se produjeron por error humano. La falta de controles en los procedimientos, medidas de seguridad deficientes y una escasa preparación frente a emergencias fueron puntos recurrentes en los informes elaborados para explicar la ineficiencia del personal en la contención del desastre. Entre las víctimas del terremoto y aquellas expuestas a la radiación, se evacuaron más de tres millones de personas a refugios, hospitales y otras instalaciones dispuestas por las autoridades. Oficiales gubernamentales implementaron operativos de desalojo forzoso en la zona de exclusión.

Aurora recibió una notificación del Ministerio de Salud indicándole que debía abandonar su casa y dirigirse al centro de refugiados correspondiente a su lugar de residencia. Lo ignoró. Dos días después los agentes fueron a visitarla personalmente. Le explicaron los riesgos, además de la exposición a la radiación, tampoco había agua potable ni electricidad. Los servicios básicos habían sido suspendidos. Si se quedaba, había elevadas probabilidades de que su cuerpo desarrollara algún tipo de cáncer.

- ¿Cuáles son las probabilidades? - preguntó.

- Muy altas, dependen de los niveles de radiación - dijeron.

- ¿Cuándo me daría cáncer?

- No podemos saberlo con exactitud, con estos niveles puede ser un año, cinco o veinte.

- Tengo cincuenta y tres años -, dijo ella -, para mí son suficientes.

No lograron convencerla, salieron de su casa con una declaración firmada en la que asumía toda la responsabilidad por las consecuencias que pudieran presentarse. Ella insistió en escribirla. Su hermana y su sobrino se marcharon con los agentes, se despidieron de Aurora como si hubiese elegido morir, estaban destrozados.

'Es tan silencioso aquí, en la noche el silencio es absoluto. Quedaron las casas pero no hay tráfico ni gente. Fue muy extraño al principio. Sin luces, sin ruido. Los primeros días me sentí mal, fue muy difícil. Era demasiado silencioso. Lo que sentí cuando entendí que estaba completamente sola es indescriptible. La palabra soledad no es suficiente para explicarlo. Ahora estoy acostumbrada'.

Las áreas verdes desaparecieron. El paisaje era árido y estéril, incluso la mala hierba había muerto. Había autos abandonados en las calles, algunos chocados, con las puertas abiertas, sin ruedas y con los vidrios rotos. Animales muertos en ambos lados de la carretera. Prendas encima de los mostradores, cajas abiertas, carritos de supermercado repletos de productos, maletines y abrigos sobre las sillas, bicicletas, vasos vacíos y bolsas de basura, pelotas de fútbol, guitarras y carpetas, sartenes, alfombras y cepillos de dientes. En sus recorridos, Aurora también vio algunos cadáveres entre los escombros del terremoto.

Los perros de Aurora parecían estar bien, pero otros animales la estaban pasando bastante mal. Deambulaban por las calles buscando agua y comida, bebían de los pozos que se habían formado con las últimas lluvias; sin embargo, estaban secándose rápidamente. Hurgaban entre la basura y peleaban por los restos, a veces entraban en los supermercados y rompían bolsas de alimentos. La mayoría estaba muriendo, Aurora encontraba al menos un cuerpo nuevo todos los días.

Una de las razones por las que decidió quedarse fue la prohibición de llevar mascotas a los refugios. Entendía que era una decisión condicionada por circunstancias personales, para otros no había sido tan fácil. Muchos los dejaron en contra de su voluntad.

Salió con sus perros y estableció un circuito de búsqueda. Recolectó envases y los llenó de agua y comida en distintos puntos estratégicos. Algunos perros y gatos comenzaron a seguirla. En una semana, el grupo contaba con treinta miembros. Encontró conejos, patos, gallinas. También cerdos, vacas y caballos que habían permanecido encerrados en establos y que con ansiedad esperaban ser alimentados. En una granja pequeña, ubicada en el extremo sur de la zona de exclusión, halló dos avestruces con síntomas de desnutrición. Una de las aves murió pocos días después.

Aurora no sentía una devoción especial por los animales, pero cuando pensaba en sus vidas arrastradas a la civilización, abandonadas a su suerte en medio de las ruinas, se despertaba en ella una compasión inapelable. La realidad, más allá de la complejidad aparente, era sencilla: todos estaban luchando por sobrevivir.

Una tarde, descubrió a un agente con un traje especial realizando mediciones sobre el terreno, era el primer ser humano vivo que había visto en más de un mes. Al terminar, el hombre se acercó a la casa para ofrecer su ayuda. Aurora le agradeció y dijo que estaba bien, luego le preguntó qué estaba haciendo, señalando los equipos.

- Estamos midiendo los niveles de radiación -, dijo -, para poder analizar cómo se está comportando.

- ¿Y? - preguntó Aurora.

- Para serle sincero, no sabemos cuándo podrán regresar.

Aurora estaba mirando un grupo de nubes formándose en el oeste, no podía decidir si se convertirían en una tormenta.

- Todavía hay gente en la zona -, dijo -, he visto cuerpos entre los escombros.

El hombre asintió.

- Los operativos de rescate no han terminado, pero ha sido difícil traer hombres hasta aquí, nadie quiere venir por la contaminación.

El agente se dio vuelta entorpecido por el traje y también observó las nubes.

- Vimos lo que ha estado haciendo con los animales - hizo una pausa, pensando si debía terminar la frase -. Es mejor que sepa que van a morir de todos modos.

Los ojos de Aurora examinaron los guantes y los zapatos del hombre, luego regresaron a su rostro.

- ¿Puedo ofrecerle algo de tomar? -, preguntó.

- Me gustaría, pero no puedo -, respondió señalando el traje.

Aurora asintió y dijo:

- Todos vamos a morir de todos modos.

En las tardes llega una brisa que mueve los árboles, las ramas se inclinan y las hojas reproducen ese sonido que para Aurora es una composición de la naturaleza. Se sienta en las escaleras del porche a escuchar, los perros están a su lado moviendo las orejas como antenas receptoras. Piensa en su hermana y su sobrino, en su familia y en las personas que ha conocido durante tantos años. De repente, los extraña a todos. Aunque intenta imaginarlos haciendo sus vidas en otra parte, sólo consigue volver al pasado. La nostalgia le humedece los ojos, pero su espíritu se sostiene sobre un sentimiento mucho más profundo y duradero. Le cuesta expresarlo en palabras, pero tiene que ver con un tipo de libertad que sólo es posible en la apertura de lo simple, en aquello que le ha permitido rencontrar su humanidad y abrazar sus dudas, esa calma que es capaz de disolver la ansiedad; la intuición de que la esperanza descansa sobre algo verdadero. No hay deseos de posteridad ni delirios de grandeza, sólo un amor incondicional y agradecido que se extiende en busca de comunión. Sin saberlo, Aurora se ha convertido en madre.

Así imagino el futuro".

La casa de Eleonora Vittesi es de piedra, tiene muros muy altos y techos de madera. Junto a la puerta principal hay una campana de bronce que perteneció a una antigua estación de ferrocarril. He llegado veinte minutos antes, pero la hago sonar para anunciarme. La mujer que me recibe tiene los ojos como las aguas de un río turbulento y una expresión de cansancio acentuada por las arrugas alrededor de la boca y los ojos. Me observa como si hubiera estado esperando a alguien más, como si yo no estuviera ahí realmente. Dudo en entrar, pero ya he cruzado el umbral de la puerta.

RECONOCIMIENTOS

Las entradas de México y Guatemala contienen fragmentos de:

- Cartas de Relación de Hernán Cortés

- Historia verdadera de la conquista de la Nueva España de Bernal Díaz del Castillo

- Visión de los vencidos de Miguel León Portilla

Las entradas de Polonia, Ucrania, Barbados, Sudán, Brasil, Estados Unidos y Congo están basadas en los testimonios de las víctimas, sobrevivientes y testigos.

SOBRE EL AUTOR

Dacio R. Medrano (Venezuela, 1983) fue finalista del Premio Internacional de Cuento Juan Rulfo 2012.

Otros relatos galardonados han sido publicados en Venezuela, Argentina y España.

La "Parábola de Gorski" es su primera novela, en ella continúa explorando el universo temático cuyo centro es la abrumadora complejidad de la condición humana.